新潮日本古典集成

和泉式部日記　和泉式部集

野村精一　校注

新潮社版

目　次

凡例

一、本書は、『和泉式部日記』および和泉式部歌のアンソロジーである『宸翰本《しんかんぼん》和泉式部集』を収め、注釈を施したものである。

〔和泉式部日記〕

一、本文は、三条西家《さんじょうにしけ》本『和泉式部日記』（宮内庁書陵部蔵）を底本として用い、適宜応永《おうえい》本系統の諸本によって校訂した。寛元《かんげん》本本文は、前二者の混態本文と考えられるので、参照するにとどめた。校訂箇所については、その旨頭注に記した。

一、読みやすい本文をという古典集成の編集方針にそって、仮名づかいは歴史的仮名づかいに統一し、適宜、仮名表記を漢字に改め、句読点・改行・濁点・振り仮名・会話の「　」などを施した。なお、かけ詞の表記に留意した。漢字・仮名は現行の字体によった。

一、注釈は、頭注と傍注（色刷り）による。傍注は、現代語訳であるが、主語や接続詞等の補いを〔　〕で、話者や和歌の作者などを（　）でくくって示した。頭注には、和歌の現代語訳・人物や語句の説明・表現上の留意すべき問題や登場人物の心理の説明・本文の校異などを記した。通説と異なる解釈を施した場合、できるだけ通説を併記した。一方的な新説の強要は、読者を困惑させるものと考えたためである。なお、スペースの関係から、また傍注では十分意を尽せないと思われる部分など、現代語訳を頭注にまわした場合もある。

一、この作品の女主人公は和泉式部であるが、三人称で描かれていることから、注釈においては「女」と記した。

一、本文の内容に則して、各段落ごとに小見出しを立て、頭注欄に色刷りで掲げた。

〔和泉式部集〕

一、和泉式部の家集としては、『和泉式部正集』および『和泉式部続集』を挙げるべきであろうが、本書では、あえて『宸翰本和泉式部集』を択んだ。歌人和泉式部の全貌をうかがうには足らないが、もっぱら紙面の制扼《せいやく》により、ついで宸翰本の注釈が試みられていないがゆえである。

一、底本には、後醍醐《ごだいご》天皇宸翰本転写本（無窮会図書館蔵）を用いた。このテキストの紹介が不充分であると考えたゆえである。本文は、『研究と資料』第二輯所収「翻刻後醍醐天皇宸翰本和泉式部集」（武井和人翻字、野村精一解説）によった。なお、底本には若干の脱落および誤写があるが、それらについては、後土御門院宸翰本系の諸本などを参照して校訂を加えた。その際できるだけ頭注に記した。

一、本文整定の方針は、ほぼ『和泉式部日記』と同様であるが、漢字・仮名の表記については『和泉式部日記』との統一はしなかった。

一、頭注は次のような内容からなる。

(1)配列上の問題点や主題に関する注（＊印を付す）。
(2)詞書の注（漢数字によって示す）。
(3)口語訳（色刷り。詞書の内容をも包含して、歌の情感を伝えるべく意訳した場合が多い。独詠歌と贈答・唱和歌との弁別に意を用いた）。
(4)鑑賞注（現代語訳のあとに改行して記す。作歌事情や本歌などを説明。また勅撰集や上記の『正集』『続集』および十五世紀末以降に編まれた和泉式部の家集『松井本』との異同も必要と思われる場合は記した）。
(5)語釈（◇印を付す。縁語・かけ詞などの説明も含める）。

一、解説では主として「日記文学と和泉式部日記」および「和泉式部における詩と散文」というテーマで、和泉式部とその作品の関係について述べた。
一、巻末に付録として「正集所引日記歌」「宸翰本所収歌対照表」「初句索引」「図録」を収めた。詳細についてはそれぞれの凡例を参照していただきたい。
一、本書の校注・解説執筆に当っては、吉田幸一氏をはじめとする諸先学の成果を踏まえ、就中、鈴木一雄、藤岡忠美、青木生子、小松登美氏らの諸注に依るところが大きい。また直接的には木村正中、伊藤博両氏の御教示を受けた。記して深謝する次第である。

和泉式部日記　和泉式部集

和泉式部日記

夢一よりもはかなき世の中を、嘆きわびつつ明かしくらすほどに、四月《うづき》二十余日にもなりぬれば、木《こ》のしたくらがりもてゆく《木陰がうっそうとして暗くなってゆく》。築土《ついひぢ》三のうへの草あをやかなるも、人はことに《とりたてて》目もとどめぬを、あはれとながむるほどに《しみじみと感懐にふけりながら見ていると》、近き透垣《すいがい》四のもとに人のけはひすれば、たれならんと思ふほどに、故宮《こみや》五にさぶらひし小舎人童《ことねりわらは》六なりけり。

あはれにもののおぼゆるほどに来たれば、「(女)などか久しく見えざりつる《どうして長いこと顔を見せなかったのか》。遠ざかるむかし七の名残《なご》りにも思ふを」など〔侍女に〕言はすれば、「(童)八そのこととさぶらはでは、なれなれしきさまにや、とつつましう《遠慮されるような》さぶらふうちに《気がしておりますうえに》、日ごろは九山寺《やまでら》にまかりありきてなん。いと頼りなく一〇つれづれに思ひたまうらるれば、〔故宮の〕御かはりにも見たてまつらんと

一 はかないものの中でも最もはかないというあの夢よりもはかなかった、あの方との関係。「世の中」は、男女の間。ここでは、故為尊《ためたか》親王との愛をさす。解説参照。なおこの表現は「夢よりもはかなきものは夏の夜の暁方の別れなりけり」(『後撰集』夏、壬生忠岑)などの古歌によるとする説がある。「はかなし」は実体のない空しさを感覚的に表す言葉。

夢よりもはかなき世の中

二 陰暦四月中旬。長保五年(一〇〇三)初夏。故為尊親王は、その前年六月十三日薨《こう》じた。

三 泥土を盛って築いた塀。雑草が生える。一説に、『文選』の「青々タル陵上ノ柏」などの古詩句によるとする。

四 木または竹を粗《あら》く編んで作った垣根。透いて見えるのでこの名がある。女は土塀のあなたを放心状態でながめていたので、人の気配に気付かなかった。

五 故為尊親王。「さぶらふ」は、侍側に奉仕する意。

六 貴族に仕えて、雑役に当る少年。かつて為尊親王と女との間の文使いをしていたのであろう。

七 故為尊親王との愛の思い出の残影。童をさす。

八 特別な用事もございませんのにうかがうのは。なお、平安時代のかな散文では、こうした場合「侍り」を用いるが、下層の男性語として「さぶらふ」を用いることもある。次の「つつましうさぶらふ」も同じ。

九 最近は連日。為尊親王死後の時日をさす。

一〇 「つれづれ」は、無為のため時間の推移に憔悴《しょうすい》する心情。「たまう」は底本「たまふ」。

てなん、帥宮《そちのみや》[一]に参《まゐ》りてさぶらふ」とかたる。(女)「いとよきことにこそあなれ。その宮は、いとあてにけけしうおはしますなるは〔たいそう高貴な方で近づきにくいとか聞いていますが……〕。むかしのやうにはえしもあらじ〔故宮の場合と同様というわけにはゆきますまい〕」など言へば、(童)[二]「しかおはしませど、いとけ近くおはしまして〔そばまでおいでになって〕、(宮)『つねに参るや〔女の所に〕』と問はせおはしまして、(童)『参り侍《はべ》り』と申しさぶらひつれば、(宮)[三]『これもて参りて〔女の所に〕、いかが見給ふ〔御感想はいかがですか〕、とてたてまつらせよ〔と言って差し上げなさい〕』とのたまはせつる」とて、たちばなの花をとり出でたれば、(女)[四]「むかしの人の」と言はれて、[五](童)「さらば参りなん〔宮の所へ〕。いかが〔どう〕きこえさすべき〔申し上げましょうか〕」と言へば、[六]ことばにてきこえさせんもかたはらいたくて〔口頭の伝言で御返事するのも人に聞かれて恥ずかしいので〕、[七]なにかは、あだあだしくもまだきこえ給はぬを〔宮が浮気な方だということは聞いたことはないので〕、はかなきことをも、と思ひて、

(女)[八]かをる香《か》によそふるよりはほととぎす
聞かばやおなじ声やしたると

ときこえさせたり。

一 敦道《あつみち》親王。為尊親王の実弟。大宰帥《だざいのそつ》に任じた。

二 そういうようではございますが。「あてにけけしう」を受ける。

三 後の、「たちばなの花」をさす。

四 「さつきまつ花たちばなの香《か》をかげばむかしの人の袖の香ぞする」(『古今集』夏、よみ人しらず)を引く。古来懐旧の情を表す歌として引かれた。帥宮もその意を踏まえてたちばなの花を贈ったのである。

五 無意識につぶやいて……。「言はれて」はそのままでは文脈上通じないが、ここでは連用中止法で、時間の断止があるものとみて読点で後文につなげた。この語法は、この作品に若干用例がある。応永本では「いはれて見る」。「れ」は自然にそうなってしまうときに用いる。

六 「ことば」とは歌のように節をつけないでいう言葉をさす。散文、または地の文の意味ではない。ここでは歌人としての誇り《プライド》が「ことば」で返事することを許さなかったのである。

七 「なにかは、はかなきことをも、きこえさすべき」の略。どうして疎略にお返事できましょうか。「あだあだしくもまだきこえ給はぬを」は挿入句。疎略に返事できない理由を表す。

八 〈たちばなの香りにことよせて意味ありげなそぶりをなさるよりは、本当のお気持をお聞きしたいものです。はたして兄宮様と同じようなお心かどうかを〉宮を、時節の景物である時鳥《ほととぎす》にたとえたのである。

同じ枝のほととぎす

〔宮は〕まだ端《はし》[九]におはしましけるに、この童、かくれの方に気色ばみける（ものかげからそっと合図をしているような様子を）けはひを御覧じつけて（見つけられて）、（宮）「いかに」と問はせ給ふに、御文《おほんふみ》をさし出でたれば、御覧じて、

（宮）[一〇]おなじ枝《え》になきつつをりしほととぎす
声は変らぬものと知らずや

と書かせ給ひて、〔童に〕たまふとて（お渡しになる時に）、（宮）「かかること、ゆめ人に言ふな（決して他人に言うなよ）。すきがましきやうなり（色事にふけっているように見える）」とて（と言って）、〔奥へ〕入らせ給ひぬ。〔童が宮の文を〕もて来たれば、をかし[一一]、と見れど、つねは[一二]、とて御返りきこえさせず。

たまはせそめては、また、

（宮）[一三]うち出でてもありにしものをなかなかに
苦しきまでも嘆くけふかな

とのたまはせたり。〔女は〕[一四]もとも心深からぬ人にて（もともと思慮の足りない性格だから）、ならはぬつれづれの（した事のない異性ぬきの生

九 縁先。童の帰りを待ちわびていたのである。

一〇 〈同じ母親から生れた兄弟なのですから、あなたに対する気持に変りようはありません。いちいち申し上げなければおわかりにならないでしょうか〉贈歌の比喩を受けて切り返すのが、当時の贈答のやり方である。為尊とは同母の兄弟であるので、「おなじ枝」といった。

一一 女はちょっと興味はひかれたが。「をかし」は、直接的・反射的な感動を表す。滑稽の意ではない。

一二 女の気持は、まだ帥宮に対して本格的に傾いていないのである。

一三 〈ああはっきり口に出して言わなくてもよかっただろうに、なまじいに言ってしまったばかりに、かえって苦痛にも思われるほどに嘆きが高まってくる今日の思いです〉返事がないので、宮の気持が高ぶってきたのである。

一四 「もとも」は「もとより」の誤写か。

わりなくおぼゆるに《活に苛々していたところなので》、はかなきことも《こんな何ということもない歌でも》目とどまりて、御返り、

（女）一
けふの間《ま》の心にかへて思ひやれ
　ながめつつのみすぐす心を

かくて《このようにして》、しばしばのたまはする《宮からお手紙があり》、〔女も〕御返りも時々きこえさす。〔女は〕つれづれもすこしなぐさむ心地してすぐす。

また、御文あり。〔前より〕ことばなどすこしこまやかにて《心こまやかになっていて》、

（宮）二
「かたらはばなぐさむこともありやせん
　言ふかひなくは思はざらなん

三 あはれなる御物語りきこえさせに《心からお慰めできるようなお話を申し上げに》、暮れにはいかが」とのたまはせたれば、

（女）四
「なぐさむと聞けばかたらまほしけれど
　身の憂きことぞ言ふかひもなき

五 おひたるあしにて《ただただ泣くだけで》、六 かひなくや」ときこえつ《申し上げた》。

一〈苦しいまでに嘆いている今日とおっしゃいますが、一つ想像して頂けませんか、もし今日一日のその御心と、毎日毎日漠然と思いにふけらざるをえないですごしている私の心とを取り換えてみたら……、と〉宮の歌の「けふ」という言葉を使って、本格的に切り返した。

二〈お会いしてお話でもできれば、あなたのお気持をお慰めすることもできましょうに、そんなに話相手にもならない、ふがいない者扱いはなさらないで下さい〉「かたらふ」は、閨房の語らいも意味する。求愛の歌。

思いがけぬ逢瀬——月夜の訪れ

三「あはれ」は持続する内面的な感動を表す。「物語り」は、雑談することの意。文学作品のことではない。

四〈このつれづれの気持も慰むと伺いましたので、お話し申し上げたいとは存じますが、私の身にしみついた憂鬱さといったら、文字通り宮様のおっしゃる言いがいもないということに当りましょう〉

五「何事もいはれざりけり身のうきは生ひたる蘆のねのみなかれて」（『古今六帖』三、赤人）を引く。「生ひたる蘆」は「ね（根・音）」の序。「音《ね》のみ泣く」は、声をあげて泣くだけである、の意。なお「老いたる足」をかけたとする説もある。

六 お出で下さっても何にもなりませんでしょう。「かひ（甲斐）」に「貝」をかけ、「蘆」の縁語とした。「暮れにはいかが」に対する答え。一応拒絶したかた

ちになっている。
七 右近衛府の三等官のこと。当時この階層の人々は上流貴族にも仕えて、種々の便益を得ていた。「ひるより」とあるので宮が勤務時間中から呼び出したのである。「あやしき御車」の調達もかれの役目であろう。
八 こんな次第です。宮の来訪を告げたのである。
九 物語で主人公が「男・女」と呼ばれるのは、愛の主題が高揚した時など特定の局面に限られるという。この作品で女主人公が「女」とされる最初である。
一〇 前の「なぐさむと……」の文をさす。
一一 「妻戸」は建物の四隅につけられた出入口。西側のそれを「西の妻戸」という。正面入口ではない。
一二 わらで編んだ円形の敷物。高貴の人に対する待遇としては充分ではないやり方である。
一三 元来は、老熟したものがなお若々しく見せる美しさをいうが、ここでは若い宮の容姿をそのように評したもの。時に帥宮二十三歳。
一四 古いしきたりに縛られていて殿舎の奥でかしずかれている身分なので。皇族としての不自由さを指しているが、ここでは口実である。
一五 「すう」は、元来男を婿取りして住まわせる意。
一六 「さきざき」は、以前に経験した事件や事態をさす言葉。前例・先例の意。現代語のように未来のことには、平安時代では用いない。「らん」は、現在眼前で起っていない事実を想像するときに用いるので、文法上の時制にかかわらない。

〔女が〕 人目に立たぬように〔宮は〕 昼間のうちからあれこれ計画
思ひかけぬほどに、しのびて、とおぼして、ひるより御心まうけ
を立て いつもこういう手紙の取次ぎ役として伺候している
して、日ごろも御文とりつぎて参らする右近《うこん》[七]の尉《じょう》なる人を召《め》して、
(宮) 外出したいのだ 〔右近の尉は〕例の所だな 気づい
「しのびて、ものへ行かん」とのたまはすれば、さなめり、と思ひ
てお供をした みすぼらしい牛車で 〔女の所に〕 〔右近の尉に〕
てさぶらふ。あやしき御車にておはしまいて、「かくなん」[八]と言は
面白くない気持がしたが 不在です
せ給へれば、女[九]、いと便《び》なき心地すれど、なし、ときこえさすべきに
家にいながら〔宮を〕
もあらず、ひるも[一〇]御返りきこえさせつれば、ありながら帰したてま
形式的にお話だけしよう
つらんも、なさけなかるべし、ものばかりきこえん、と思ひて、西[一一]
世人が噂しているせいなのであ
の妻戸《つまど》に円座《わらざ》[一二]さし出《い》でて、入れたてまつるに、世の人の言へばにや
ろうか 〔宮は〕通り一ぺんの 〔だから〕女の方でも 意識され
あらん、なべての御様にはあらず、なまめかし[一三]。これも、心づかひ
て 〔月は〕たいそう明るい
せられて、ものなどきこゆるほどに、月さし出でぬ。いとあかし。
(宮) こんな端近な所には座りつけていないので
「ふるめかしう[一四]奥《おく》まりたる身なれば、かかるところにゐならはぬを、
どうも居心地が悪いような気持がしますから あなたのおいでのお部屋に 入れて下さい まさか
いとはしたなき心地するに、そのおはするところにすゑ給へ[一五]。よも、
以前にお相手なさったはずの男性のようには振舞うつもりはありません (女) おやおや
[一六]さきざき見給ふらん人のやうにはあらじ」とのたまへば、「あやし。

一こよひのみこそ、きこえさすると思ひ侍れ、さきざきはいつかは」など、はかなきことにきこえなすほどに、夜《よ》もやうやう《だんだんと》更《ふ》けぬ。かくて《このままで》〔夜を〕明かすべきにや、とて、

(宮)二 はかもなき夢をだに見で明かしては
　なにをか後《のち》の世語《よがた》りにせん

とのたまへば、

(女)三「夜とともにぬるとは袖《そで》を思ふ身も
　のどかに夢を見るよひぞなき

四まいて」ときこゆ。(宮)「かろがろしき《私はそう気安く》御ありきすべき身にても《五外出してかまわないような身分では》あらず。なさけなきやうには《心ないことをすると思われるかもしれませんが》おぼすとも、まことに《六こんな所にいてはどんなことになるかわかりませんよ》ものおそろしきまでこそおぼゆれ」とて、やをら《そっと》すべり入り給ひぬ。いとわりなきことども《七御無理なことをいろいろとお約束になり》をのたまひ契《ちぎ》りて、明けぬれば、〔宮は〕帰り給ひぬ。すなはち《帰るとすぐさま》、「今のほども《今朝のごきげんは》いかが。〔私の方は〕八あやしうこそ」とて、

一 今夜だけ、本当に今夜一晩のお話だと思っておりますのに、「さきざき」だなんていつのお話の事でしょうか。

二 〈このままではあのはかないという夢さえも見ずに、一夜を明かしてしまうことになりましょうが、それでは、これからのち、お会いしたときいったい何を話題にしたものでしょうか〉「世語り」、一説に「夜語り」とする。

三 〈毎晩毎晩、涙でぬれるのではないか、と袖のことを心配している私の身にとっては、それこそ夢などのんびりと見る夜とてなく、泣き明かしております〉「ぬる」に「寝《ぬ》る」と「濡る」をかける。

四 「まして」の音便。ましてや「後の世語り」など考えられるわけがない、の意。求愛を拒《こば》んだのである。

五 いわゆる自称敬語。なおこのあたり、宮の言葉は、昂奮のせいか、文脈が混乱している。

六 夜の戸外での恐怖感。前頁「かかるところにゐならはぬを」に照応する。いずれも室内に入らんがための口実である。なお、「まことに」とあるので、典拠があるかもしれないが不詳。

七 次の逢瀬や、二人の将来のことなどであろう。いずれにしても女にとって「わりなき」筋の通らない話なのである。ともあれ、宮は思いをとげた。

八 必ずしも幸福でなかった宮の結婚の体験が、後朝の新鮮な感じを、不思議なまで、と表現した。

(宮)恋九と言へば世のつねのとや思ふらん

けさの心はたぐひだになし

御返り、

(女)世一〇のつねのことともさらに思ほえず

はじめてものを思ふ朝《あした》は

ときこえても、（御返事はしたものの）一一あやしかりける身のありさまかな、故宮の、さばか（同じようなこ）りのたまはせしものを、（とをおっしゃったものだったが……）と悲しくて思ひ乱《みだ》るるほどに、一二例《れい》の、童来たり。御文やあらん、と思ふほどに、さもあらぬを、（そのお手紙もこないのが）心憂し、と思（と思う）ふほども（心の動きも）一三すきずきしや。（何と色事めいてきたことか）〔童が宮の所へ〕帰り参るに、〔女は〕きこゆ。

(女)待一四たましもかばかりこそはあらましか

思ひもかけぬけふの夕暮れ

〔宮は〕御覧じて、げに、（本当に）いとほしうも、（可哀相なことをした）とおぼせど、かかる御ありきさ

九〈恋しいといったら、世間にありきたりのことだと思われるかもしれませんが、思いをとげたけさの私の心は、この世に比べられるものなどあるわけがありません〉

一〇〈おっしゃるように、これは世間一般にざらにあることとは思えません。そのせいか、きぬぎぬの朝こんな物思いに沈んだのは、はじめてという朝になりました〉

一一 宮の文のことば「あやしうこそ」に応ずる。以下、女の心。女の方は、意外な事の進展を嘆いているのである。

一二 最初の時と同様に。

一三 故宮のことを想い起しながら、いまや帥宮の来信を待つようになる女の心の動きを、作者として第三者の立場で批評した言葉。物語における草子地に当る。

一四〈いずれはあなたをお待ちすることにもなろうかとは思っておりましたが、よもやこんな、歌はおろかお手紙さえも頂けない、というようなことになろうとは、思ってもみませんでした。何という悲しいこの夕暮れでしょう〉「ましも……まし」の照応を考え、お待ちしていたとすれば、と解するのが通説だが、従えない。「けふの夕暮れ」は「けさの心」を受ける。

らにせさせ給はず。北の方も、例の人の仲のやうにこそおはしまさ《ふつうの御夫婦の間柄のようなわけではないのだが》ねど、夜ごとに出でんも、あやしとおぼしめすべし、故宮の、はて《お亡くな》までそしられさせ給ひしも、これによりてぞかし《りになるその日まで非難を受けられたのも　この女のためであったのだ》、とおぼしつつむ《世間体を気になされ》も《るのも》、ねんごろには《〔宮が女を〕》おぼされぬなめりかし。

暗きほどにぞ、御返り《〔宮の〕》ある。

（宮）三「ひたぶるに待つとも言はばやすらはで
　ゆくべきものを君が家路《いへぢ》に

おろかにや《通り一遍の恋か》、と思ふこそ苦しけれ《などと思われるのが残念です》」とあるを、（女）「なにか、ここには《どういたしまして私の方は》、

（女）四 かかれどもおぼつかなくも思ほえず
　これもむかしの縁《えに》こそあるらめ

と思ひたまふれど《考えてはおりますが》、五 なぐさめずは、つゆ」ときこえたり。

〔宮は〕おはしまさんとおぼしめせど、うひうひしうのみおぼされて《子どもっぽく気おくれがされて》、日ごろ《何日》になりぬ《かたってしまった》。

一 帥宮の正妻。ここでは右大将藤原済時の二女。帥宮の兄三条院（当時皇太子）の女御娍子の妹。夫と不仲であったことは、後文に見え（五二頁参照）、また『栄花物語』にも記述がある。なお帥宮にはもう一人正妻（藤原道隆三女）がいたが、正常でなかったらしい。

二 『栄花物語』によれば、為尊親王は長保三～四年（一〇〇一～二）にかけて、疫病流行にもかかわらず、和泉式部らと夜歩きに熱中し、ために命を落とすこととなった、という。解説参照。

三 〈あれこれ言わずにただただ待っている、とおっしゃるのでしたら、何の躊躇することもなく、あなたのお宅の方へまっすぐに行くところでしたが……〉女の「待たましも……」の歌の屈折した表現に対して切り返した。

四 〈あのような歌を差し上げるようなことにはなりましたが、実はそれほど不安な思いをしているわけでもないのです。何故ならいずれにしても前世からの因縁なのだ、と考えておりますので……〉「縁」は底本「さき」。応永本により訂。この歌は、「なにか、ここには……と思ひたまふれど」にはさまれて、地の文と一体化している。一般に〝歌文融合〟と称する技法。

五 結局慰めにならないのでしたら、どうにも……。「なぐさむる言の葉にだにかからずは今も消ぬべきつゆの命を」（『後撰集』恋六、よみ人しらず）を引くとともに、宮の歌「かたらはばなぐさむこともありやせん……」のことばも意識している。

忍び音《ね》のほととぎす

つごもりの日、[六]女、

[七]ほととぎす世にかくれたるしのび音《ね》を

いつかは聞かんけふもすぎなば

ときこえさせたれど、人々あまたさぶらひけるほどにて《家来たちがお傍に多勢いる時だったので》、え御覧ぜさせず《お目にかけることができなかった》。つとめて《翌朝》持て参りたれば、見給ひて、

(宮)[八]しのび音は苦しきものをほととぎす

木高《こだか》き声をけふよりは聞け

とて、二三日《ふつかみか》ありて、しのびてわたらせ給へり。女は、ものへ参らんとして《お寺に参籠しようとして》[九]精進《さうじ》したるうちに、いと[一〇]間遠《まどほ》なるも、心ざしなきなめり《本当の愛情はないらしいな》、と思へば、ことにものなどもきこえで《御返事もしないで》、仏《ほとけ》にことづけたてまつりて《仏様を口実にして》、明か《「そのまま夜を」》しつ。つとめて、(宮)[一一]「めづらかにて、明かしつる」など、のたまはせて、

(宮)[一二]「いさやまだかかるみちをば知らぬかな

あひてもあはで明かすものとは

六 四月三十日。

七 〈ほととぎすは四月いっぱいは声をしのばせて鳴くと申しますが、たしかあなたは兄宮様と同じ枝のほととぎすとおっしゃいましたのに、この四月も末になっても、そのしのび音さえも聞かせて下さいませんね。今日という日がすぎたら、いったいいつになることやら〉「しのび音」に「忍び寝」をかける。

八 〈ほととぎすにとって、声をしのんで鳴くことは実は苦しいことなのですよ。それよりも五月になった今日からは、堂々と高い木の梢で鳴けるのです。そのほととぎすと同じ喜びにあふれた私の思いを聞いて下さい〉

九 仏道修行に専心すること。情事などもってのほかである。なおこの仏事を、為尊の供養とする説がある。「うちに」は、その上に、の意。その間に、ではない。

一〇 間隔が開いていること。ここでは宮の訪れが絶えていることを示す。

一一 「めづらか」は「めづらし」と異なって、珍妙だ、奇妙な、の気持を表す。

一二 〈いやはや、こんなやり方があるとは思ってもみませんでしたよ。せっかくお会いしながら、逢瀬を重ねることもできずに、夜を明かすなんて〉下句ア音の頭韻を用いている。

あさましく《あきれてしまいました》」とあり。さぞあさましきやうにおぼしつらん、といと《お気の》ほしく《毒に思えて》て、

「（女）一 よとともに物思ふ人はよるとても
　　うちとけてめのあふ時もなし

二 めづらかにも思うたまへず」ときこえつ。

またの日《翌日》、「（宮）けふやものへは参り給ふ《今日あたりお寺へお出かけですか》。さて、いつか帰り給ふべからん《いつ頃になったらお帰りの御予定ですか》。いかに、まして《いよいよもって》、おぼつかなからん《気がかりなことになりそうですね》」とあれば、

「（女）三 をりすぎてさてもこそやめさみだれて
　　こよひあやめのねをやかけまし

四 とこそ思ひ給ふべかりぬべけれ」ときこえて、〔お寺に〕参りて三日ばかりありて帰りたれば、宮より、「（宮）いとおぼつかなくなりにければ、〔お宅へ〕参りて、と思ひたまふるを、五 いと心憂かりしにこそ《あの時ひどい仕うちだったので》、もの憂く、恥かしうおぼえて《気おくれがしまして》、〔その結果〕いとおろかなるにこそなりぬべけれど《たいそう疎遠なことになってしまいましたが》、六 日ごろは、

一〈いつもいつも物思いに閉ざされている、私のような女にとっては、夜になったからとて、ゆっくり目をつぶって眠りに落ちる、というような時間はないものなのです〉「よ」に「世」と「夜」、「よる」に「夜」と「寄る」、「め」に「女」と「目」、「あふ」に「合ふ」と「逢ふ」をかけ、宮の贈歌に応じた。

二 私の方は一向にめずらしいことだとも思っておりませんが。

三〈時節が過ぎれば、あの五月雨でもやむように、私もそのうちに帰って参りましょう。それとも今夜は節分だろうと何だろうとかまわずにおいでになりますか。それでは邪気を払うというあやめの根を軒にかけておかなくてはなりませんね〉難解歌で定解がない。宮の「いつか帰り給ふべからん」に答えたものとして解した。「あやめ」は五月五日の節句の景物。屋根や軒にかけて邪気を払う。「五月雨」に「さ乱れ」をかけ、「根」に「寝」をかける。一説に「根」に「音」をかけ、涙にくれている、ととる。

四 というふうにでもお思い下さったらと考えております。「べかりぬべけれ」はくどい言い方だが、これは宮の文の「帰り給ふべからん」に応じたもの。わざと固苦しく言ったのである。

五 先夜の「あひてもあはで明か」したことをさす。

六 歌の上句に直接つながる。「日ごろはすぐすをも」の意。

[七]すぐすをも忘れやするとほどふれば
　いと恋しさにけふはまけなん

あさからぬ心のほどを、さりとも[八]」とある、御返り、

(女)[九]まくるとも見えぬものから玉かづら
　とふ一《ひと》すぢも絶えまがちにて

ときこえたり。

真木の戸ぐち

宮、例の《前と同様》しのびておはしまいたり。女、さしもやは《よもやこんなことは》、と思ふうち《上に》に、日ごろの行《おこな》ひ[一〇]に困《こう》じて、うちまどろみたるほどに、〔宮が〕門《かど》をたたくに、〔女の方では〕聞きつくる人もなし。〔宮は〕[一一]きこしめすことどもあれば、人のあるに《誰か男がいるの》や《かな》、とおぼしめして、やをら《そっと》帰らせ給ひて、つとめて、

(宮)[一二]「あけざりし真木《まき》の戸ぐちに立ちながら
　つらき心のためしとぞ見し

[一三]憂きはこれにや、と思ふも《と思うとかえって》あはれになん」とあり。よべ《昨夜》、おはしま

七〈このところお逢いしていませんね。これは、時間が経てば忘れることもあろうかと、わざとしていたのですが、今日という今日は、どうにも恋しさに負けてしまいました〉

八「さ」は「いとおろかなるにこそ……」を受ける。

九〈恋しさに負けたとおっしゃいますが、一向においでになる御様子もありませんようですが……。何しろわずか一筋のつながりであるお手紙でさえ、とだえがちなのですから〉「玉かづら」は「絶え」の枕詞。「繰《く》る」「すぢ」「絶え」が縁語関係をなし、「繰る」に「来る」がかけ詞となっている。

一〇 勤行《ごんぎょう》に疲れてしまって。昼夜精進潔斎して仏道に専念するために、疲労するのである。

一一 他の男たちが通う噂を。

一二〈昨夜はとうとう開けてもらえなかった戸口の前に立ち通して、つれない人の心の実例を、はっきりと見せつけられましたね〉「真木の戸」は歌語。男を許さぬ女の心の象徴である。よって「ためし」という。

一三 憂きつらきとはこんなものか、の意。引歌があるかもしれないが未詳。応永本「憂き忘れにや」。

しけるなめりかし、心もなく〔不用意にも〕寝にけるものかな、と思ふ。御返り、

（女）一「いかでかは真木の戸ぐちをさしながら

つらき心のありなしを見ん

おしはからせ給ふめるこそ〔勝手な御想像をなさっていらっしゃるようで〕二。見せたらば」とあり。〔宮は〕こよひもおはし

まさまほしけれど、かかる御ありきを人々も制《せい》しきこゆる〔おとめ申し上げるだけでなく〕うちに、

三うち、大殿《おほとの》四、春宮《とうぐう》五などのきこしめさんこともかろがろしう〔軽率なことだと〕、おぼし

つつむ〔遠慮されて〕ほどにいとはるかなり〔いるうちに気持の隔りはどんどん大きくなってしまった〕。

雨のつれづれ

雨うち降りて、いとつれづれなる日ごろ、女は雲間《くもま》六なきながめ〔長雨〕に、

世の中をいかになりぬるならんとつきせずながめて、すきごとする

人々〔言い寄ってくる男たちは〕はあまたあれど、ただ今はともかくも思はぬを、世の人はさま

ざまに言ふめれど、身のあればこそ七、と思ひてすぐす。

宮より、「雨のつれづれは、いかに」とて、

（宮）八おほかたにさみだるるとや思ふらん

一 〈こんなに厳重に戸口に錠が下りていますのに、どうして、その中に「つらき心」があるかないかが御覧になれましたのでしょうか。私の気持などおわかりになるはずがないのに〉

二 「人知れぬ心のうちを見せたらば今までつらき人はあらじな」（『拾遺集』恋一、よみ人しらず）を引く。私の本心をお見せできれば、「つらき心」などとはおっしゃらないでしょうに、の意。

三 天皇をさす。当時の天皇は一条天皇。なお底本はこの部分「内大殿」とあるので、通説は「うちのおとど」とよみ、内大臣藤原公季《きんすゑ》のこととするが、公季はここに記される必然性にとぼしい。あるいは「……きこゆるうちに、大殿」で、「内」は衍《えん》か。いずれにしてもこの順は不審。

四 藤原道長か。当時の最高権力者で、政治的に必要な人物（皇位継承候補者）に目をくばっていた。二六頁注一および解説参照。

五 当時の皇太子は、帥宮兄弟の兄居貞《いやさだ》親王。後の三条天皇。その妻は、帥宮の北の方の姉である。

六 雲の絶え間。雲の切れ目。

七 「いづ方に行きかくれなむ世の中に身のあればこそ人もつらけれ」（『拾遺集』恋五、よみ人しらず）を引く。逃げ路のない絶望感の中に女は生きている。男たちの接近も彼女の心を動かさない。

八 〈ただ何となく誰にでもこの五月雨が降っていると思われるかもしれませんが、この長雨は実は、なか

君恋ひわたるけふのながめを

とあれば、をりをすぐし給はぬを《機会をお見逃しにならぬのを》、をかし《見事だ》、と〔女は〕思ふ。あはれなるをりしも、と思ひて、

(女)九 しのぶらんものとも知らでおのがただ
身を知る雨と思ひけるかな

と書きて、紙の一〇一重《ひとへ》をひき返して《料紙の一枚を裏返して》、

(女)一一「ふれば世のいとど憂《う》さのみ知らるるに
けふのながめに水まさらなん

一二まちとる岸や」ときこえたるを御覧じて《申し上げたのを御覧になって》、たち返り、

(宮)一三「なにせんに身をさへ捨てんと思ふらん
あめのしたには君のみやふる

一四たれも憂き世をや」とあり。

一五五月《さつき》五日《いか》になりぬ。雨なほやまず。

ば放心状態であなたのことを思いやって流している私の涙なのですよ〉

九〈そんなに私のことを思って下さっておいでだとは思ってもおりませんでした。この雨は、ただ私自身の悲しい運命を象徴するものだとばかり考えておりました〉「数々に思ひ思はず問ひ難《がた》み身を知る雨は降りぞまされる」(『古今集』恋四、在原業平。『伊勢物語』百七段。『古今六帖』一)を引く。

一〇 この時代の消息は同じ薄様《うすよう》を数枚重ねて用いるが、中の一枚の裏に書いたのであろう。前の歌だけでは意が尽せなかったのである。

一一〈人生とは経験すればするほど、我が身の憂鬱さが思い知らされます。いっそこの長雨で大洪水になってしまえばいいとさえ思われます〉「ふれば」は「降る」に「経る」をかける。第二句応永本「いとゞうき身の」。

一二 救って下さる彼岸はないものでしょうか。歌の下句を受ける。引歌があると思われるが未詳。

一三〈何のつもりで、その洪水に身など投げ捨てようとお考えなのですか。この雨が、広い天下に、あなたのところばかり降っているのではないように、つらいのはあなただけではないのですよ〉「経る」に「降る」を、「天」に「雨」をかけた。「降る」と「雨」は縁語。

一四 引歌があるか。「たれも」に「我も」の意を含む。

一五 不審。日付けも合わない上に、当時の記録によれば、五月五日は晴天であった。

ひと日の御返り《先日の女の御返事が》の、つねよりもの思ひたるさまなりしを、（宮は）あはれとおぼし出でて、いたう降り明かしたるつとめて、「こよひ《（宮）昨夜》の雨の音は、おどろおどろしかりつるを《たいそうものすごく聞えたものだったねえ》」など、のたまはせたれば、

（女）二
「よもすがらなにごとをかは思ひつる
　窓《まど》打つ雨の音を聞きつつ

三かげに居ながら《日かげの身なのに》、あやしきまでなん《失礼なことを申し上げました》」ときこえさせたれば、なほ言四ふかひなくはあらずかし、とおぼして、御返り、

（宮）五
われもさぞ思ひやりつる雨の音を
　させるつまなき宿《やど》はいかにと

ひるつ方《かた》、川《賀茂川》の水まさりたりとて、人々見る。宮も御覧じて、

（宮）
「ただ今いかが。水見になん、行《い》き侍る。

六大水のきしつきたるにくらぶれど
　深き心はわれぞまされる

窓打つ雨

一 女の歌「ふれば世の……」をさす。

二 〈一晩中、何かほかのことを考えていたのかとおっしゃるのですか。あの烈しい雨の音を聞きながら、あなた以外のだれのことを考えていましょうか〉「窓打つ雨」は、白楽天の「上陽白髪人」（『白氏文集《はくしもんじゆう》』諷《ふう》諭《ゆ》）の一節「耿々《かうかうタル》残燈背《ク》レ壁《ニ》影　蕭々《せうせうタル》暗雨打《ツ》レ窓《ヲ》声」による。この詩は貴人に見捨てられた佳人の嘆きを主題としている。『和漢朗詠集』にも「秋夜」と題して収められる。

三 注二の白詩による。通説は「降る雨に出でてもぬれぬ我が袖のかげにゐながらひぢまさるかな」（『拾遺集』恋五、貫之）を引く。

四 やはり取るに足らぬ女ではないな。宮は、女の白詩を引いた技法に感じたのである。

五 〈私も全く同感だったものですから、ああ申し上げたのです。あんなひどい雨の晩に、頼りになる男のいない家は、どんなだろうと思いまして〉「つま」は、軒端の意に「夫《つま》」をかける。「宿」は歌語。

六 〈大雨のために、川の水が岸を越えそうになっているその深さに比べてみましたが、やはり、私の心の方がずっと深いと思います〉

さは知りたまへりや（そういうふうに御承知でしょうか）」とあり。御返り、

(女)「今は七よもきしもせじかし大水の

深き心はかはと見せつつ

かひなくなん」ときこえさせたり（何をおっしゃってもかいない事ですと申し上げた）。

乳母の諫め

[宮は女の所へ]おはしまさむとおぼしめして、薫物《たきもの》八などせさせ給ふほどに、侍従《じじゅう》九の乳母《めのと》、まうのぼりて（参上して）、(乳母)「出でさせ給ふは、何処《いづち》ぞ。一〇このこと人々申すなるは、一一なにのやうごとなき際《きは》にもあらず、つかはせ給はんとおぼしめさん限り一二は、一三召してこそつかはせ給はめ（召人としてお使いになったらよろしいでしょう）、かろがろしき御ありきは、いと見苦《みぐる》しきことなり。一四そがなかにも、人々（男たちが）あまた来《き》かよふ所なり。便《びん》一五なきことも（面白くないような事件も）、出でまうできなん（起ることになりましょう）。すべてよくもあらぬことは、一六右近の尉なにがしがしはじむることなり。故宮をも、こ（この）れこそ（男が）率《ゐ》てありきたてまつりしか（お連れして出かけられたことでしたね）。よる夜中《よなか》とありかせ給ひては、よきことやはある。かかる御ともにありかむ人は、大殿《おほとの》一七にも申さん。

七〈これではもうお出でになるおつもりはないのですね。大水の深さに比べたその心は、あちらのことのようにおっしゃっておいでですから〉「きし」に「来し」と「岸」を、「かは」に「川」と「彼は」をかける。

八 香を衣服にたきしめること。外出の準備である。

九 氏名不詳。宮の幼少時からのお守り役。

一〇 あの女の所へお通いになることについて、皆がいろいろ噂しておりますよ。「なる」は人から聞いた内容であることを示す。乳母は行先を知っていてあえて問うたのである。

一一 女はたいした身分ではないのだから。「やうごとなき」は「やむごとなき」に同じ。

一二 社会慣習や制度上の限界を示す。ここでは、常識の範囲内で、といったニュアンス。

一三 当時貴人が身分の低い女性を、使用人の待遇で召し出し、側妾としたものを「召人《めしうど》」と呼んだ。蔑称である。乳母は女を「召人」待遇で可と考えたのである。

一四 通い所の中でもこの女の所は、の意。

一五 近くは、帥宮の異母兄花山院が、藤原為光女をめぐって藤原伊周《これちか》兄弟と乱闘事件を起した、と『栄花物語』に伝える。ただし、必ずしも恋愛事件ではなかったとする説もある。

一六「なにがし」は、氏名が判っていても、わざと伏せる場合にも用いる。

一七 道長か。次頁注一参照。

世の中は、けふあすとも知らず変りぬべかめるを、殿のおぼしおきつることもあるを、世の中御覧じはつるまでは、かかる御ありきなくてこそおはしまさめ」と、きこえ給[二]へば、（宮）「何処《いづち》[三]か行《い》かん、つれづれなれば、はかなきすさびごとするにこそあれ、ことごとしう人は言ふべきにもあらず」とばかりのたまひて、[四]あやしうすげなきものにこそあれ、さるはいとくち惜しうなどはあらぬものにこそあれ、よびてやおきたらまし、とおぼせど、さても、まして聞きにくくぞあらん、とおぼし乱るるほどに、おぼつかなうなりぬ。

人なき廊に——初めて南院へ

からうじておはしまして、（宮）「あさましく、心よりほかにおぼつかなくなりぬるを。おろかになおぼしそ。[五]御あやまちとなん思ふ。かく参り来《く》ること便悪《びんあ》[六]し、と思ふ人々あまたあるやうに聞けば、[七]いとほしくなん。大方《おほかた》[八]もつつましきうちに、いとどほど経《へ》ぬる」と、まめやかに御物語りし給ひて、（宮）「いざたまへ、こよひばかり、人も見

最近の政情は　変ってゆくに違いないのですから　御計画をたてて　おかれたことも　政情の変化の結果が見極められるまでは　ほんのちょっとした遊びを　そんなに大げさに他人が　とやかくいうべき事ではないはずだ　〔女は〕いやしくて取るに足らぬものではあるが　そうはいっても　〔宮は〕　そうしたら　いっそう人聞きがよくないことになろうか　女のもとへは足が遠のいてしまった　自分でもあきれるほど　いい加減な気持だと思わないで下さい　あなたにも問題があったと思いますよ　誠実さを示しながら

一 道長か。彼は当時左大臣。長女彰子を一条院中宮として、政権安定に腐心していたが、まだ彰子に皇子誕生のことがなく、おそらくそのために、次期皇太子候補の位置に近かった敦道を、己れの傘下におさめるべく、乳母とも接触していたか、と想像される。解説参照。

二 乳母に対する尊敬語法ととれるが、不審。応永本「申し給ふ」。

三 どこへも行くものか。乳母のいうほど大げさなことではない、としたのである。

四 以下、宮の心。「すげなし」は、素気なし。粗略に扱った、または扱っていい、の意。「つらし」「つれなし」と異なる。宮にとって女は「すげなき」階層に属するが、異性としてまた歌人としては特に「くち惜し（期待はずれである、不本意な、の意）」くない存在である。よって乳母と妥協して自邸に呼んでそば近く召し使おうかとも考えたのである。

五 女が乳母らから非難されるような要因を持っていることを咎めたものか。「御」を自称敬語とすれば、自分の失態で、の意となり、乳母に見咎められたことをさすことになる。

六 都合が悪い、具合が悪い、の意。「びなし」に同じ。応永本「びなし」。

七 私も困惑しています。女に同情しているわけではない。

ぬ所あり、心のどかにものなどもきこえん」とて、〔宮が〕車をさし寄せて、ただ乗せに乗せ給へば、（むりやりにお乗せになるので）われにもあらで（無我夢中で）〔女は〕乗りぬ。九人もこそ聞け、と思ふ思ふ行けば、（気にしいしい行ったが）いたう夜更けにければ、知る人もなし。やをら人もなき廊《らう》一〇にさし寄せて、〔宮が〕下《お》りさせ給ひぬ。月もいとあかければ、「下りね」としひて（強制的に）のたまへば、一一あさましきやうにて（はらはらした思いでようやく）下りぬ。

（宮）一二「さりや、人もなき所ぞかし。今よりは、かやうにてをきこえん。一三一四人などのあるをりにや、と思へば、つつましう」（遠慮されて）など、物語りあはれにし給ひて、明けぬれば、車寄せて乗せ給ひて、（宮）一五「御送りにも参るべけれど、あかく（明るく）なりぬべければ、外《ほか》にありと人の見んもあいなくなん」（おもしろくない）とて、〔宮は南院に〕とどまらせ給ひぬ。

女、道すがら、（帰る途中）一六あやしのありきや、人いかに思はむ、と思ふ。あけぼのの〔宮の〕御すがたの、一七なべてならず（普通の様子でなく）見えつるも、思ひ出でられて、

（女）一八「よひごとに帰しはすともいかでなほ

八 その上、世間の目に立たないようにと思っていたりして。
九 人にわかってしまうだろうに。女の心。
一〇 建物と建物をつなぐ建物。細殿。今日の廊下と違って、室がある。ここは帥宮の邸（東三条院南院、一説に冷泉院南院）の中で、使われていない所であろう。
一一 宮の邸内であるから、見咎められるのを恐れたのである。宮にとっても女にとっても冒険である。
一二 どうですか？ 宮は、前注のごとき女の気持を察したのである。
一三 「を」は文脈を強める助詞。間投詞的に用いる。
一四 あなたの家だと、誰か来ているところかもしれない、などと思って。宮は、こうした異常な逢瀬となった理由を、女のもとに通う男たちに責任を転嫁しているが、実は乳母の忠言に対する意識である。
一五 送りに行くとすれば、早朝異例の外出となる。怪しまれるゆえんである。
一六 何と不思議な逢瀬であることとか。
一七 「なべてならず」は、通常一通りでなく秀れていることに用いるが、ここは後朝《きぬぎぬ》の別れ方の異常をいう。応永本「なべてのにはあらざりつる」。
一八 〈たとえ毎晩遅くお帰しするようになっても、決して今度のような早起きを、おさせしたくないものです〉このような逢瀬を拒んだのである。

あかつき起きを君にせさせじ

[一]苦しかりけり」とあれば、

（宮）[二]「朝露のおくる思ひにくらぶれば

ただに帰らんよひはまされり

さらに《全く》[三]かかることは聞かじ《こんな言い草に耳を貸す気はない》。よさり《今夜は》は[四]方塞《かたふたが》りたり。御迎へに参らん」とあり。あな見苦し、つねには、と思へども、例の車にておはしたり。さし寄せて、（宮）「はや、はや」とあれば、さも見苦しきわざかな、と思ふ思ふ〔しぶしぶ〕ゐざり出でて乗りぬれば、[五]昨夜《よべ》の所にて物語りし給ふ。

[六]上は、院の御方にわたらせ給ふ《冷泉院の方に宮はおいでなのだろう》、とおぼす。

明けぬれば、（宮）[七]「鳥の音《ね》つらき」とのたまはせて、やを〔車に〕[八]らたてまつりて〔女の家に〕おはしぬ。道すがら、（宮）「かやうならむをりは必ず」とのたまはすれば、（女）「つねはいかでか」ときこゆ。〔女の家に〕おはしまして、〔すぐに〕帰らせ給ひぬ。

一　このようなあなたの「暁起き」のお姿を拝見するのもつろうございました。

二　〈早朝こんなふうにあなたを送り出す気持に比べれば、何事もなく帰ってしまう夜の別れの方がつらいものです〉「おくる」は、「送る」に「露」の縁語「置く」をかけた。

三　贈歌の上句「よひごとに帰しはすとも」をさす。

四　陰陽道《おんようどう》の俗信で、天一神・太白神などが当る方角を避けること。ここでは女の家が、宮の邸からこの方角に当っていたのであろう。

五　前夜の「人もなき廊」。

六　宮の北の方。唐突な「上」の登場は、危ない逢瀬の情況の中での女の意識の反映か。なお応永本では「渡らせ給はん」で、これは北の方の意志を表す。

七　「恋ひ恋ひてまれに逢ふ夜の暁は鳥の音つらきものにざりける」(『古今六帖』五)を引く。

八　「乗りて」の尊敬語法か。応永本「うちのせて」、この方が通ずる。

しばしありて、御文あり。(宮)「けさは、鳥の音におどろかされて《目をさまさせられて》、にくかりつれば、殺し九つ」とのたまはせて、鳥の羽《はね》に、御文をつけて、

(宮)一〇殺してもなほあかぬかなにはとりの
をりふし知らぬけさのひと声

御返し、

(女)一一「いかにとはわれこそ思へ朝な朝な
なき聞かせつる鳥のつらさは

と思ひたまふるも、一二にくからぬにや」とあり。

二三日ばかりありて、月のいみじうあかき夜、〔女が〕端《はし》に居《ゐ》て見るほどに、(宮)「いかにぞ、月は見給ふや」とて、

(宮)一三わがごとく思ひは出づや山のはの
月にかけつつ嘆く心を

九 実際に殺したわけではない。楽府《がふ》の「打殺シテ長鳴鶏ヲ弾ジ去ル」(読曲歌)などによるか。

一〇〈たとえ殺しても気は晴れません。何しろこの鶏の全くひとの都合などおかまいなしの、今朝の一声でお別れすることになったのですから〉

一一〈どんなに鳥の声を聞くのがつらいことかは、私の方がよく思い知っております。あなたがとうとういらっしゃらなかった一夜を明かした、そんな朝の来るたびに、そのことを鳴いて知らせてくれるようなあの鶏の声のことですから〉

一二 反語表現。「にくからぬにやあらむ」の略。どうして憎くないことがありましょう。

一三〈私のように先夜のことを思い出して下さるでしょうか。あの山の端から出て来た月に、嘆いている私の心をなぞらえて、月をながめているのです〉

一 宮の邸で。「人もなき郎」のことである。

二 〈あの晩つくづくと見た月と同じ月だと思いますと、ぼんやりながめておりましても、一向に気持も定まらず、目はあらぬ方を見ておるようです〉

松山の波——誰の車か

三 女と同居している妹たちのところへそれぞれの愛人たちが通って来る所だったので。女の家には、妹や侍女などがいたのである。

四 この語法不審。宮の呟《つぶや》きか。応永本は「人の侍るにこそ車侍りと聞ゆればよし帰りなんとて……」。これは侍者のことば。

五 〈どうやらあなたが浮気者だという事実は、昨夜確認しましたけれども、やはり今日の物思いは、通り一遍のものではありませんよ〉「松山に波高し」は、「君をおきてあだし心をわが持たば末の松山波も越えなむ」（『古今集』東歌、陸奥《みちのく》歌）による。

例よりもをかしきうちに（いつもよりもいい歌である上に）、宮[一]にて、月のあかかりしに人や見けんと思ひ出でらるるほどなりければ、御返し、

（女）[二]ひと夜見し月ぞと思へばながむれど
　心もゆかず目は空にして

ときこえて、なほひとり（やはりただ一人で）ながめ居たるほどに、はかなくて（何事もなく空しい気持で）明けぬ。

またの夜、〔宮は〕おはしましたりけるも、こなたには聞かず（女の方ではわからなかった）。人々方々《かたがた》[三]にすむ所なりければ、そなたに（妹のところに）来たりける人の車を、[四]車侍り（車があるな）、人の（誰か）来たりけるにこそ（他の男がいるのだな）、と〔宮は〕おぼしめす。むつかしけれど（不愉快なことではあったが）、さすがにたえはてんとはおぼさざりければ、御文つかはす。（宮）「昨夜《よべ》は参り来たりとは聞き給ひけんや。それもえ知り給はざりしにや（その事さえもおわかりになれなかったのですか）、と思ふにこそ（と思うといよいよも）、いといみじけれ（ってひどいことですね）」とて、

（宮）[五]松山に波高しとは見てしかど
　けふのながめはただならぬかな

とあり。六 雨降るほどなり。あやしかりけることかな、人の《誰かが》空《そら》ごと《間違った》を
きこえたりけるにや《報告を〔宮に〕したのだな》、と思ひて、

（女）七 君をこそ末の松とは聞きわたれ
ひとしなみにはたれか越《こ》ゆべき

ときこえつ。

宮は、八 ひと夜のことを、九 なま心憂く《いささか憂鬱になられて》おぼされて、久しくのたまはせで、かくぞ。

（宮）一〇 つらしともまた恋しともさまざまに
思ふことこそひまなかりけれ

一一 御返り、「きこゆべきことなきにはあらねど《申し上げておくべきことがないわけではありませんが》、わざとおぼしめさんも《かえってまた誤解なさるかもしれぬと思うと》、恥かしうて《気おくれがしまして》、

（女）一二 あふことはとまれかうまれ嘆かじを
うらみ絶えせぬ仲となりなば」

六 宮の歌の「ながめ」に「長雨」をかけてあることの説明。但し、歌そのものには「長雨」をかけるべき必然性は認めがたい。

七 〈あなたの方こそずいぶん前から浮気な方だと聞いておりました。そういう方と同じようには到底浮気などできるものではございません〉「なみ」は「波」をかけ、「越ゆ」の縁語。

八 先夜、他人の車を見たこと。

九 「なま」は、完全でない、やや中途半端、の意。

一〇 〈つらいこと、恋しいことといろいろありますが、とにかくあなたへの思いに気を取られて、他のことを考えるひまとてありませんよ〉

一一 底本「御返は」。応永本「御返わ」を「御返り」の誤写とみて改めた。以下、女の返信。

一二 〈お互いにつまらぬことで恨みあわない間柄になりましたら、何はともあれ、お会いしても何も嘆くこともないと存じますが……〉「とまれかうまれ」は「ともあれかくもあれ」の転。

とぞきこえさする。

[一]かくて、のちもなほ、〔宮の来訪は〕間遠（とだえた）なり。

月のあかき夜、うちふして、[二]うらやましくも、などながめられば、宮にきこゆ。

（女）[三]月を見て荒れたる宿にながむとは
　見に来ぬまでもたれに告《つ》げよと

[四]樋洗童《ひすましわらは》して、「右近の尉にさしとらせて来《こ》（渡してきなさい）」とてやる。〔宮は〕お前《まへ》に、人々して御物語りして（雑談をして）おはしますほどなりけり。人まかでなどして（人々が立ち去ってから）、右近の尉〔女の文を〕さし出でたれば、〔宮〕[五]「例の車に装束《さうぞく》せさせよ」とて、おはします。

女は、まだ端《はし》に、月ながめて居たるほどに、人の入り来《く》れば、[六]簾《すだれ》うち下ろして居たれば（座っていたので）、[七]例のたびごとに目馴《な》れてもあらぬ御すがたにて、[八]御直衣《なほし》などの[九]いたう萎《な》えたるしも、をかしう見ゆ。〔宮は〕[一〇]もののたまはで、ただ御扇《あふぎ》に文《ふみ》を置きて、〔右近の尉〕樋洗童が持っていかなかったので「御つかひの取らで参りにけれ

一　こういう歌のやりとりをした後も。
二　「かくばかり経《へ》がたく見ゆる世の中にうらやましくもすめる月かな」（『拾遺集』雑上、藤原高光）の第四句。
三　〈私が月をながめながら荒れはてた家で物思いに沈んでいるということを、わざわざ見に来てくれなくてもよいから、誰かに知らせてもらいたいが……〉「たれ」は宮を暗にさす。歌の直接の相手は右近の尉か。
四　浴室・便器等の清掃をする下賤の少女。小舎人童の友だち。女の下仕え。
五　いつもの車の支度をせよ。「あやしき御車」（一五頁）である。「装束」は、車に牛をつけたりすること。
六　簾を下ろしてその陰に退いて座ったのである。「端」から奥へ入ったのである。
七　いつもおいでになる度に見なれたのと違う宮の御様子。宮は思い立って急にやって来たのである。
八　当時の男性貴人の平服。
九　よく着こなされた。新調のではなく、洗練されたスタイル。
一〇　宮はこだわりがあって口が重いのである。扇に文をのせて、口上も侍者に言わせる。これは元来女の贈歌が直接宮あてのものではないからである。

ば」とてさし出でさせ給へり。女、ものきこえんにも、ほど遠くて便《びん》なければ、扇をさし出でて、〔その文を〕取りつ。宮も、〔女の家へ〕あがろうと のぼりなむとおぼしたり。一一前栽《せんざい》のをかしきなかに〔宮は〕ありかせ給ひて、「一二人は草葉《くさば》の露なれや」などのたまふ。いとなまめかし。近う寄らせ給ひて、(宮)一三「こよひはまかりなむよ。たれにしのびつるぞ、と見あらはさんとてなん。あすは一四物忌《ものい》みと言ひつれば、〔邸に〕なからむもあやしと思ひてなん」とて、一五帰らせ給へば、

(女)一六
こころみに雨も降らなん宿すぎて
空行く月の影やとまると

人の言ふほどよりも〔女は〕一七こめきて、あはれにおぼさる。(宮)「あが君や」とて、〔女の家へ〕しばしのぼらせ給ひて、出でさせ給ふとて、

(宮)一八
あぢきなく雲居の月にさそはれて
影こそ出づれ心やはゆく

一一 寝殿造りの前庭。植込み。
一二 「わが思ふ人は草葉の露なれやかくれば袖のまづしをるらん」(『拾遺集』恋二、よみ人しらず)の二、三句。この全歌を詠唱したのであろう。植込みの露にぬれたのをかけた。
一三 今夜はひきあげよう、いつぞやの車が誰のところへ忍んで通って来た男のものか、はっきり見てやろうと思って来たのだから。宮は物忌みのために帰宅しなければならないので、こういったのだが、目的の半ばはこのことにもあった。
一四 日や方角が悪いため、家の中に引き籠って身をつつしむ習慣。陰陽道の俗信による。
一五 宮は帰邸されようとしたので。帰る行動を起したことをもって「帰る」という。帰宅してしまったのではない。
一六 〈ためしに雨が降ってくれないものかしら。私の家を通り過ぎてゆく月の光が、ここにとまってくれるかもしれないから〉宮を「空行く月」にたとえた。
一七 底本「うめきて」。ここでは応永本系の一本によって改めた。「こめきて」は、大様な、こせこせしない、の意。子供っぽい、あどけない、の意ではない。
一八 〈心ならずも、空の月にさそわれてしまって、その月影のように出て行きますが、私の心はあなたのところから去ってゆくつもりは、毛頭ありません〉

とて帰らせ給ひぬるのち、ありつる一御文見れば、

(宮)二われゆゑに月をながむと告げつれば
まことかと見に出でて来にけり

とぞある。三なほいとをかしうもおはしけるかな（やはりすばらしいお方でいらっしゃったものだ）、いかで（何とかして）、いとあやしきものにきこしめしたるを、きこしめしなほされにしがな（お考え直しになっていただきたいものだ）、と〔女は〕思ふ。

宮も、〔女を〕言ふかひなからず、つれづれのなぐさめに、とはおぼすに、四ある人々きこゆるやう、「このごろは、源少将《げんせうしやう》五なんいますなる、ひるもいますなり」と言へば、「また治部卿《ぢぶきやう》六もおはすなるは」など口口きこゆれば、いとあはあはしうおぼされて（女がひどく浮薄なものに思われてしまって）、久しう御文もなし。

小舎人童《ことねりわらは》来たり。樋洗童《ひすまし》七例も語《かた》らへば、ものなど言ひて、(樋洗童)「御文やある」と言へば、(小舎人童)「さもあらず。ひと夜おはしましたりしに、御門《かど》に車のありしを御覧じて、御消息《せうそこ》もなきにこそはあめれ（お手紙も全然つかわされないようです）。人（他の人）おは

一 先刻の手紙。扇にのせて差し出させたもの。

二 〈私ゆえに月をながめているという知らせがあったので、本当かどうか、私のところへ来たようではなかったが、私自身でたしかめに出て来たのです〉

三 女の心。「いかで」は下の「きこしめしなほされにしがな」にかかる。

四 宮の侍側にいる人たち。女房であろう。

五 源少将がおいでのようです。「なる」（次行「なり」も）は伝聞を表す。「源少将」は源雅通か。当時右近少将。道長夫人倫子の甥。家集に、和泉式部と交渉があった事が見える。

六 源俊賢か。高明息。四納言の一人。但し応永本は「兵部卿」、この場合は藤原隆家。道隆息で中宮定子の兄。

七 樋洗童と小舎人童はいつも仲好くしていたので。「語らふ」は情を交わすこと。侍者どうしの交情は『源氏物語』などにも例がある。

しまし通ふやうにこそきこしめしげなれ《がこちらへ通っておいでのように宮はお聞きになった御様子です》」など言ひて去《い》ぬ。「八かく
なん言ふ」と〔女は〕聞きて、九いと久しう《随分長いこと》、なによかよときこえさすること《何やかやとうるさく申し上げたこともない上》
もなく、わざと《特別に》〔宮の愛を〕頼みきこゆることこそなけれ、時々も〔宮が私の事を〕かくおぼし出
でんほどは〔仲が〕絶えであらんとこそ思ひつれ、ことしもこそあれ《こともあろうに》かくけ
しからぬことにつけて《こんな不愉快なことについて》かくおぼされぬる、と〔女は〕思ふに、身も心憂くて、
一〇なぞもかく、と嘆くほどに、御文あり。
「(宮)日ごろは《このところ》、一一あやしき乱り心地のなやましさになん《不思議なことに身体の具合が悪くとうとう伺えませんでした》。いつぞやも参
り来て侍りしかど、をり悪《あ》しうてのみ帰れば、いと人気《ひとげ》なき心地し《人並みでない気がして》
てなん、

(宮)一二よしやよし今はうらみじ磯に出でて
　　こぎ離れ行くあまの小舟《をぶね》を」

とあれば、あさましきことども《あんなひどいいろいろな噂を》を〔宮が〕きこしめしたるに、〔宮に〕きこえさせん
も恥かしけれど、このたびばかり《今度だけはというので》とて、

八 樋洗童のことば。小舎人童のことばを女に伝えたのである。「聞きて」は底本「きこえて」。応永本によって改めた。

九 以下、女の心。「いと久しう」は下の「わざと頼み……」にかかる。なお「なによかよ」は、底本「なにやかや」を訂正。書本《かきほん》（書写したもとの本）には「夜」の草体で書かれていたか。

一〇 どうしてこんなことに。「いく世しもあらじわが身をなぞもかくあまの刈藻《かるも》に思ひみだるる」（『古今集』雑下、よみ人しらず）の第三句を引く。

一一 夜離《よが》れの弁解として仮病を用いることは、当時の男の半ば習慣だが、宮の場合は意図的に言ったのであろう。

一二〈ええもう結構です。今となっては恨みますまい。海辺に出て遠く沖へ漕ぎ出して行った漁師の舟のように、遠ざかってしまったあなたの事などは〉「恨み」に「浦見」をかけ、「磯」「漕ぐ」「海人《あま》」「舟」の縁語とした。

(女)一
袖のうらにただわがやくとしほたれて
　舟流したるあまとこそなれ

ときこえさせつ。

かく言ふほどに、七月《ふみつき》二になりぬ。七日《なぬか》、三すきごとどもする人のもとより、織女牽牛星《たなばたひこぼし》四といふことどもあまたあれど、目も立たず（目にも入らない）。かかるをりに、宮の、すごさず（機会を逃さずに）のたまはせしものを、げにおぼしめし忘れにけるかな（本当にお忘れになってしまわれたのだろうか）、と思ふほどにぞ、御文ある。見れば、ただかくぞ（ただ歌が一首あるだけだった）。

(宮)五
思ひきや七夕《たなばた》つ女《め》に身をなして
　天《あま》の河原をながむべしとは

とあり。さは言へど［やはり折を］、すごし給はざめるは、と思ふもをかしうて、

(女)六
ながむらん空をだに見ず七夕に
　忌《い》まるばかりのわが身と思へば

一〈袖の浦で、ひたすら自分の仕事として塩をやいていて大切な舟を流してしまった海人《あま》のように、私は、袖を涙で一杯にしてあなたの心も見失ってしまいました〉「しほたれて」は、涙を流す、の意。「裏」に「浦」、「役」に「焼く」をかけ、「塩」「舟」「流す」「海人」の縁語とした。「袖の浦」は出羽国の歌枕。

秋の寝覚め――夕べの訪れ

二 秋になった。陰暦では七・八・九月が秋。

三 風流な遊びをする人たち。歌の贈答など、女と交際のあった男たちである。

四 いわゆる七夕《たなばた》である。一年に一度だけ、男女の星が天の河をはさんで相逢う、というので、古来詩歌の材とされた。ここでは男たちから、七夕の故事にことよせて、求愛の贈歌があったのである。

五〈考えてみた事などないでしょう、自分自身があの織女星になったような思いで、天の河原をながめねばならぬような事になるなんて〉女のもとに常に男が来ていることを皮肉ったのである。

六〈ながめているとおっしゃるその空さえも見てはいられません。何しろ年に一度の七夕の夜だというのに、こう忌み嫌われているわが身かと思いますと〉

とあるを、〔宮は〕御覧じても、なほえ思ひはなつまじう《やはり思い切ることなどできないと》おぼす。

[七]つごもり方に、(宮)「いとおぼつかなくなりにけるを《疎遠になってしまったが……》、などか[八]時々は。人数《ひとかず》におぼさぬなめり」とあれば、女、

(女)[九]寝《ね》覚《ざ》めねば聞かぬなるらんをぎ風《かぜ》は
吹かざらめやは秋の夜《よ》な夜《よ》な

ときこえたれば、たち返り、(宮)「あが君や、寝覚めとか《寝覚めどころか》、[一〇]もの思ふときは、とぞ、[一一]おろかに。

(宮)[一二]をぎ風は吹かばいも寝で今よりぞ
おどろかすかと聞くべかりける」

かくて二日ばかりありて、夕暮れに、にはかに〔女の家に〕御車をひき入れて下りさせ給へば、[一三]また見えたてまつらねば《あれ以来再びお逢いしていないので》、いと恥かしう思へど、[一四]せんかたなく、〔宮は〕なにとなきことなどのたまはせて、帰らせ給ひぬ。

そののち、日ごろになりぬるに《日数が過ぎてゆくのに》、いとおぼつかなきまで《不安な思いにかられる程に》、音《おと》もし

七 七月の下旬。「つごもり方」とあっても必ずしも三十日近くと考えなくてもよい。

八 「などか」を受けて、たまにでも他の男たちと同列に扱って下さらないのですか、の意。宮は、女が他の男たちに歌をよみかけている、と考えたのである。

九 〈物思いで夜中に目覚めたりなさらないので、お聞きになったことがないのでしょうか。あなたをお招きする荻の風が、秋になれば毎晩毎晩吹かないことなどないのです〉「荻《を》」に「招き」をかけた。

一〇 「人知れずもの思ふときは難波なる蘆のしら根のしらねやはする」（『古今六帖』六。『貫之集』にも）の第二句を引く。「しらね」はひとり寝のこと。

一一 通り一遍の物思いではありませんよ。倒置法で「もの思ふときは、とぞ」にかかる。

一二 〈私を招く荻の葉風が吹くものなら、一晩中寝もやらず、今起してくれるか、と聞き耳を立てているつもりですよ〉「い」は眠ること。

一三 通説は寛元本などを手がかりに「まだ」と訓んで、夕暮れにまだ逢った事がないので、の意とするが不審。ここでは、宮が女の多情を咎めていることが判明してから、の意とした。

一四 連用中止法。以下主語が変る構文。

給はねば、

（女）一「くれぐれと秋の日ごろのふるままに
　思ひ知られぬあやしかりしも

二むべ人は」ときこえたり。三このほどに、おぼつかなくなりにけり。されど、

（宮）四人はいさわれは忘れずほどふれど
　秋の夕暮れありしあふこと

とあり。

石山参籠――秋八月

五あはれにはかなく、頼むべくもなきかやうのはかなしごと（本当は頼りにもならないこんな歌のやりとりなどで）に、六世の中をなぐさめてあるも、うち思へば七あさましう、かかるほどに八《は》月《つき》にもなりぬれば、つれづれもなぐさめむとて、八石山にまうでて、七日ばかりもあらんと（参籠しようと）てまうでぬ。

宮、久しうもなりぬるかな、とおぼして、御文つかはすに、九童

一〈あなたの心にも秋が来たかと、毎日くらい思いの日々を送っておりますうち、はたと思い当りました。昔から秋の夕べというものは人恋しさがまさるものだ、といわれている事の意味を〉第五句は「いつとてもこひしからずはあらねども秋の夕べはあやしかりけり」（『古今集』恋一、よみ人しらず）によるか。「秋」に「飽き」をかけるのは、当時の慣用である。

二 引歌があるかと思われるが未詳。一説に「かへりにし雁ぞなくなるむべ人はうき世の中をそむきかぬらむ」（『拾遺集』雑秋、大中臣能宣）の第三句とする。「むべ」は、なるほど、の意。

三 こんなふうに時がたってゆく間に（いよいよ）。

四〈他の人は忘れたとて、私は決して忘れはしませんよ。どんなに時がたっても、あの秋の夕暮れに体験したあなたとの逢瀬は〉

五 以下、女の心。

六 憂き世の中、の意。「世」は男女の関係。

七「あさましう」は「あさましく」の音便。連用中止法。「あさまし」（あきれはてた、の意）と思っているうちに、どんどん時がたって八月になったのである。

八 石山寺。滋賀県大津市。本尊は如意輪観音。この時代には、初瀬、清水とともに尊崇を集めていた。

九 小舎人童。

「ひと日《先日》まかりてさぶらひしかば《おひまを頂いて伺いましたところ》、［女は］石山になん、このごろおはしますなる《おいでになるそうです》」と申さすれば、[一〇]（宮）「さは、けふは暮れぬ。つとめて《明日の朝早く》、まかれ《伺いなさい》」とて、御文[一一]書かせ給ひて、［童に］たまはせて、［童が］石山に行きたれば、［女は］仏《ほとけ》の御《お》前《まへ》にはあらで、古里《ふるさと》[一二]のみ恋しくて、かかるありきも《こうした外出も》ひきかへたる《うって変った》身のありさま、と思ふに、いともの悲しうて、まめやかに仏を念《ねん》じたてまつるほどに、高欄《かうらん》[一三]の下《しも》の方《かた》に、人[一四]のけはひのすれば、あやしくて、見下ろしたれば、この童なり。

あはれに、思ひかけぬ所に来たれば、（女）「なにぞ」と問《と》はすれば、御文さし出でたるも、つねよりもふと《手早く》ひきあけて見れば、（宮）[一五]「いと心深う入り給ひにけるをなん。など、かくなん、とものたまはせざりけん《どうして これこれです とも教えて下さらなかったのですか》。[一六]ほだしまでこそおぼさざらめ、おくらかし給ふ《［私を］後に残してしまうとは》、心憂く」とて、

（宮）[一七]「関越えてけふぞ問ふとや人は知る
　思ひ絶えせぬ心づかひを

一〇 童は右近の尉などを通して申し上げたのである。
一一 女が石山へ行ったと聞いて、改めて書き直した。
一二 長年住みなれたところ。実家。ここでは、京。
一三 簀子《すのこ》（ぬれ縁）の外側に設けた欄干《らんかん》。高い手すり。
一四 底本は「人けはい」。応永本による。
一五 大そう深い信仰心からお寺に籠られたものだと、びっくりしました。「なん」は係助詞で、下に省略がある。
一六 私のことを気にしてもいただけなかったのでしょうか。「ほだし」は、絆。仏道修行の妨げになる現世の事物や人間関係。愛人や肉親をさす事が多い。
一七 〈逢坂の関まで越えて、今日わざわざおたずねした意味を、あなたはおわかりでしょうか。この私の愛情はこのくらいのことでは切れないのだという思いをこめた心づかいなのですよ〉「関」は、山城から近江への国境にあった逢坂の関のこと。

いつか、出で《〔寺を〕》させ給ふ」とあり。近うてだに《京にいた時でさえ》、いとおぼつかなくなし給ふに《わざとなさったのに》、かくわざとたづね給へる、をかしうて、

(女)一
「あふみぢは忘れぬめりと見しものを
関うち越えて問ふ人やたれ

いつか、とのたまはせたるは、おぼろけに二思ひたまへいりにしかは。

(女)三
山ながらうくはうくとも都へは
いつからうち出《づ》の浜は見るべき」

ときこえたれば、(宮)四「苦しくとも行け」とて、(宮)「問ふ人とか。あさましの御もの言ひや。

(宮)五
たづね行くあふ坂山のかひもなく
おぼめくばかり忘るべしやは

まこと《そうそう》や《そういえば》、

(宮)六
うきによりひたやごもりと思ふとも

一〈あなたは私に逢う道すじもお忘れのように思いましたので、逢坂の関を越えて近江への路をわざわざおたずね下さった方は、どなたか思いもよりません〉「あふみぢ」は、「逢ふ道」に「近江路」をかけた。

二 生半可な気持で、山へ入ろうと決心したのではございませんよ。反語法。底本は「いりにしかも」、応永本によって改めた。

三〈山にいても浮くものは浮くように、憂いつらい事はございましても、いつ、都へ行くために、琵琶湖畔の打出の浜を見ようなどとは思いましょうか〉「浮く」と「憂く」、「うち出」と地名「打出」をかける。第二句、底本は「うき《く》はた《う》つ《くイ》とも」、応永本によって改めた。

四 宮の童への命令。石山への往復は大変なのである。

五〈お逢いしたいと思ってたずねて行ったかいもなく、「問ふ人やたれ」などととそらされるくらい、私のことを忘れてしまうとは何ということでしょう〉「あふ」は「逢ふ」に地名の「逢坂」をかけ、「かひ」は「甲斐」に「山峡《かひ》」をかける。女の歌「あふみぢは……」を受ける。

六〈つらいことがあるからとて、ひたすら籠り切りになるおつもりでも、せめて私とあうために、打出の浜ぐらい見に来なさい〉「あふみのうみ」は琵琶湖。「浮き」と「憂き」、「近江」と「逢ふ身」、「うち出て」と地名「打出」をかける。「を」は間投助詞。女の歌

あふみのうみはうち出《で》てを見よ
[七]憂きたびごとに、とこそ言ふなれ」とのたまはせたれば、ただかく、

(女)[八]関山のせきとめられぬ涙こそ
あふみのうみとながれ出《い》づらめ

とて、端《はし》に、

(女)[九]こころみにおのが心もこころみむ
いざ都へと来てさそひみよ

[一〇]思ひもかけぬに、行くものにもがな、(行ってみたいものだ)〔宮は〕とおぼせど、いかでかは。(どうして行けようか)かかるほどに、〔女は〕[一一]出でにけり。「[一二]さそひみよ、とありしを、いそぎ出で給ひにければなん。

(宮)[一三]あさましや法《のり》の山路《やまぢ》に入りさして
都の方へたれさそひけん」

御返し、ただかくなむ。(御返事としては　ただこれだけにした)

「山ながら……」を受ける。

七「世の中のうきたびごとに身を投げば深き谷こそあさくなりなめ」(『古今集』誹諧歌、よみ人しらず)の第二句。生半可な修行に対する皮肉。

八〈関所のある山でもせき止められぬほどの私の涙こそ、あの大きな琵琶湖の水となって流れ出ることでしょう〉「ながれ」は「泣かれ」にかけ「涙」の縁語とした。

九〈本当に自分自身の心をためしてみようと思っているのです。あなたも本気なら、ここまでやって来て、さあ都へ、とじかに手を取って誘ってみて御覧なさい〉上句、「こころ」を重ねて、韻律を造っている。

一〇 女の真剣さに驚いたので、行こうと考えたのだが、身分上軽々しい行動はとれないのである。

一一「にけり」で、すでに都についてしまったのである。

一二 宮の文の詞。「さそひみよ」とありましたから、誘いに伺おうと思いましたら、もう早々と御出立になってしまったので、参りませんでした。「なん」の下に、行かなかったという意の省略がある。

一三〈あきれたものですね。せっかく仏法の世界に入りかけながら、途中でやめてしまうなんて。誰もまだ「都の方へ」などと誘ったりしたわけでもないのに〉からかい半分である。

（女）一 山を出でて冥《くら》きみちにぞたどりこし
　　今ひとたびのあふことにより

野分の風——八月下旬

つごもり方に、風いたく吹きて、野分《のわき》二立ちて、雨など降るに、つねよりもの心細くてながむるに、御文あり。例の《いつもの》、をり知りがほ《季節感覚がありげな》にのたまはせたる《ふうに》に、日ごろの罪《つみ》三も許《ゆる》しきこえぬべし。

（宮）四 嘆きつつ秋のみ空をながむれば
　　雲うちさわぎ風ぞはげしき

御返し、

（女）五 あき風は気色《けしき》吹くだに悲しきに
　　かきくもる日は言ふ方《かた》ぞなき

げに《ほんとにそうだろうな》さぞあらむかし、と〔宮は〕おぼせど、例の、ほど六経《へ》ぬ。

暁起きの文——五首贈答歌

九月廿日《ながつきはつか》あまりばかりのありあけの月七に、〔宮は〕御目さまして、いみじ八う久しうもなりにけるかな、あはれ、〔女も〕この月は見るらんかし、人九や

一 〈山を出てからもずっと真暗な人生行路をさまよって来ました。あなたともう一度逢うということを考えていたためです〉宮に対する決定的な言い方である。

二 秋の台風来襲時の風。「野分立ちて」で、そうした風の吹き始めたことを意味する。

三 宮が女の所へ通って来ないことをさす。

四 〈あなたのことを思いながら秋の空をながめていると、雲がざわざわとして風も烈しいその様子は、まるで私の心を象徴しているようです〉

五 〈秋風というものは、ちょっと吹いただけでも悲しい思いになるのに、こんなふうに曇っている日は、何とも言いようとてありません〉「秋」に「飽き」をかける。

六 一月ほどたってしまった。

七 明方、西の空に残る月。

八 以下、宮の心。

九 誰か他の男が女の処に来ているだろうか、とは思ったが。

あるらん、とおぼせど、例の童《小舎人童》ばかりを御供《おほんとも》にておはしまして、門《かど》[一〇]をたたかせ給ふに、女、目をさまして、よろづ思ひつづけふしたるほどなりけり。[女は]すべてこのころは、をりからにや《秋という季節のせいか》もの心細く、つねよりもあはれにおぼえて、ながめてぞありける《もの思いにふけっていたのであった》。あやし、たれならん、と思ひて、[女は]前《まへ》[一一]なる人を起こして問はせんとすれど、とみ[一二]にも起きず《急には起きない》。からうじて《ようやっと》起こしても、[暗いので]ここかしこのものにあたりさわぐほどに《大騒ぎしているうちに》、たたきやみぬ。帰りぬる[一三]にやあらん、いぎたなし《寝起きがよくない》、とおぼされぬるにこそ《とお思いになったのだろう》、もの思はぬさまなれ[一四]、おなじ心にまだねざりける人かな、たれならんと思ふ。からうじて[一五]起きて、「人もなかりけり《誰もいませんでした》。空耳《そらみみ》[一六]をこそ聞きおはさうじて、夜のほどろ[一七]にまどはかさるる、さわがしの殿のおもとたちや《すぐ大騒ぎをされる御主人様方であることだ》」とて、またねぬ。

女はねで《寝ないで》、やがて明かしつ《そのまま夜を》。いみじうきりたる《霧のかかった》空をながめつつ、あかく《明るく》なりぬれば、このあかつき起《お》き[一八]のほどのことどもを、ものに

一〇 女の家を。「たたかせ給ふに」は「ふしたるほどなりけり」にかかる。
一一 女の御前にいる人。侍女であろう。老女か。
一二 「とみ」は「頓（tom）」の字音表記。
一三 以下、女の心。倒置法で、「いぎたなし、とおぼされぬるにこそ」は「帰りぬるにやあらん」の理由の説明。但し、「おぼされぬるにこそ」の敬語法は不審。あたかも宮の訪問であることを知っていたかの如き口ぶりである。「にこそ」は連用中止法の強調で、下の「さまなれ」にはかからない。
一四 すぐ帰るなんて思いやりがないようだけど、それでも、自分と同じような風流心の持主で、寝ないでこの月を賞美しに来た人なのだな。
一五 「からうじて起き」たのは、男の使用人、おそらく侍であろう。
一六 「空耳を聞く」で、音もしないのに何かを聴き取ること。幻聴。「おはさうじて」は底本「おはさうとて」だが、応永本によって改めた。「おはさうず」は「おはす」の複数形。
一七 真夜中に寝ぼけた。「ほどろ」は、「程」に接尾語「ろ」のついたことば。「まどはかさるる」は、「……おもとたち」にかかる。「ほどろ」「まどはかさるる」は男性用語であるから、これは下仕えの侍のことばである。「殿のおもとたち」には注一一の「前なる人」も含まれる。
一八 明け方に起きていること。

書きつくるほどにぞ、〔宮から〕例の御文ある。ただ、かくぞ。

（宮）一 秋の夜のありあけの月の入るまでに
　　やすらひかねて帰りにしかな

二 いでや、げに、〔宮が自分のことを〕いかにくち惜しきものにおぼしつらん、と思ふより《と同時に》も、なほ《やはり》〔宮は〕をりふし《趣ある時節は見逃されない方なのだ》はすぐし給はずかし、げにあはれなりつる空の気《け》色《しき》を見給ひける、と思ふに、〔女は〕をかしうて《興をそそられて》、この手《て》習《なら》三ひのやうに書きゐたるを、やがて《そのまま》四ひき結びて〔宮に〕たてまつる。

〔宮が〕御覧ずれば、「五風の音《おと》、木《こ》の葉の残りあるまじげに吹きたる、つねよりものあはれにおぼゆ。ことごとしうかきくもる《嵐にでもなりそうにたいそうくもってきたのに》ものから、ただ気色《ほんのわずかでも》ばかり雨うち降るは、せんかたなく《何ともしようのないほど》あはれにおぼえて、

（女）六 秋のうちはくちはてぬべしことわりの
　　時雨《しぐれ》にたれか袖《そで》はからまし

嘆かし、と思へど、知る人もなし。七草の色さへ見しにもあらずなり

一〈秋の夜の有明月が、山の向うに沈んで朝になるまでも門の前でぐずぐず待っていられなくて、とうとう帰ってきてしまいました〉「やすらふ」は、ぐずぐずためらっている意。

二 以下、女の心。せっかくいらしたのに、さぞや。

三 習字。但しこの頃は、送るあてのない歌や文などを、このような形で書くことがあった。ここでは前の「このあかつき起きのほどのことども」を書きつけたものをさす。

四 結び文にして差し上げた。紙をたたんで上端と下端を結ぶのである。応永本「御返のやうにひきむすびて」。

五 以下が「あかつき起きの文」である。

六〈こう涙にくれていては、秋のうちにこの袖はぼろぼろになってしまうことでしょう。冬になったら降ってくるはずの、あの冷たい時雨の折には、いったいどこの誰に袖をかしてくれとたのめるでしょうか〉「まし」は現実に絶対に起らぬことを前提とする語法。

七 秋になって、草葉が色付くのである。青葉のころからの時節の変化に対する感懐。

行けば、しぐれんほどの久しさも（本当の時雨の季節にはまだ間があるのに）、まだきにおぼゆる風に（もうそれかと思わせる風に）、八心苦し〔草が〕げにうちなびきたるには、ただ今も、九消えぬべき露のわが身ぞあやふく（露のような私の身があやういので）、草葉につけてかなしきままに、奥へも入《い》らで、やがて端に（そのまま縁に）ふしたれば、つゆ（全然）ねらるべくもあらず、人はみなうちとけ（侍女たちは皆のんびりと）ねたるに〔自分が〕そのことと思ひ分くべきにあらねば（んなこととは思いもよらぬのも当然なので）、〔仕方なく自分ひとり〕つくづくと目をのみさまして、名残りなううらめしう思ひ（心底からわが運命をのろわしく思いながら）ふしたるほどに、かりのはつかに（かすかに）うちなきたる、人はかくしもや思はざるらん（他人はこんなふうに感じたりしないのであろうか）、いみじうたへがたき心地《ここち》して、

（女）一〇
まどろまであはれいく夜《よ》になりぬらん
ただかりがねを聞くわざにして

一一とのみして〔夜を〕明かさんよりは、とて妻戸一二をおしあけたれば、大空に、西へかたぶきたる月の影（光）遠く、すみわたりて見ゆるに、一三きりたる空の気色《けしき》、鐘の声、鳥の音《ね》一つに響《ひび》きあひて、さらに、一四すぎにし方《かた》今

八 見た目もあわれげに。草が風になびいている様を自分の心情になぞらえたのである。

九 本来は、「ただ今も」以下が「消えぬべき露の我が身はもののみぞあゆふ草はに悲しかりける」の歌であり、次いで「奥へも入らで」と続いていたものと想定されている。但し、現在残っている『和泉式部日記』は、応永本も含めてすべてこのように、全文が地の文の形になっているので、そのままとした。成立の問題にかかわりがあると考えられている。解説参照。

一〇 〈うとうとともしないでまあ、幾晩すごした事でしょう。毎夜毎夜ただ雁の鳴く声を聞いているだけで〉

一一 「と」は「ただかりがねを聞く」を受ける。

一二 一五頁注一一参照。

一三 「きりたる」は「空の気色」全体にかかる。月は西の空に傾いて地上の空気は澄み、一方雨後の上空一帯は霧がかかって、茫々としているのである。実景というよりは、女の幻想に近いか。

一四 過去にも未来においても、こんな時間はまたとあるまい、と思われて。なお、上の「さらに」は「あらじ」にかかる。仏教的な三世思想が背景にあるか。

行く末《すゑ》のことども、かかるをりはあらじ、と袖《そで》[一]のしづくさへあはれにめづらかなり。

(女)[二] われならぬ人もさぞ見ん九月《ながつき》の
　　ありあけの月にしかじあはれは

ただ今この門《かど》をうちたたかする人[三]あらん、いかにおぼえなん（どんな思いがすることか）、いでや（いやしかし）、たれかかくて明かす人あらむ（他に誰がこんなふうに夜を明かす人がいるだろう）。

(女)[四] よそにてもおなじ心にありあけの
　　月を見るやとたれに問はまし」

[五]宮わたりにやきこえまし、と思ふに、たてまつりたれば、〔宮は〕うち見給ひて、〔女を〕[六]かひなくはおぼされねど、〔女が〕ながめゐたらんに（物思いにふけっている所に）、ふとやらん（ちょっと返事を）とおぼして、〔文を〕つかはす。女、ながめ出だしてゐたるに（ぼんやりと外を見ながら座っている所に）、もて来たれば、[七]あへなき（つまらない）心地《ここち》してひきあけたれば、

(宮)[八]「秋のうちはくちけるものを人もさは

一 いつもこぼす袖の涙のしずくでさえも、こういう時は全くめずらしげに思えるものだ。
二 〈私のような悲しい境遇にない人でも、この秋の有明月以上に心をうつものはないと、そう思うことでしょう〉
三 人がいたら……。応永本「人あらんに」。宮の来訪に対する意識を示す。
四 〈場所は違っていても、どこかで、私と同じ気持でこの有明月を見てはおられませんかと、たずねてみたくても、いったいどなたに伺ったらいいのやら、そんな人はやはりいないのですね〉「あり」は、「心にあり」と「有明」のかけ詞。
五 宮の所へでも差し上げようかと思っていたところ、先に宮の御文が来たので、の意か。それにしても本文がやや整わない。応永本「宮わたりにやきこえさせましと思におはしましたりけるよと思ふままにたてまつりたれば」。
六 「かひなくはおぼされねど」は「ふとやらんとおぼして」にかかる。
七 暁起きの文によって再度の宮の来訪を、女は期待していたのであろう。
八 〈秋のうちにぼろぼろになってしまうものを、あなたも私と同様、自分の袖だけだと思ったようですね〉暁起きの文中の第一首「秋のうちは……」を受ける。宮の歌五首は前出の女の歌にそれぞれ対応させている。第二首のみは例外。

わが袖とのみ思ひけるかな

九 消えぬべき露の命と思はずは
久しき菊《きく》にかかりやはせぬ

一〇 まどろまで雲居《くもゐ》の雁の音《ね》を聞くは
心づからのわざにぞありける

一一 われならぬ人もありあけの空をのみ
おなじ心にながめけるかな

一二 よそにても君ばかりこそ月見めと
思ひて行きしけさぞくやしき

一三 いとあけがたかりつるをこそ」とあるに、なほものきこえさせたる（やはり文を差し上げただけの効目は）かひはあり（あったのだ）かし。

代詠の依頼――九月下旬

かくて、つごもり方にぞ御文〔宮の〕ある。日ごろのおぼつかなさなど言ひて（無沙汰の詫びごと）、「あやしきことなれど（(宮)妙な頼みなのだが）、一四 日ごろもの言ひつる人なん遠く行く

九 〈消え去ってしまうのが当然だというあの露のようなものと自分の命を思ったりしないで、あの長寿の象徴の菊の花にも露がかかるように、長命を願ったらどうでしょうか〉この歌、受けるべき（女の）第二首を欠くが、この点については四五頁注九参照。

一〇 〈寝もやらず空飛ぶ雁の鳴声に気をとられているのは、自分自身の心がけのせいなのですよ〉女の歌「まどろまで……」を受ける。

一一 〈私以外に、あの有明月のかかった美しい空を、同じような気持でながめている人もあったのですね〉「人もあり」と「有明」をかける。女の歌「われならぬ……」を受ける。

一二 〈離れ離れになっていても、あなただけはこの月を見て起きているだろうと思って出かけて行ったのですが、お逢いできずに帰って来た今朝は、実に残念です〉女の歌「よそにても……」を受ける。

一三 そのままで夜を明かすことなどできはしませんでしたよ。「あけ」は、夜の明けることに、門を開けることをかけた。

一四 長年つきあっていた女性。宮の愛人の一人であろう。それがおそらく地方官などの妻になって、夫の任地へ下るのである。

なるを、あはれと言ひつべからん《すばらしいと感嘆させられるような》ことなん一つ言はん[一]《別れの言葉を》と思ふに、そ《そち》
れよりのたまふことのみなん《らから言ってよこされることだけが》、さ[二]はおぼゆるを、一つのたまへ[三]」と
あり。あな《まあ》したりがほ[四]《得意顔をして》、と思へど、さはえきこゆまじ《それではお答えできません》、ときこえん
も、いとさかしければ《利口ぶって見えるから》、「[五]のたまはせたることは、いかでか」とば
かりにて、

（女）「惜[六]しまるる涙に影はとまらなむ
　　心も知らずあきは行くとも

まめやかには《まともに考えれば》、かたはらいたきこと《お恥ずかしいようなこと》にも侍るかな」とて、端《はし》に「さ《そう》
ても《はいうものの》、

（女）君[七]をおきていづち行くらんわれだにも
　　憂き世の中にしひてこそふれ」

とあれば、「思ふやうなり《（宮）思った通りの出来栄えだ》、ときこえんも、見[八]知りがほなり。あま
りぞおしはかりすぐい給ふ《いろいろと想像のしすぎですよ》、憂[九]き世の中、と侍るは《などというのは》。

一 歌を詠むことをさす。
二 「さ」は「あはれと言ひつべからん」を受ける。宮は女の歌に常々感心していたのである。
三 代作を依頼したのである。他の女性への贈歌を作らせるというのは、一見奇妙であるが、当時としてはよくあった事で、作者の名誉でもあった。
四 宮もまた、女のような著名な歌人に代作を依頼しうる事を、誇らしげに思う気持があった。
五 「おっしゃったようないい歌は、どうして作れましょうか」とだけしておいて。謙遜の意を表に出して、心のうちを暗に示した。
六 〈別れを惜しんでおのずから流れる涙の中に、去って行く人の影が留まってほしいと思います。まるでこちらの気持も思わずに去ってゆく秋のような人であっても〉「秋」に「飽き」をかけている。宮の依頼に答えた女の代作。
七 〈あなたのことを残して、その人は一体どこへ行ってしまうのでしょうか。この私だって、つらい人の世をじっとこらえて生きておりますのに〉「世の中」を、男女の仲、すなわち宮との仲とよむ説もある。
八 いかにも歌の内容が判ったと言わんばかりです。
九 女の歌の第四句をさす。

(宮)一〇 うちすてて旅行く人はさもあらばあれ
またなきものと君し思はば

一一 ありぬべくなん」とのたまへり。

かく言ふほどに、一二 一月《ひとつき》にもなりぬ。

手枕の袖――十月十日

十月十日《かんなづきのとをかの》ほどにおはしたり。一三 奥は暗くておそろしければ、端近《はしちか》く[宮は]うちふさせ給ひて、あはれなることの限り（この上なく思いのこもったことを）のたまはするに、一四 かひなくはあらず、月は、曇《くも》り曇りしぐるるほどなり。一五 わざとあはれなることの限りをつくり出でたるやうなるに、[女の]思ひ乱《みだ》るる心地《ここち》は、いと一六 そぞろ寒きに（ぞっとして）、宮も御覧じて、一七 人の便《び》なげにのみ言ふを、あやしきわざかな、ここにかくてあるよ（ここに二人きりでいるではないか）、などおぼす。[宮は]あはれにおぼされて、女ねたるやうにて思ひ乱れてふしたるを、おしおどろかさせ（ゆり動かして起して）給ひて、

(宮)一八 時雨にも露にもあてでねたる夜《よ》を
あやしくぬるる手枕《たまくら》の袖

一〇〈私のことを捨てて旅に出る人のことなど、もうどうでもよいのです。私をこの世に二人とないものなのだと、あなた自身が思って下さるならば〉

一一 生きてゆけるでしょう、の意。歌の下句「またなきものと君し思はば」を受ける。

一二 通説は応永本によって「十月」と改めている。

一三 後の「月は、曇り曇り……」に照応する。

一四 宮の言葉が趣深いので、そのかいあるかのように、月も曇ってくるのである。

一五 辺りの情景までが、宮のことばに応じたかのように、ことさら、の意。

一六 陰暦十月は初冬。感動が凝集して戦慄《せんりつ》する思いなのである。『源氏物語』紅葉賀《もみじのが》巻に「入綾《いりあや》の程そぞろ寒きに此の世の事ともおぼえず」とある。

一七 乳母や女房たちの非難をさす。具体的には、女のもとに多勢の男が通っていることであろう。

一八〈降っている時雨にも夜露にもあてないようにして寝ているのに、今夜はどうした事か、手枕をして寝た袖がすっかりぬれてしまったことだ〉「手枕」は、手を枕代りにして寝ること。涙で袖がぬれたのである。

とのたまへど、〔女は〕よろづにもののみわりなく《何ともやりきれぬ思いで》おぼえて、御いらへすべき心地もせねば、一ものもきこえで、ただ月影《月の光》に涙の落つるを、〔宮は〕あはれと御覧じて、(宮)「などいらへもし給はぬ。二はかなきことときこゆるも、心づきなげにこそおぼしたれ《面白くない事のようにお思いのようですね》。いとほしく《お気の毒な事をしました》」と、のたまはすれば、(女)「いかに侍るにか、心地のかき乱る心地のみして《気分が悪くなってくるような気がしているだけで》、〔お歌は〕耳にはとまらぬにしも侍らず。よし見給へ《まあ御覧下さい》、三手枕の袖忘れ侍るをりや侍る」と、四たはぶれごとに言ひなして《戯談のようにしてしまったものだから》、あはれなりつる夜の気色《けしき》も、五かくのみ言ふほどにや、六頼もしき人もなきなめりかし《頼りにする男もいない様子だな》、と心苦しく《気の毒に》〔宮は〕おぼして、七「今の間《ま》〔ご機嫌は〕いかが」とのたまはせたれば、御返し、

(女)八けさの間に今は消《け》ぬらん夢ばかり
ぬると見えつる手枕の袖

ときこえたり。九忘れじ、と〔女が〕言ひつるを、をかし、〔宮は〕とおぼして、

(宮)一〇夢ばかり涙にぬると見つらめど

一 底本「など物もきこえで」。応永本により改めた。
二 宮の「時雨にも……」の歌をさす。
三 「手枕の袖」を忘れてしまう時などどうしてありましょうか。宮の歌の第五句を受ける。
四 宮の歌に対して返歌をするのが常識であるのに、それをしなかった言いわけである。
五 こんなことを言っているだけで、夜も明けてしまったくらいのものです。「かく」は「たはぶれごと」を受ける。「……にや」のあとに「明けたらむ」などを省略。ここで時間も場面も転換する。
六 宮は、女が不実でないことを了解したのである。
七 宮は、昨夜の女の対応のしかたが気がかりになったのである。
八 〈「今の間」と言われますが、今となってはもう今朝のうちに乾き切ってしまいましょう。ほんの夢の中でちょっと濡れたように見えたくらいのあなたの手枕の袖ですもの〉「ぬる」に「濡る」と「夢」の縁語「寝《ぬ》る」をかける。「消ぬ」と「夢」も縁語。
九 「手枕の袖忘れ侍るをりや侍る」をさす。
一〇 〈ほんの夢みたような程度に涙に濡れていると思っているかもしれませんが、こちらは安眠するのにも困るくらい手枕の袖は濡れてしまったのですよ〉

ふしぞわづらふ手枕の袖

明けぬ長き夜――南院入りの誘い

一一ひと夜の空の気色《けしき》の、あはれに見えしかば、一二心がらにや（宮の性格からか）、それよりのち心苦しとおぼされて、しばしばおはしまして、〔女の〕ありさまなど御覧じもて行くに、〔女は〕世になれたる人にはあらず、ただいとものはかなげに見ゆるも、〔女を〕いと心苦しくおぼされて、あはれに語らはせ給ふに、(宮)一三「いとかくつれづれに〔あなたが〕ながめ給ふらんを、思ひおきたることなけれど、一四ただおはせかし。世の中の人も便《びん》なげに（不都合だと）言ふなり。〔こちらへ〕時々参ればにや、〔人に〕見ゆることも（見られることも）なけれど、それも、人のいと聞きにくく言ふに、またたび〔逢えずに〕帰るほどの心地のわりなかりしも（すっきりしないのも）、人げなく（人並みでなく）おぼえなどせしかば、一五いかにせまし、と思ふをりをりもあれど、古めかしき心なればにや、きこえたえんことの（関係を絶ってしまうことが）、いとあはれに（残念に）おぼえて、さりとて、一六かくのみはえ参り来《く》まじきを、一七まことに聞くことのあり（真実だという情報が伝えられ）て、制《せい》することなどあらば、一八空行く月にもあらん。もしのたまふさ（おっしゃるとお）

一一 先夜の空の風情。「十日ほど」の夜のこと。女の様子を象徴する。底本「空のしき」、応永本による。

一二 空の情趣を解する心が、女への同情となった。通説は「心から」とよみ、宮の気持のせいで、とする。

一三 以下、宮の言葉。こんなふうにひどく時間をもてあましているような様子で毎日を送っておいでのようならば、特に心に思い定めたということがあるのではないが。「いと」は「つれづれ」にかかる。とつおいつしながらも、女を邸に連れて行こうとするのである。

一四 何でもよいから、ほかの事など考えずに。宮の勧誘が無計画で、衝動的な思いつきであったことを示す。理由があとから語られるゆえんである。

一五 切れてしまおうか、どうしようかと思い悩むのである。

一六 定期的に通うことができない境遇なので。宮の社会的位置からすれば、女のもとに誠実に通うことは不可能なのである。「を」は接続助詞。

一七 兄の東宮や権力者道長などの耳に噂が真実だと伝えられて、禁足されてしまうことをさす。

一八 通説は、「忘るなよ程は雲居になりぬとも空行く月のめぐりあふまで」(『拾遺集』雑上、橘直幹《ただもと》)の第四句を引き、女との別離を象徴したとする。一説に三三頁の女の歌「こころみに……」の第四句をさすとする。

（りの）まなるつれづれならば、かしこ[一]へはおはしましなんや。人[二]などもあれど、便なかるべきにはあらず（都合が悪いということでもない）。もとよりかかるありきにつきなき（こうした外出にふさわしくない）身なればにや、人もなき所に、つい[三]居《ゐ》などもせず、行ひ（仏道修行）などするにだに、ただひとり〔自分だけが〕あれば、おなじ心に物語りきこえてあらば、なぐさむことやある、と思ふなり」などのたまふにも、げに[四]、今さらさやうにならびなきありさまはいかがせん（比べるものとてないすばらしい生活などどんなものだろう）など思ひて、一[五]の宮のこともきこえきりてある（結着をつけておいたのに）を、さりとて山[六]のあなたにしるべする人もなきを、かくてすぐすも明[七]けぬ夜の心地のみすれば、はかなきたはぶれ（誘惑めいた）ごとも、言ふ人（男たちが）あまたありしかば、あやしきさまにぞ言ふべかめる（よろしからぬ噂話などすることになろう）、さりとてことざまの頼もしき方もなし（ほかに頼りになるような男もいないし）、なにかは（どうともなれ）、さても（宮の言うように）こころみんかし、北の方〔宮には〕はおはすれど、ただ御方々にてのみこそ（別々の御生活で）、よろづのことはただ御乳母《めのと》のみこそすなれ、顕[八]証《けそう》にて出でひろめかばこそは（大きな顔でもしていたらどうかし）あらめ（らないが）、さるべき隠[九]れなどにあらんには、なでうことかあらん（何ということもなかろう）、こ

一 南院。作者の視点が女の側にあることを示す。
二 北の方をさす。
三 「突き居」の音便。膝をついて座ること。ちょっとすわりこむこと。
四 以下、女の述懐。「ならびなきありさま」は、一の宮に出仕することか。なお、通説は「慣らひなき」とするが、この用例は平安かな散文には見えない。応永本「びなきありさま」。
五 「一の宮」を通説は花山院とするが、当時の呼称では、一条天皇第一皇子敦康親王をいう。「一の宮のこと」は不詳だが、敦康の乳母としてでも出仕する話があったものか。「きこえきる」は、「言ひきる」の謙譲。話に区切りをつけること。
六 極楽往生の方法を教えてくれる人。性空《しようくう》上人（播磨書写山円教寺の開祖。『和泉式部集』六六歌参照）のごときをさすか。通説は、「み吉野の山のあなたに宿もがな世のうき時のかくれがにせん」（『古今集』雑下、よみ人しらず）を引くとする。
七 無明長夜。悟りが開けないことを、夜の闇にたとえた言葉。
八 第三者から見てもはっきりと見えるような状態で。
九 人目につかぬところ。五三頁注一四参照。

一〇のぬれ衣はさりとも着やみなん《非難の全責任は自分が背負ってしまおう》、と思ひて、(女)「なにごともただ、一一われよりほかの、とのみ思ひたまへつつすぐし侍るほどのまぎらはしには、かやうなるをりたまさかにも待ちつけきこえさする《きちんとお待ち申し上げる》よりほかのことなければ、ただいかにも《どのようにでも》のたまはするままに、と思ひたまふるを、一二よそにても見苦しきことにきこえさすらん、一三ましてまことなりけりと見侍らんなむ、かたはらいたく《はた目が気になって……》」ときこゆれば、(宮)「それは、ここにこそ《自分の方こそ》ともかくも言はれめ、見苦しう《「あなたのことを」》はたれかは見ん。いとよく《全く人の》隠れたるところ《目につかない場所を》一四つくり出で《提供しましょう》きこえん」など頼もしうのたまはせて、夜深く《明け方になって》出でさせ給ひぬ。

一五格子《かうし》をあげながらありつれば、ただひとり端《はし》にふしても、いかにせまし、と、一六人笑へにやあらん《笑い者になるのではなかろうか》、とさまざまに思ひ乱れてふしたるほどに、御文あり。

(宮)一七露むすぶ道のまにまに朝ぼらけ

一〇「ぬれ衣を着る」で、嫌疑を受けること。多く男女間の場合に用いる。ここで女は、宮の邸に入ることを決心したのである。

一一 引歌があるかと思われるが不詳。他者によって自分の運命が決められてしまうことの嘆きを言ったものか。

一二 別々の生活をしていてさえ、見苦しいことのように申し上げているのでしょう。

一三 女が宮の邸に入ったりすれば、やはり二人の関係は事実だったのだ、と他人は見るだろうと思うと。

一四「つくり出でて」といっても、特に新築する意ではない。「人もなき廊」の如きところをさすか。

一五 宮が出て行ったあとをそのままにして、の意。幸福感を半ば交えながら、何か不安な感じを抱いて、茫然としているさま。「格子」は、建具の一つで、上下二枚の戸を出入口などに取りつけ、上の戸は外へつりあげる。

一六 応永本「さても」。この方が通じる。

一七〈あまり朝早くそちらを出たせいか、露がしっとりと降りている道を帰って来ましたので、あの手枕の袖がすっかり濡れてしまいました〉本来「露にもあて」ないのが「手枕の袖」であったからである。「朝ぼらけ」は歌語。「来つる」と「着つる」をかける。

ぬれてぞきつる手枕の袖

一この袖のことは、はかなきことなれど、おぼし忘れでのたまふも、をかし。

(女)二道芝《みちしば》の露におきゐる人により
わが手枕の袖もかわかず

その夜の月の、いみじうあかくすみて、三ここにも《宮の所でも》、かしこにも《女の方でも》、ながめ明かして、つとめて《翌朝早く》、例の御文つかはさんとて、(宮)「童、参りたりや」と問はせ給ふほどに、女も、霜のいと白きに、おどろかされてや《目がすっかりさめさせられたのか》、

(女)四手枕の袖にも霜はおきてけり
けさうち見れば白妙《しろたへ》にして

ときこえたり。五ねたう先《せん》ぜられぬる、〔宮は〕とおぼして、

(宮)六つま恋ふとおき明かしつる霜なれば

一 四九頁注一八および五〇頁注三参照。

二〈道の芝草に降りている露のために、寝られずに起きておられるあなたゆえに、私自身の手枕の袖も涙に濡れいっこうに乾きません〉「おき」は「置き」と「起き」をかける。「露」と「置く」は縁語。宮の歌が、露に濡れないはずの袖をぬらしたのも女のせいだ、としたのを切り返した。「道芝」も歌語。

霜白き朝——童の遅刻

三 この場面は宮の邸が舞台である。「女も……」以下は挿入。

四〈一晩中起きていた私の手枕の袖の上の涙が凍って霜になったようです。今朝ふと見てみますと、真白なのですから〉「霜」の縁語「置き」に「起き」をかけてあることは、前歌に同じ。目前の景物を手早く詠みこむことが手柄なのである。「袖」と「白妙」も縁語。

五 先を越されたので、宮はくやしく思うのである。こうした歌合戦にはタイミングが問題なのであった。

六〈あなたを恋しく思って、一晩中起き明かしてたまった涙が凍ってできた霜なのですから〉縁語・かけ詞も前歌に同じ。女の下句に付けた短連歌の形式となる。

とのたまはせたる、今ぞ七人参りたれば、〔宮は〕御気色あしうて《ご機嫌が悪くて》問はせたれば、「八とく参らでいみじう、さいなむめり」とて取らせたれば、〔女のもとへ〕もて行きて、（童）「まだこれ九よりきこえさせ給はざりけるさきに召《め》しけるを、今まで参らず、とて〔宮が〕さいなむ」とて、御文取り出でたり。「一〇昨《よ》夜《べ》の月は、いみじかりしものかな」とて、

（宮）一一 ねぬる夜の月は見るやとけさはしも
おき居て待てど問ふ人もなし

一二げに、かれよりまづのたまひけるなめり、と見るも、をかし。

（女）一三 まどろまで一夜《ひとよ》ながめし月見ると
おきながらしも明かし顔《がほ》なる

ときこえて、この童の〔宮が〕「いみじうさいなみつる」と言ふがをかしうて、端《はし》に、

（女）一四「霜の上に朝日さすめり今ははや

七 ようやく今頃になって、の気持。この「人」は童を取り次いだ侍臣。右近の尉あたりか。

八 取り次ぎの言葉。早く来ないとは何事か、宮からお叱りがあるだろうよ。「さいなむ」は叱責する意の敬語法。

九 ここは女の家なので、「これ」は女をさす。

一〇 宮の文の詞。

一一〈寝こんでしまえば月などながめていられまいと、今朝という今朝は、ずっと起きていて待っていたのですが、あなたはもちろん誰一人として文をよこした人はいなかったものです〉強意の「しも」と「霜」をかける。「置き」「起き」の縁語・かけ詞も前に同じ。女の手習い文中の歌「よそにても……」（四六頁）を踏まえる。

一二 歌の内容からすると、まさに、の意。「かれ」は、あちら、そちらの意。宮をさす。

一三〈私が一睡もしないで一晩中ながめていたあの月を見ていたと、あなたはいかにも起きたまま夜明かしをしたような顔をしておいでですね。ほんとうでしょうか〉「霜」以下のかけ詞・縁語を織り込んで答える。

一四〈あの真白な霜にも朝日がさしてとけてきたようですよ。もうあの童にもうちとけた御顔を見せて頂けませんか、可哀想です〉「とけ」がかけ詞。

うちとけにたる気色見せなん

いみじうわび侍るなり（童は大そうしょげている様子ですよ）」とあり。（宮）一「けさしたり顔におぼしたりつるも、いとねたし。この童、殺してばや、とまでなん、

二 朝日影さして消ゆべき霜なれど

うちとけがたき空の気色ぞ」

とあれば、（女）「殺させ給ふべかなるこそ（殺そうとなさいましたとかいうお話ですが）」とて、

（女）三 君は来ずたまたま見ゆる童をば

いけとも今は言はじと思ふか

ときこえさせたれば、四 笑はせ給ひて、

（宮）五「ことわりや今は殺さじこの童

しのびのつまの言ふことにより

六 手枕の袖は、忘れ給ひにけるなめりかし」とあれば、

（女）七 人知れず心にかけてしのぶるを

一 宮の文の詞。今朝は歌を先に送って来てしてやったという顔をしているかと思うと、実に癪《しゃく》にさわる。その原因となった童を殺してしまいたいとまで思っているのだから、到底許してやるわけにはいかない、の意。勿論本当に殺意があるわけではない。戯談である。

二〈朝日の光がさしてくれれば霜の方は消えてしまうものですが、一向にうちとけてこないような空模様と同じなのが、私の気持です〉

三〈あなた御自身はお出でにならないばかりか、たまたまやってきた童をさえ、生かしておいて使いに行けともお命じにならないおつもりですか。そのくらい私への関心もなくなってしまわれたわけですね〉「いけ」に「生け」と「行け」をかけた。

四 女が巧みに童の命乞いにかけて自分への愛情を示したのを、賞讃したい気持なのである。

五〈全くあなたのいう通りだ。もうこの童を殺そうなどとは思うまい。こんな童を仲立ちにしなければならない忍び妻であるあなたのいうことに従いましょう〉「しのびのつま」も戯談である。

六「君は来ず……」の歌に「手枕の袖」が詠みこんでないのを咎めた。この贈答で一本取られたことに対するお返しである。それほど「手枕の袖」という言葉は、この二人にとって愛のキー・ワードなのであった。

七〈誰にもわからないように、自分一人の心のなかであなたのことを思っております。その私がどうして

忘るとや思ふ手枕の袖

ときこえたれば、

(宮)八 もの言はでやみなましかばかけてだに

思ひ出でましや手枕の袖

夜更けの文——月を見ぬ夜

かくて、二三日、音もせさせ給はず。九 頼もしげにのたまはせしことも、いかになりぬるにか、と思ひつづくるに、寝《い》もねられず。目もさましてねたるに、一〇 夜やうやう更《ふ》けぬらんかし、と思ふに、門《かど》をうちたたく。一一 あな《おや》おぼえな《誰かな》、と思へど、問はすれば、宮の御文なりけり。思ひかけぬほどなるを、一二 心やゆきて、とあはれにおぼえて、妻戸おしあけて〔外を〕一三 見れば、

(宮)一四 見るや君さ夜うち更《ふ》けて山のはに

くまなくすめる秋の夜の月

一五 うちながめられて、つねよりもあはれにおぼゆ。門もあけねば、

あの「手枕の袖」のことを忘れるなどとお思いになるのでしょうか〉宮の歌「ことわりや……」の「しのび」を「偲び」に取って切り返した。女にとって、「手枕の袖」を忘れたのではないかと言われるのは、たとえ戯談でも辛いことであった。

八〈あの「手枕の袖」のことを、私の方から口に出さないでおいたら、絶対にあなたは思い出すことなどなさらなかったでしょうね〉

九 宮が女を勧誘したことをさす。五一頁「南院入りの誘い」参照。

一〇 応永本「ふしたる」。この方がよいか。

一一「あな」は軽い驚きを表す。「おぼえな」は形容詞「おぼえなし」の語幹で、感動を表す語法。

一二 通説では「夜な夜なは目のみさめつつ思ひやる心やゆきておどろかすらん」(『後拾遺集』恋四、道命法師)の第四句を引いたとする。但し、作者が同時代人なので反対する説もある。女の心が宮の処まで行ったと考えるのである。

一三 通説は、〔文を〕見れば、とする。

一四〈あなたは御覧になっておいででしょうか。夜もふけてようやく山の端にかかってきた、あの一点のかげもなく照っている秋の夜の月を〉陰暦十月は冬であるが、一説に冬は秋に属するとする。ここは一種の比喩か。または謎かけの如きものかもしれない。

一五 あらためて「秋の夜の月」をながめたのであろう。

一御使ひ待ち遠《どほ》にや思ふらん、とて、御返し、

(女)二更けぬらんと思ふものからねられねど

なかなかなれば月はしも見ず

とあるを、三おし違《たが》へたる心地して《予想に反した思いがして》、なほくち惜しくはあらずかし《やはり放っておけるものではないのだ》、いかで《なんとか》近くて《とかそばに置いて》、かかるはかなしごとも言はせて聞かん、とおぼし立つ。

塩焼き衣――宮の熱意

二日ばかりありて、四女車のさまにて、やをら《ひそかに》おはしましぬ。五ひるなどはまだ御覧ぜねば、恥かしけれど、さまあしう恥ぢかくるべき《恰好もつかぬ様子で逃げかくれするわけ》にもあらず《にもゆかないし》、また、六のたまふさまにもあらば《おっしゃるような事になるのならば》、恥ぢきこえさせてや《いまさら宮様に恥ずかしがっ》はあらんずる《てもいられようか》、とてゐざり出でぬ。〔宮は〕日ごろのおぼつかなさなど語らはせ給ひて、しばしうちふさせ給ひて、(宮)七「このきこえさせしさまに《あの時私が提案したように》、はやおぼし立て。かかるありきの、つねにうひうひしう《初めての事のように気が重く》おぼゆるに、さりとて参らぬはおぼつかなければ、はかなき世の中に苦し《こんな頼りないおつきあいはたまりません》」とのたまはすれば、(女)「ともかくも、のたまはせんままに、と思ひたまふ

一 女の心。「ながむ」には放心状態の意味を含むので、そうした時間の経過を意識したのである。

二 〈おっしゃるように夜も更けたとは存じておりましたが、一向に寝られませんでした。といって月を見ればかえって物思いがますと思いましたので、「秋の夜の月」などは見ておりませんでした〉

三 宮の心。宮は女が名月を賞でていた、というふうな答歌を期待していたのであろう。逆をついた形になったので、かえって感が深い。

四 婦人の乗車しているような体裁にした牛車。昼間忍んで来たのである。

五 昼間の通いは異例。ここは六〇頁の贈答の一言《ひとこと》主神《ぬしのかみ》を引き出す伏線となっている。

六 宮の邸に入ること。そうなれば毎日顔を合わせることになる。

七 南院入りの勧誘をさす。五一頁注一三参照。

八 会えば会ったでなお辛い、ということもありますから。通説は「見てもまたまたも見まくのほしければ馴るるを人はいとふべらなり」（『古今集』恋五、よみ人しらず）を引くとする。

るに、見[八]ても嘆く、と言ふことにこそ、思ひたまへわづらひぬれ」ときこゆれば、（宮）「よし《よろしい》、見給へ《見て下さい》。塩焼《しほや》き衣《ごろも》[九]にてぞあらん」とのたまはせて、出でさせ給ひぬ。

前近き《前庭の》透垣《すいがい》[一〇]のもとに、をかしげなる檀《まゆみ》[一一]の紅葉《もみぢ》の、すこしもみぢたるを折らせ給ひて、高欄《かうらん》[一二]におしかからせ給ひて《寄りかかられて》、

（宮）[一三]ことの葉ふかくなりにけるかな

とのたまはすれば、

（女）[一四]白露のはかなくおくと見しほどに

ときこえさするさま、なさけなからずをかし、とおぼす。宮の御さま、いとめでたし。御直衣《なほし》[一五]に、えならぬ《すばらしい》御衣《ぞ》出《い》[一六]だし袿《うちき》にし給へる、あらまほしう見ゆ《理想の男性のように見えた》。目さへあだあだしきにや《自分の目までが色事師めいてきたのか》、とまでおぼゆ。

またの日《翌日》、[一七]「きのふの御気色の、あさましうおぼいたりしこそ、心憂きものの、あはれなりしか」とのたまはせたれば、

九 馴れれば馴れるほど恋しさもます事でしょう。「伊勢のあまの塩焼き衣馴れてこそ人の恋しきことも知らるれ」（『古今六帖』五）など、「塩焼き衣」（製塩用の労働着）は「馴る」の序に用いられる。

一〇 一一頁注四参照。

一一 「紅葉」は、木の葉の紅葉したものをさす。楓《かえで》に限らない。

一二 簀子《すのこ》の外側に設けた欄干。室外である。

一三 〈この紅葉のように、私たちの心を表現することばの色も深くなりましたね〉「すこしもみぢたる」とあるから、これは一種の虚構である。女に上句を要求している。謎かけの一種か。

一四 〈この檀の葉がちょっと露が置いただけで紅葉しましたように、私たちの仲もわずかな間に、そうなったのですね〉「置く」は「露」の縁語。

一五 貴族の平服。ここでは「塩焼き衣」に応ずる。

一六 直衣の下に着る袿の裾を表に出して着る、気取ったスタイル。昼間来た時の効果を示している。

一七 宮の詞。私が女車などで昼間やってきてあきれたと思われたお顔色に、がっかりしたものの、それなりに私自身も嬉しく思いました、の意か。女が宮の魅力的な姿に陶然としているのを、宮は自分の行為を女が「あさまし（あきれはてた）」と思ったろうと、あえて言ったのである。

葛城の橋――昼の恥じらい

（女）「[一]葛城《かづらき》の神もさこそは思ふらめ
久米路《くめぢ》にわたすはしたなきまで
わりなくこそ思ひたまうらるれ[二]」ときこえたれば、立ちかへり、
（宮）[三]行《おこな》ひのしるしもあらば葛城の
はしたなしとてさてややみなん
など言ひて、ありしよりは（前々よりは）、時々おはしましなどすれば、こよなくつれづれもなぐさむ心地す。
かくてあるほどに、またよからぬ人々[四]、文おこせ、またみづから（本人自身も）〔女の所へ〕もたちさまよふにつけても、[五]よしなきことの出でくる（つまらぬ事件が起るものだから）に、参りやし（〔宮の邸に〕参上して）なまし（しまおうか）、と思へど、なほつつましうて（やはり遠慮されて）、すがすがしう（すっきりとした決心がつかない）も思ひたたず。
霜いと白き、つとめて、
（女）[六]わが上は千鳥もつげじ大鳥《おほとり》の
羽にも霜はさやはおきける

一〈容貌の醜いことを自覚していた葛城の一言主神《ひとことぬしのかみ》も、久米街道をわたす橋をかけるために昼間顔をさらすこととなって、昨日の私同様さぞ恥ずかしい思いをしたことでしょう〉「橋」に「端たなし」の「はし」をかける。『金峰山《きんぷせん》縁起』などによれば、役行者《えんのぎょうじゃ》が金峰山と葛城山の間（これが「久米路」）に橋をかけようとして、それぞれの山の神を使った時、葛城の一言主神は、その容貌を恥じて夜間のみ作業をした、という。この故事は、『源氏物語』や『枕草子』にも、しばしば用いられている。

二 底本「思たまふらるれ」。ウ音便表記に改めた。

三〈役行者が修行の結果法力の効験を積んだように、私のあなたを思う行いのききめがあるなら、どうしてあなたは一言主神のように恥ずかしいといってそのまま引っ込んでしまうようなことがありましょう、必ず私の言うことをきいてくれるはずです〉

大鳥の羽の霜——千鳥の告げ口

四 女に言い寄る男たち。
五 悪い噂が立つこと。
六〈私のことを、風俗歌のおしゃべりな千鳥たちでも告げ口などしていないでしょうね。今朝のように霜が白く置いているのを見ると、風俗歌の大鳥の羽のことが思い起されますが、その大鳥でも、千鳥がいうほどに霜が置いていたのではなさそうです〉風俗歌「鸛《おおとり》」の「鸛の羽に　やれな　霜降れり　やれな　誰かさ言ふ　千鳥ぞさ言ふ　鵾《かやぐき》ぞさ言ふ　蒼鷺《みとさぎ》ぞ　京よ

ときこえさせたれば、

(宮)七 月も見でねにきと言ひし人の上に
おきしもせじを大鳥のごと

とのたまはせて、やがて暮れ《夕暮れ時に》におはしましたり。

(宮)「このころの山の紅葉《もみぢ》は、いかにをかしからん。いざたまへ《さあいらっしゃい》、見《見に行き》ん《ましょう》」とのたまへば、(女)「いとよく侍るなり《大そう結構なお話ですこと》」ときこえて、その日にな《約束したその日に》りて、(女)八「けふは物忌《ものい》み」ときこえてとどまりたれば、(宮)「あなくち惜し。これすぐしてはかならず《物忌みをすませたらば》」とあるに、その夜の時雨《しぐれ》、つねよりも木木の木の葉残りありげもなくきこゆるに、[女は]目をさまして、九「風の前なる」などひとりごちて、一〇みな散りぬらんかし、きのふ見で、とくち惜しう思ひ明かして、つとめて宮より、

(宮)一一「神無《かんな》月《づき》世にふりにたる時雨とや
けふのながめはわかずふるらん

り来てさ言ふ」を踏まえた。「わが上」とは「よからぬ人々」をめぐる噂をさす。景物と風俗歌に託して身の潔白を弁訴した。

七〈月も見ないで寝てしまった、などと言ってきたあなたのことですから起きているはずはありません、ちょうど風俗歌の大鳥の羽に霜など置いていなかったようにね〉五八頁「更けぬらん……」の歌を踏まえて、皮肉に切り返した。と同時に噂を否認したのである。「起き」と「置き」、強意の「し」と「霜」をかける。

時雨の紅葉――さしかえる高瀬舟

八 ここでは、女が穢れを忌んで家に籠ることをさす。一般的には三三頁注一四参照。なお応永本では「けふは物忌にとぢめられてあればなん、いとくちをしうこれすぐしてはかならず、とのたまはせたるに……」とあり、宮の方違えが理由になっている。

九「日をへつつ我なにごとを思はまし風の前なる木の葉なりせば」(『和泉式部続集』)の第四句か。通説では「寿命猶如風前燈燭」(『倶舎論』)によるとする。

一〇 女の心。みな散ってしまうだろうな。

一一〈冬十月ともなれば毎年毎年降って来るとされるいつもの時雨と変りなく、今日の長雨は降りつづいていますが、本当はこれは私の涙なのですよ。区別して頂けるでしょうか〉「ふり」に「古り」と「降り」、「ながめ」に「長雨」と「眺め」、「ふる」に「降る」と「経る」をかけた。

[一]さてはくち惜しくこそ」とのたまはせたり。

（女）[二]時雨かもなににぬれたる袂《たもと》ぞと

さだめかねてぞわれもながむる

とて、（女）[三]「まことや、

[四]もみぢ葉は夜半《よは》の時雨にあらじかし

きのふ山べを見たらましかば」

とあるを、御覧じて、

（宮）[五]そよやそよなどて山べを見ざりけん

けさはくゆれどなにのかひなし

とて、端《はし》に、

（宮）[六]あらじとは思ふものからもみぢ葉の

散りや残れるいざ行きて見ん

とのたまはせたれば、

一　紅葉見に行けなかったことをさす。

二〈あなたのおっしゃる時雨のせいでしょうか。それとも何のせいでこんなに私の袂がぬれたのか、何ともきめかねて、私もぼんやり雨あしをながめております。あるいは私自身の涙のせいかもしれませんから……〉

三「さてはくち惜しくこそ」を受ける。

四〈山の紅葉は、昨夜の時雨に全て散ってしまったことでしょう。昨日のうちにお誘いに応じて山に見物に行っていたらなあ、と今にして思っております〉

五〈本当にそうですよ、どうして山へ出かけなかったのでしょう。今朝になって後悔しても、何のかいもありません〉「かひ」は「甲斐」と谷間の意の「峡《かひ》」をかける。「山」と「峡」は縁語。

六〈もうあるまいとは思いますが、でも紅葉の葉が一枚ぐらい散り残っているかもしれませんから、さあこれからでも出かけて行って見物しませんか〉現実には残っている可能性はあるわけだが、これらのやりとりは、むしろことばの上のかけひきである。

七〈そうですね、もし絶対に紅葉しない常磐木の山山が紅葉するようなことがありましたら、さあこれから大急ぎで散らないうちに行って見物もいたしましょ

(女)七「うつろはぬ常磐《ときは》の山ももみぢせば
　　いざかし行きてとうとうも見ん
八ふかくなることにぞ侍らんかし」
先日《ひとひ》ひと日、おはしましたりしに、(童)九「さはることありてきこえさせぬぞ」と申ししを〔宮は〕おぼし出でて、
(女)一〇高瀬舟《たかせぶね》はやこぎ出でよさはること
　　さしかへりにし蘆間《あしま》分けたり
ときこえたるを、一一おぼし忘れたるにや、
(宮)一二山べにも車に乗りて行くべきに
　　高瀬の舟はいかがよすべき
とあれば、
(女)一三もみぢ葉の見にくるまでも散らざらば
　　高瀬の舟のなにかこがれん

うが……〉「とうとう」は底本「とふとふ」、疾う疾うの意と見て改めた。応永本「のど〳〵」。

八 不詳。通説「不覚」とするが、この語は当時の用語としては、人事不省の失神状態を意味し、ここでは当らない。あるいは「深く」で、常磐木ならば時雨にあってかえって色が「深く」なるといったものか。または誤脱があるかとも考えられる。応永本「をこならんかたにぞ侍らん、とて」。

九 通説では女の詞だが、「……ぞと申しし……」の語法不審。ここでは童たちの会話を宮が耳に挿《はさ》んだものと解した。「さはること」は女の穢れをさす。

一〇〈蘆の生えているような浅瀬用の高瀬舟を、どんどん漕ぎ出して来て下さい。出かける障害になってそこから帰られてしまった蘆の繋った所をかき分けて、通れるようにしておきましたから〉性にかかわることなので暗喩を用いた。「みなと入りの蘆分け小舟さはり多みわが思ふ人にあはぬ頃かな」(『拾遺集』恋四、人麿)を踏まえた表現。

一一 宮は人麿の歌のことをお忘れになったのか、の意。五行目「おぼし出でて」を受ける。

一二〈紅葉見に山へ行くとすれば車で行くはずなのに、どうして高瀬舟など使うのか、よく判りませんね〉

一三〈その紅葉が、私たちが見に来るまで散らずにいるくらいなら、何も高瀬舟を漕ぐように、あなたのことを焦がれたりはいたしませんものを〉「こがれん」はかけ詞。

寝覚めの夢――ふしみの旅寝

とて、その日も暮れぬれば、おはしまして、こなたのふたがれば《女の家は方塞りなので》、しのびて、ゐておはします《〔女を〕つれて出かけられた》。

このころは、四十五日の一忌《い》み違《たが》へせさせ給ふとて、二御いとこの三《さん》位《み》の家におはします。例ならぬ所にさへあれば、「見苦し」ときこゆれど、しひて《〔女を〕》ゐておはしまして、御車ながら《車にのったままで》人も見ぬ三車宿《くるまやど》りに引き立てて、入らせ給ひぬれば《〔宮は家の中へ〕》、おそろしく《〔女は〕》思ふ。人静まりて《皆が寝静まって》ぞおはしまして、御車にたてまつりて《お乗りになって》、四よろづのことをのたまはせ契《ちぎ》る。五心えぬ宿直《とのゐ》のをのこどもぞめぐりありく。例の右近の尉、六この童とぞ近くさぶらふ。あはれにもののおぼさるるままに、七おろかにすぎにし方さへくやしうおぼさるるも、あながちなり《筋の通らない話である》。

明けぬれば、八やがてゐておはしまして《〔女を〕つれて〔女の家に〕》、人の起きぬさきにと、いそぎ帰らせ給ひて、つとめて、

(宮)九ねぬる夜の寝覚めの夢にならひてぞ

一 当時の俗信の一。節分や家屋の修築、外出に際して、特定の方角を禁忌することを「方忌《かたいみ》」といい、これの厄を避けるために他の方角へ行くことを「方違《かたたが》え」という。「四十五日の忌み違へ」とは、俗信の対象となっている星神（大将軍・金神《こんじん》・王相神《おうそうじん》など）の種類によって異なるが、四十五日間または四十五日に一日だけ方違えを行うことによって、その忌みを避けるものをさす。現在通説は王相神の忌みとするが異説もある。因みにこの長保五年の各神の忌方は、北または北西という。底本傍記および応永本「御方」。

二 通説によれば藤原兼隆。帥宮の母藤原超子の弟道兼の子。当時従三位右中将。応永本「御いとこの三位中将」。

三 牛車を使用せぬ時に保管しておく所。ふつう寝殿造りの中門廊の外側に付属している。

四 例によって帥宮は愛を誓ったものであろう。あるいは南院入りのことか。

五 兼隆は近衛府の次官なので、その部下たちが警衛していたのであろう。「心えぬ」は事情を知らぬ、の意。

六 小舎人童。「この」は「例の」に同じ。

七 宮がこれまで女を放置しておきながら悔んでいる矛盾を批評した。地の文。「おろかに」は、おろそかに。

八 女を車から下ろさずに。同車したまま、の意。

九 〈床についても、いつも物思いで寝ざめがちな習

慣がついてしまって、ふしたまま夢を見るという名のこのふしみの里を、今朝は早々に起きて行く事になりました〉地名の「伏見」と「臥し見」をかけ、「起き」に「置き」をかける。これによれば兼隆邸が伏見にあったことになり不審。あるいはこの「伏見」は菅原院などをさすか。「菅原の伏見の里」は歌枕。
一〇〈その夜からというもの、私自身の行く先もわからなくなりましたので、思いもかけず知らない所で泊るようなことにもなったのですね〉この贈答、やや照応しない。
一一 以下、女の心。
一二 異事。他の男たちとの関わりなどか。

不本意な決断――「巌の中」へ

一三 侍女たちか。女が召人の境遇に落ちることなどについての忠告であろう。
一四 仏典にいう宿運。前世からの宿命。ここでは宮邸に出仕することを「宿世にまかす」としたもの。
一五 召人として宮に仕えること。女にとって本意ではないのである。
一六「いかならむ巌の中に住まばかは世の憂きことのきこえこざらむ」（『古今集』雑下、よみ人しらず）により、出家隠遁をさす。『和泉式部集』三〇・三一参照。
一七「世をすてて山に入る人山にてもなほ憂き時はいづち行くらむ」（『古今集』雑下、躬恒《みつね》）を踏まえる。
一八 小式部内侍《こしきぶのないし》のごときをさすか。為尊の遺児に当る者は所見がないので問題が残る。

ふしみの里をけさはおきける

御返し、

（女）一〇その夜よりわが身の上は知られねば
すずろにあらぬたびねをぞする

ときこゆ。

一一かばかり、ねんごろにかたじけなき御心ざしを見ず知らず、心こはきさまにもてなすべき、一二ことごとはさしもあらず、など思へば、参りなん、と思ひ立つ。一三まめやかなることども言ふ人々もあれど、耳にも立たず。心憂き身なれば、一四宿世《すくせ》にまかせてあらん、と思ふにも、一五この宮仕へ本意《ほい》にもあらず、一六巌《いはほ》の中こそ住ままほしけれ、また一七憂きこともあらば、いかがせん、いと心ならぬさまにこそ思ひ言はめ、なほかくてやすぎなまし、近くて親はらからの御ありさまも見きこえ、また一八むかしのやうにも見ゆる人の上をも見さだめん、と思ひ立

〔宮の〕
知らぬ顔で
どうして強情を張り通せようか
他の事などはさしたることでもない
〔宮の邸へ〕
生まじめな忠告をしてくれる人も何人かいたが
耳にも入らない
本心からの出家ではない
〔それでも〕
〔他人は〕
やはりこのままですごしてしまおうか
そばにいて父や姉妹たち
昔つきあいのあった人の形見だといっていい人の将来も見きわめたい

一 以下、女の心。「あいなし」は間投詞的用法。
二 宮のお側にいたら、いくら隠してもお目にとまることもあろう。女の許へ来た男たちの文が宮の目に入ることを恐れたもの。『源氏物語』若菜下巻に似た例がある。「と思ひて」は「返りごともせず」にかかる。
三 南院入りを勧誘したにもかかわらず、女の異性関係の噂が絶えないことが、話の種にされているような事情が背景にあったものか。こうした風評自体宮の耳に入っていた。次頁一～二行目参照。

疑惑と不信と——決意の反動

四 「人はいさ我はなき名の惜しければ昔も今も知らずとを言はむ」（『古今集』恋三、元方）によるか。和歌はなくて、これだけで文の詞が終っていたのは、宮の不快感を表している、と女はよんだのである。
五 珍奇な風評。注三参照。
六 宮の文のこと。宮は「めづらかなる空言ども」を真実性あるものとして文を書いてきたのである。
七 「まめやかにのたまはせたれば」を受ける。これで宮が女との交りを絶つとすれば、笑いものになるのは女である。女の南院入りの意志が知られれば、なおさらである。
八 宮の心。先に送った文の内容が、事実に近いものであったので、女が恥じ入って返事をしなかったと考えたのである。「恥かし」の内容が前行の女自身のそれと異なる。
九 「人言《ひとごと》はあまの刈る藻のしげくとも思はましかば
ちにたれば、一あいなし（つまらぬことだ）、参らん（〔宮の邸へ〕）ほどまでだに、便《びん》なきこといかでき（何とかしてお）こしめされじ（耳に入れずにすませたい）、二近くては、さりとも御覧じてん、と思ひて、すきご（言い寄っ）とせし（てきた）人々の文《ふみ》をも、（〔侍女に〕）「なし」（不在です）など（などと）言はせてさらに（全然）返りごともせず（〔彼らには〕）。

宮より、御文あり。見れば、（〔宮〕）三「さりとも、と頼みけるが（それでもまさかと信じていた私の方が）、をこな（笑い者に）る（されるのだ）」など、多くのことどものたまはせて、四「いさ知らず（私の関知せぬ事です）」とばかりあるに、（〔女は〕）胸うちつぶれて、あさましうおぼゆ。五めづらかなる空言《そらごと》どもいと多く出でくれど、さはれ（とはいえ）、なからんことはいかがせん（事実でないことはどう処置しようもない）、とおぼえてすぐしつる（〔そのまま〕）を、六これは、まめやかにのたまはせたれば、思ひ（自分が）立つことさへ（決心したことさえ）ほの聞きつる人もあべかめりつる（片耳に聞きこんだ人だっているはずだと思うと）を、七をこなる目をも見るべかめるかな、と思ふに悲しく、御返りきこえんものともおぼえず。また、いかなることききこしめしたるにか、と（〔女は〕）思ふに、恥かし（気おくれ）うて（がして）、御返りもきこえさせねば、（〔宮は〕）八ありつることを恥かしと思ひつるなめり、とおぼして、（〔宮〕）「などか御返りも侍らぬ。さればよ（やはり噂通りだったのだ）、とこそおぼゆれ。いととく《何と早く》も変る御心《(あなたの)》かな。人の言ふことありし《他人があれこれとうわさしていたが》を、よも《まさか》、

とは思ひながら、九思はましかば、一〇とばかりきこえしぞ《とだけのつもりで申したのですよ》」とあるに、

胸すこしあきて《気分が少しすっきりして》、一一御気色もゆかしく《気になって》、聞かまほしくて、(女)「まことに、

一二かくもおぼされば、

(女)一三今の間《ま》に君来《き》まさなん恋しとて

名もあるものをわれ行かんやは」

ときこえたれば、

(宮)「君は一四さは名の立つことを思ひけり

人からかかる心とぞ見る

一五これにぞ、腹さへ立ちぬる」とぞある。

一六かくわぶる(女が)気色を御覧じて(宮は)たはぶれをせさせ給ふなめり、とは

見れど(女は)、なほ苦しうて、(女)「なほいと苦しう一七こそ。いかにもありて《何としてでもありのままの私を》御一八覧ぜさせまほしうこそ」ときこえさせたれば、

よしや世の中」(『古今六帖』四)の第四句によるか。本当の愛情さえあれば、人の噂などものの数でもないのに、の意。

一〇 前頁五行目の「……とばかりある」に照応する。

一一 底本「御返けしき」。応永本によって改めた。女としては宮の心情の変化を歌で確認したかったのである。なお応永本では以下「御気色もゆかしくなに事にかときかまほしくて」とある。

一二 本当に私のことを思って下さるのならば。この条件句は、歌の第一・二句にかかる。歌文融合。

一三 〈それなら今すぐにでも、おいで下さいませんか。いくら私が恋しいと思ったとて、世間の評判もあることです。どうして私の方から出かけられましょうか〉女が宮のもとへ行くとは、事実上南院入りをさす。

一四 〈あなたはやはり世間の評判になることを気にしておられますね。あの人たちのせいでこういう考え方をするようになったのだと思いますよ〉「人から」を通説は、相手次第で、とするが不審。「われから」の反対で、他人が原因で、の意。「人」はここでは男たち。

一五 「これ」は「かかる心」を受ける。「腹さへ立ちぬる」は、「名の立つ」と対比したもの。

一六 宮の返事によって、女はようやく、宮が女の困惑している様子を面白がっていることに気付いたのである。「かく」は、このいきさつの全てを受ける。

一七 目移りによる重複か。応永本「あやしうこそ」。

一八 底本「御らんさせ」。応永本によって改めた。

(宮)一 うたがはじなほうらみじと思ふとも
　心に心かなはざりけり

御返り、

(女)二 うらむらむ心はたゆな限りなく
　頼む君をぞわれもうたがふ

ときこえてあるほどに、暮れぬれば、おはしましたり。三(宮)「なほ人の言ふことのあれば、四よもとは思ひながらきこえしに、五かかること言はれじとおぼさば、いざ、たまへかし《さあ（南院へ）いらっしゃい》」などのたまはせて、明けぬれば出でさせ給ひぬ。

荻のおとずれ

かく六のみ絶《た》えずのたまはすれど、おはしますことはかたし《むずかしい》。雨風などいたう降り吹く日しも、おとづれ給はねば、七人少《ひとずく》なる所の風の音を、おぼしやらぬなめりかし《思いやっては下さらないのだな》、と思ひて、八暮れつ方、きこゆ。

(女)九 霜がれはわびしかりけりあき風の

一 〈疑う事もあるまい、もはや恨んだりもすまいと思ったとしても、それぞれの心と心とがうまくつながらないものなのですね〉通説は「心に心」を、宮が自分の気持に、とする。
二 〈お恨みになっているというそのお心の方だけでも絶やさないで下さい。もしそのお心が絶えてしまうと、無限の信頼を寄せているあなたに対して、私自身の方が疑う心を抱くということになりましょう〉『正集』では第四句「頼む世を憂く」とする。
三 女の歌の勁《つよ》さに驚いたのであろう。
四 前頁一〜二行目を受ける。
五 「人の言ふこと」をさす。
六 南院入りの勧誘をさすか。
七 女の所をさす。公的な宮の周辺と違って、人の出入りは少ない上に、男の来訪がなければ、なおさらである。
八 宮の来訪のないことを確認したのである。
九 〈霜にあって荻の葉が枯れてしまった風景は実に

吹くにはをぎのおとづれもしき

ときこえたれば、かれより《宮の方から》のたまはせける、御文を見れば、(宮)「いとおそろしげなる風の音いかが、とあはれになん、

(宮)一〇 かれはててわれよりほかに問ふ人も
あらしの風をいかが聞くらん

思ひやりきこゆるこそいみじけれ《御様子を想像しているだけでも実に気になります》」とぞある。一一のたまはせける、と見るもをかしくて、〔宮は〕一二所かへたる御物忌《ものい》みにて、しのびたる所におはしますとて、一三例の車あれば、今はただのたまはせんにしたがひて、と思へば、参りぬ。

心のどかに御物語り《雑談などを》、起きふしきこえて、つれづれもまぎるれば、一四参りなまほしきに、御物忌みすぎぬれば、一五例の所に帰りて、けふはつねよりも名残り恋しう思ひ出でられて、わりなくおぼゆれば《無性に宮への思いが高まって》、きこゆ。

わびしいものです。たとえ秋風でも吹いている時には、荻の葉ずれの音がしていましたように、あなたのお出でのありました時は、まだようございました〉「枯れ」に「離《か》れ」、「秋」に「飽き」、「荻」に「招《を》き」、「音」に「おとづれ」を、それぞれかけている。

一〇〈誰も来なくなって、私以外には訪問する人とてあるまいと思われるあなたは、このおそろしい風の音を、どんな気持で聞いていることでしょう〉「枯れ」に「離れ」、「あらじ」に「嵐」をかける。「嵐」は山から吹き下りて来る風。

一一 やはり従前通りに来信があったので、心が躍ったのである。「をかしくて」は、後の「のたまはせんにしたがひて」に心理的に接する。

一二 いつもと違った所へ物忌みに出掛けること。従って、通説は三位の家とするが、別の所であろう。この作品の中の時間のあり方からするに、「四十五日の物忌み」（六十四頁）にこだわる必要はない。

一三 女を連れ出すための牛車が迎えに来たので。以前ならば抵抗感があったはずである。「参りぬ」は宮の方違え先に行ったことを示す。

一四 宮のそばにずっといたかったのである。南院入りの願望が隠されている。

一五 女の家。

(女)一 つれづれとけふ数《かぞ》ふれば年月の
　　きのふぞものは思はざりける

御覧じて、あはれとおぼしめして、「ここにも（私の方でも）」とて、

(宮)二 「思ふことなくて過ぎにしをととひと
　　きのふとけふになるよしもがな

三 と思へどかひなくなん。なほ（やはり）おぼしめし立て（〔南院入りを〕御決心なさい）」とあれど、四 いとつつましうて、すがすがしう（すっぱりと思い切って）も思ひ立たぬほどは、ただうちながめて（ぼんやりとして）のみ明かしくらす。

悲しき夕暮れ――冬の落日

五 色々に見えし木の葉も残りなく（〔散り〕）、空もあかう（明るく）晴れたるに、やうやう（だんだんと）入りはつる（西の空に沈んでしまった）日影の、心細く見ゆれば、例の（例によって）、きこゆ。

(女)六 なぐさむる君もありとは思へども
　　なほ夕暮れはものぞ悲しき

とあれば、

一 〈帰宅しました今日、茫然とした思いで指を折って想い出の日々を数えてみますと、この長い年月の間、昨日一日だけが、もの思いせずにすごした日でした〉『正集』では、第三句「年月に」。

二 〈何の物思いもなしにすごした一昨日、そして昨日と過ぎていった最高の「時」が、そのまま今日になってほしいものですが……〉宮の歌の「をととひ」が、女の歌の「きのふ」に当る。応永本は第三句以下「をととひを昨日とけふになすよしもがな」。

三 歌をそのまま受ける。「おぼしめし立つ」は「思ひ立つ」の敬語法。

四 南院入りの意志を少しく口外しただけでも、さまざまな情動があった。この苦い経験が、女を慎重にしたのであろう。

五 秋には多様な色彩によって色どられた落葉樹の葉も、今はすっかり落ちてしまい、梢の間から晴れ上がった冬空が透けて見える、という光景である。「し」は体験などを回想する時に用いる。

六 〈なぐさめて下さるあなたが、この世界においでになるとは思いますが、それでも一人こうして冬の日が暮れて行くのをながめておりますと、何としても悲しいような思いが心の中から湧き上がってくるのをおさえることはできません……〉

七 〈夕暮れ時というものは、誰でもそうした思いに

(宮)七「夕暮れはたれもさのみぞ思ほゆる
　まづ言ふ君ぞ人にまされる

八と思ふこそあはれなれ。ただ今《すぐにでも》、参り来ばや《伺いたいとは思いますが》」とあり。

霜の朝に――へだてぬ心

またの日の《あくる日の》、まだつとめて、霜のいと白きに、(宮)「ただ今のほどはいかが」とあれば、

(女)九 おきながら明かせる霜の朝《あした》こそ
　まされるものは世になかりけれ

一〇などきこえかはす。例の、あはれなることども、書かせ給ひて、

(宮)一一 われひとり思ふ思ひはかひもなし
　おなじ心に君もあらなん

御返り、

(女)一二 君は君われはわれともへだてねば
　心々にあらむものかは

沈んでしまうものなのです。ただ他の人に先んじて、それをこういうふうに歌にしてよこしたあなたの物思いは、並大抵ではなかったのですね〉

八 歌の下句を受ける。宮は女の思いを察知したのであるが、実際には行動不能である。「ばや」は強い願望を示す。

九〈おいで下さるようなおことばでしたので、一晩中お待ちしていましたが、とうとうお見えにならない今朝は、冷たい霜が白く降りております。こうした朝の物思い以上のものが、この世にあろうとは思われません〉「起き」に「置き」をかける。「置く」は「霜」の縁語。「まされる」は、宮の歌の下句を受ける。

一〇 結局宮は来る事ができなかったので、贈答をすることとなったのである。

一一〈そちらへ行くこともならず、私ひとりであなたの事を思っていたところで、そんな思いは何の役にも立ちません。あなたも同じ心であってほしいのです〉「なん」は他者に強く希望する時に用いる。間接的に南院入りを勧誘したのである。

一二〈あなたはあなた、私は私というふうに分けへだてをしているわけではありませんから、その心がそれぞれ好き勝手に存在するようなことがありましょうか、そんなはずはございません〉空間的なへだたりは問題ではないと切り返した。

玉の緒の命――罪深き思い

かくて、女、かぜ一にや、おどろおどろしう《そんなにひどいというのではないが》はあらねどなやめば《苦しんでいると》、時々問二はせ給ふ。よろしく三なりてあるほどに《大分よくなって来たところに》、（宮）「いかがある」と問はせ給へれば、（女）「すこしよろしうなりにて侍り。しばし生きて侍らばや《もうちょっと生きていたい》、と思ひたまへ四つるこそ、つみ深く、さるは《とはいうもののそれとて》、

（女）五絶えしころ絶えねと思ひし玉の緒《を》の
　君によりまた惜しまるるかな」

とあれば、（宮）「いみじきことかな《たいへんなことでしたね》、かへすがへすも」とて、

（宮）六玉の緒の絶えんものかは契《ちぎ》りおきし
　なかに心はむすびこめてき

かく言ふほどに、年も残りなければ、春七つ方、と思ふ。

神代の雪――十一月初旬

十一月一日《しもつきのついたち》ごろ、雪のいたく《ひどく》降る日、

（宮）八神代《かみよ》よりふりはてにける雪なれば
　けふはことにもめづらしきかな

一 風病《ふびょう》。現代の「風邪」よりも幅広い症状を持つ。中枢性・末梢性神経の疾患ともいう。
二 見舞いの手紙をやったのである。
三 「よろし」は、相当程度によい、の意。
四 底本「思ひ給こそ」。応永本によって改めた。「たまへ」は卑譲、「つる」は過去の動作の意識的な確認を示す。ここでは、現世に執着して延命を願ったことが、自分自身の罪障の深さを示すものと考えたのである。
五 〈あの息も絶えたかと思った時は、死んでしまってもいいと思った自分の生命でしたが、こうしてお見舞い下さるあなたのことを思うと、やはり命は惜しいものだと思われてなりません〉「玉の緒」は生命を象徴することば。「より」は「依り」と「縒《よ》り」をかける。「絶ゆ」「縒る」は「緒」の縁語。通説は「絶えしころ」を、宮の来訪が絶えた頃、とする。
六 〈あなたの命と同じように、あなたとの仲も絶えることがありましょうか。いろいろお約束しておいたことの中に、私の変らぬ心を結びこめておいたのですから〉「絶ゆ」「むすぶ」は「緒」の縁語。
七 通説は南院入りの予定とする。
八 〈遠い神代の昔から、何度も降ってきて、もう尽きたのではないかと思われるほどの雪ですが、今日は殊の外興深く感じられます〉「雪」の縁語「降り」に「古り」をかける。十一月は神事が多いので、「神代よ

御返し、

(女)九 初雪といづれの冬も見るままに
　めづらしげなき身のみふりつつ

など、よしなしごと《意味もない話題で》に明かしくらす。

作文の道──南院への道

御文あり。(宮)「おぼつかなくなりにければ《しばらく無沙汰をしてしまったので》、参り来て《お伺いして》、と思ひつるを、一〇人々文つくるめれば」とのたまはせたれば、

(女)一一 いとまなみ君来《き》まさずはわれ行かん
　ふみつくるらん道を知らばや

一二をかし、と〔宮は〕おぼして、

(宮)一三 わが宿にたづねて来ませふみつくる
　道も教へんあひも見るべく

みぞれ降る頃──宮の出家？

つねよりも霜のいと白きに、(宮)「いかが見る」とのたまはせたれば、

り」としたという。第三句、応永本「雪なれど」。

九〈毎年毎年冬になれば初雪が降って来るものだと思って見ておりますと、結局はめずらしくもない自分自身だけが、どんどん年老いてゆくように思われます〉縁語・かけ詞いずれも贈歌に同じだが、「めづらし」の表現価値を逆にして切り返した。これを「よしなしごと」としたのである。

一〇 藤原行成の日記『権記《ごんき》』によれば、長保五年十一月二十八日宮中で作文《さくもん》（漢詩文を作ること）の会があった。通説は、帥宮は漢詩文の素養があり、当日も参加したであろう、とする。但し歌の内容からするに帥宮の邸で詩会があったとも取れ、問題が残る。

一一〈おひまがなくてお出で頂けないのでしたら、私の方から参りましょう。漢詩を作っておられるというあなたの所へどうやって行ったらよいのか、その道を是非知りたいと存じます〉当時漢詩文の学を文章道《もんじょうどう》といった。「文作る」に「踏み造る」をかけ、「道」に文章道をきかせたもの。

一二 当時女性が漢詩文に興味をもつことは忌まれていたので、逆に宮は興味を持ったのである。

一三〈それなら私の家へ、道を聞きながらでもお出で下さい。漢詩を作る方法も教えましょう。堂堂とお会いすることもできますしね〉南院入りの勧誘に転化した。

（女）一 さゆる夜の数かく鴫《しぎ》はわれなれや
　いくあさしもをおきて見つらん
そのころ、雨はげしければ、
（女）二 雨も降り雪も降るめるこのころを
　あさしもとのみおき居《ゐ》ては見る
その夜、おはしまして、例のものはかなき御物語りせさせ給ひても、
（宮）三「かしこにゐてたてまつりてのち、四まろがほかにも行き、法師《ほふし》にもなりなどして、五見えたてまつらずは、本意《ほい》なくやおぼされん」と、心細くのたまふに、いかにおぼしなりぬるにかあらん《何ということをお考えになるようになられたのか》、また六さやうのことも出《い》で来《き》ぬべきにや《起きてしまうのだろうか》、と思ふに、いともののあはれにて、うち泣かれぬ。
みぞれ立《だ》ちたる雨の、七のどやかに降るほどなり。
八いささかまどろまで、九この世ならずあはれなることを、のたまは

一〈冴《さ》え冴えとした冬の夜に、寒さに羽を抱いている鴫は、実は私自身のことではないでしょうか。これで何日、毎朝毎朝、霜を起きたままで見ることになったでしょうか〉「暁の鴫の羽掻《はねか》き百羽《ももは》掻き君が来ぬ夜は我ぞ数掻く」（『古今集』恋五、よみ人しらず）により、宮のと絶えをふまえる。「朝霜」に「浅しも」、「起き」に「霜」の縁語「置き」をかける。

二〈雨や雪がはげしく降っているせいか、ちっともお出でにならないこの頃は、あなたの心は何と浅いのかとしか思えず、夜も寝もやらず座ったままで朝の霜を見ることが多いのです〉前歌の「朝霜」と「浅しも」のかけ詞を強調したもの。一説に宮の答歌とする。

三 南院をさす。

四 宮が出家入道の意志を示したのは、どのような動機によるか不明。当時の知識人貴族青年層の間にそうした風潮があったが、それにかかわるか。解説参照。「まろ」は自称。親しい間柄の場合に用いる。

五 男女としての関係を絶つこと。「本意なし」は不本意。

六 宮が出家すること。

七 人間関係の煩わしさから解放されている状態を「のどやか」という。ここでは、宮の来訪によって安定した女の心を示す。

八 わずかなひまも惜しんで眠ろうともせず。

九 強調句。「あはれなること」にかかる。

一〇 以下、女の心。

せ契《ちぎ》る。一〇あはれに、〔宮は〕なにごともきこしめしうとまぬ（拒まずお聞き入れ下さるような）御ありさまなれば、心のほども御覧ぜられんとてこそ思ひも立て、一一（私の誠意の程を確かめて頂こうと思って心を決めたというのに）かくては一二（これでは）本意のままにもなりぬばかりぞかし、と思ふに、悲しくて、ものもきこえで、つくづくと泣く気色を、御覧じて、

（宮）一三
なほざりのあらましごとに夜もすがら

とのたまはすれば、

（女）一四
落つる涙は雨とこそ降れ

一五 御気色の例よりもうかびたることどもを（御様子からしていつもよりずっととりとめのないことをいろいろと）のたまはせて、明けぬれば、おはしましぬ（お帰りになった）。

一六 なにの頼もしきことならねど、つれづれのなぐさめに思ひ立ちつるを、さらに、いかにせまし、など思ひ乱れて、きこゆ。

（女）一七
「うつつにて思へば言はん方もなし
こよひのことを夢になさばや

一一 女が南院入りを決意したのは、宮に疑いの念を抱かせないための、やむをえぬ決断であった、と女はしているのである。「思ひも立つ」は「思ひ立つ」の強調。「立て」は「こそ」の結びで、強調された感情が次の文にかかってゆくときに用いる。

一二 宮に出家の意志を示されたのでは、女自身元来そうした気持のあった以上、同じく出家しないわけにゆかない。それは二人の関係の終焉をも意味する。

一三〈ほんの軽い気持で言ったつもりの予測にすぎないのに、この話だけで一晩明かしてしまいましたね〉連歌として詠みかけた形。

一四〈お話を伺っていたその一晩中、私の流した涙が、雨となって降ったのでございましょう。軽い気持でとおっしゃいましたが、そのくらい私には重たいものでした〉「なほざりの……」に対する付句。但し『正集』では「つくづくとなくけしきを御らんじて」という詞書で一首の歌として載せられている。

一五 女の余りに真剣な反応に、宮の方があわてて弁解したのである。「うかびたること」は根拠のないこと。『源氏物語』東屋巻では、作り話の意に用いている。

一六 南院入りのことをいう。

一七〈おっしゃいましたようなことを、現実だと思うと、何とも申し上げようもありません。ですから、昨夜のことはすべて夢の中のできごとにしてしまいたいのです〉「こよひ」は、「此の宵」で、その日の直前の夜のこと。

一と思ひたまふれど、いかがは《どうしてそんな事が……》」とて、端《はし》に、

（女）二「しかばかり契《ちぎ》りしものをさだめなき

さは世のつねに思ひなせとや

くち惜《を》しうも《その事が残念です》」とあれば、御覧じて、（宮）「まづこれより《私の方から》とこそ思ひつれ、

（宮）三うつつとも思はざらなんねぬる夜の

夢に見えつる憂きことぞそは

四思ひなさんところみしかや《無理にもそう思おうと試してみたとでもいうのですか》。

（宮）五ほど知らぬ命ばかりぞさだめなき

契りてかはすすみよしの松

六あが君や、あらましごと、さらに《決して》きこえじ。人やりならぬも《やり場のないような思》のわびし《いでつらくてたまりません》」とぞある。

女は、そののち、七もののみあはれにおぼえ、嘆きのみせらる。

一 歌の内容を直接受ける。歌文融合。
二 〈あれほど念入りにお約束下さったのに、何という変りようでしょう。それでは私たちの関係は、通り一ぺんのものと考えろとおっしゃるのですか〉通説、「さだめなき」を「世」にかけ、人生無常を観ぜよとしたとする。それでは「くち惜しうも」が続かない。
三 〈例の話は、現実のことだと思ってほしくありません。きっとそれは、いつかぐっすりと眠った晩の夢に見たいやな事なのですよ〉「そは」は倒置法。
四 女の歌の「思ひなせとや」を受ける。「こころみしかや」は反語法。通説、応永本の「おもひなさなんあなこゝろみしかや」の本文により、「思ひなさんと」で切り、「心短かや」ととる。
五 〈いつまで永らえることができるのかわからない人間の寿命というものこそ、定めなきものといえます。本当に約束さえすれば、あの枝を交わしている住吉の松のように永遠でいられるはずです〉「我見ても久しくなりぬ住の江の岸の姫松幾代へぬらむ」（『古今集』雑上、よみ人しらず）によるという。応永本「すみの江の松」。
六 親近感を示した呼びかけ。失言を修訂しようとする宮の気持が、以下示されている。「あらましごと」は将来の予測。
七 宮の努力にもかかわらず女の気持は回復しない。
八 〈ああ何という恋しさ！　今にでも

冬の贈答――はかないなぐさめ

とくいそぎ立ちたらましかば〔早く南院入りの準備をしておけばよかったのに〕、と思ふ。ひるつ方、御文あり。見れば、

(宮)八 あな恋し今も見てしが山がつの
垣ほに咲ける大和撫子《やまとなでしこ》

(女)九 「あなもの狂《ぐる》ほし」と言はれて〔思わず口にして〕、

(女)一〇 恋しくは来ても見よかしちはやぶる
神のいさむる道ならなくに

ときこえたれば、〔宮は〕うち笑《ゑ》ませ給ひて、御覧ず。

このころは、〔宮は〕一一御経ならはせ給ひければ、

(宮)一二 あふみちは神のいさめにさはらねど
のりのむしろにをればたたぬぞ

御返し、

(女)一三 われさらばすすみて行かん君はただ

逢いたい、あの山家の垣根に咲いていた大和撫子のような、あの女《ひと》に〉これは、『古今集』恋四に収められているよみ人しらずの歌を、そのまま贈歌としたもの。そのために下句がややふさわしくない。古歌を転用する方法は『源氏物語』空蟬《うつせみ》巻などにも見える。女の心を取戻そうとする宮の手管の一つか。

九 あらあら、少しおかしくなられたのかしら。下句の不適当なのを咎めたものか。

一〇〈それほど恋しいとおっしゃるのでしたら、おいでになったらいかがですか。別に神様が行ってはいけないとされている道筋でもございませんのに〉『伊勢物語』七十一段所載歌。古歌に対して、古歌を以て答えた。直接的に『古今集』所収歌を以て答えなかったところに特色がある。宮が莞爾《かんじ》としたゆえんである。

一一「ならふ」はくりかえし読誦《どくじゅ》する意。宮の出家の意思表示と関係あるか。七四頁注四参照。

一二〈あなたにお逢いしようとして行く道筋が、別に神の禁忌にふれるというわけではないが、今自分の方が仏法を聴聞している席にいるので、ここを立って行くわけにはいかないのです〉女の歌が伊勢斎宮にかかわる段のものなので、伊勢路に対して「逢ふ路」を「近江路」にかけたとするのが通説。宮は石山寺に参籠でもしたのか。「近江路」の必然性に乏しい。「を(織)《お》る」「た(裁)つ」は「むしろ」の縁語。

一三〈それならば、私の方からすすんで参りましょう。あなたはただ、仏法聴聞の席で、莚《むしろ》を広げるように、

のりのむしろにひろむばかりぞ

などきこえさせすぐすに、雪いみじく降りて、ものの枝に降りかかりたるにつけて、

(宮)一 雪降れば木々《きぎ》の木《こ》の葉も春ならで
おしなべ梅の花ぞ咲きける

とのたまはせたるに、

(女)二 梅ははや咲きにけりとて折れば散る
花とぞ雪の降れば見えける

またの日、つとめて、

(宮)三 冬の夜の恋しきことにめもあはで
衣《ころも》かた敷きあけぞしにける

御返し、「四いでや、

(女)五 冬の夜のめさへ氷りにとぢられて

仏法の弘布《ぐぶ》につとめておいでになるだけですから〉暗に南院入りのことをさして、宮に事態の公開を迫ったものか。『正集』では第四句「法《のり》の心を」。

一 〈雪がふると、いろいろな木々の葉も、春でもないのに、どの木もどの木も同じように、梅の花が咲いたように見えますね〉雪を白梅の花に見立てる歌は、万葉時代から見られる。

二 〈おっしゃるように梅がもう咲いたかと思って、枝を手折るとはらはらと散る花のように、雪の降っている様子が見えますね〉贈歌の静的な比喩を、動的な比喩で切り返した。この歌、『続集』詞書によれば「正月朔《ついたち》」の作。

三 〈この長い冬の夜だというのに、あなた恋しさの思いで目はさえてしまって衣の片袖だけを敷いてただ一人、ひと夜を明かしてしまいました〉「めもあはで」は「目も合はで」に「妻《め》も逢《あ》はで」、「あけ」は「明け」に目の「開く」をかける。

四 やや反撥の意を含めた応答の発語。それどころか。

五 〈冬の夜の寒さというのは、眠れないのでさえている目まで涙が氷りついてしまい目をあけておられず普通は明かすことはできないものですのに、とうとう夜明かししてしまいました〉「目」に「妻《め》」をかけ、「明く」に「開《あ》く」をかけることは、贈歌と同じ。

あかしがたきをあかしつるかな」

など言ふほどに、例のつれづれなぐさめてすぐすぞ、[六]いとはかなきや。

運命の日——十二月十八日

いかにおぼさるるにかあらん、心細きことをのたまはせて、[七]「なほ世の中にありはつまじきにや《やはりこの世では寿命を全うする事など不可能なのだろうか》」とあれば、

（女）[八]
くれ竹のよよの古ごと思ほゆる
昔語りはわれのみやせん

ときこえたれば、

（宮）[九]
くれ竹のうきふししげきよの中に
あらじとぞ思ふしばしばかりも

などのたまはせて、[一〇]人知れずゐさせ給ふべき所《女を囲っておく事のできそうな所》など、[一一]おきてならはである所なれば、はしたなく思ふめり《〔女が〕気まり悪く思うだろう》、[一二]ここにも聞きにくくぞ言はん、ただわれ行きて、ゐて《つれて》去《い》なん《行こう》、とおぼして、十二月十八日、

六 草子地。作者の作中人物批評。どのように巧みな贈答も、結局はことばの上だけのものであることへの詠嘆。
七 以下、宮の文の詞。「心細きこと」もこの文に書かれていたものである。七四頁六行目以下参照。
八 〈それではまるで、ずっと昔から伝わってきている悲しい歌物語のように思われてなりません。そういう話の語り手には、私だけがなってしまうのでしょうか〉「くれ竹の」は「よ（節）」にかかる枕詞。なお応永本は第五句「君のみぞせん」。
九 〈何かというといやなことばかりのこの世の中では、このままでいようという気になりません、ほんの少しの間でも〉この「くれ竹の」は「ふし（節）」にかかる枕詞。この転用で切り返した。「ふし」は竹の「節《ふし》」にかける。
一〇『源氏物語』東屋《あずまや》巻尾に、薫が宇治に浮舟をかくし住まわせたことが見える。
一一 以下不詳。通説では「……所など掟《おき》て」とし、以下を宮の心とする。その場合は「おきて給ひて」とありたい。ここでは、女がそうしたやり方になれていない所なので、として、「はしたなく……」以下を宮の心とみた。応永本は「人しれずゝゐさせ給へき所おきてならはぬ人なれば」。
一二 宮の邸の方でもまたよくない噂を立てるだろう。

月いとよきほどなるに、〔女の所に〕おはしましたり。

例の、（宮）「いざ、たまへ」とのたまはすれば、[一]こよひばかりにこそあれ、〔女は〕と思ひて、〔牛車に〕ひとり乗れば、（宮）「人ゐておはせ《侍女をつれて来なさい》。[二]さりぬべくは、心のどかにきこえん」とのたまへば、〔女は〕例は、かくものたまはぬものを、もし、やがてとおぼすにや《そのままそこにと》、と思ひて、人《侍女》ひとりゐて行く。

[三]例の所にはあらで、〔宮は〕しのびて人などもゐよ、と[四]せられたり。〔女は〕されば[五]よ、と思ひて、なにか《何という事か》、人、わざとだちても参らまし《それなら堂々と侍女をつれて来ように》、〔こうなれば〕いつ参りしぞとなかなか人も思へかし《かえって誰もかれも驚かせてやろう》、など思ひて、明けぬれば、[六]櫛の箱など取りにやる。

宮、〔女の所に〕入らせ給ふとて、しばし[七]こなたの格子はあげず。おそろしとにはあらねど、むつかしければ《気が重い感じなので》、（宮）「今、かの[八]北の方にわたしたてまつらん。ここには近ければ《ここでは端近かだから》、ゆかしげなし《興を削がれることおびただしい》」とのたまはすれば、〔格子を〕[九]おろしこめてみそかに《そっと》聞けば、（宮）「ひるは人々《女房たち》、[一〇]院《ゐん》の殿上人《てんじやうびと》など参りあつ《集まっ》

一 女の心。いつものように一夜だけの逢瀬かと考えていた。

二 そのようにしてしまえるならば、気楽に（お話も）できましょう。侍女をつれてゆくとは、生活の基盤を移すことになるのである。

三 いつも女を連れて行く場所。必ずしも宮の邸など特定の所でなくてもよい。ここは南院の寝殿の中か。

四 しつらえてあった。宮の指示によって、侍女も生活できるように整備されていた、というのである。

五 以下、女の心。通説は「人」を「は」の誤写と見て「なにかは」とする。「わざとだちて」は「しのびて」の対。意識的にしたように見せること。ここでは、侍女などをより多数引き連れて来ることなどをさす。女は、宮の意志に反して挑発的でさえある。

六 櫛の外にも、化粧道具一般を入れる箱。

七 宮は、邸内の者の目を意識して、格子を上げさせない。「しのびて」に照応。

八 北の対屋《たいのや》。本来正妻の住む建物。人名ではない。

九 「おろしこめて」から二行後の「苦しけれとのたまはすれば」まで、底本脱文。応永本によって補う。

一〇 冷泉院に仕えている殿上人。

一一 近くに寄って見ると見劣りすること。女のことか。通説では女が宮を見て失望する意とする。

一二 女は、殿上人たちの目を意識しているのであるが、覗き見などするのは、宮によれば「けしからぬもの」である。このような「たまふる」は、かしこまった時に用いる。
一三 次行の「用意し給へ」にかかる。
一四「宣旨」は女房の呼名。宮付きの女房か。「かの」とあるので、女もかねて知っていたのであろう。「ある方」は、いる所で、局《つぼね》をいう。次行の「あなた」も、この宣旨の局をさす。南院の寝殿の中の一室（北廂あたり）か。
一五 下に「おはせ」などが略されている。
一六 宮は女をつれて北の対に行こうとしたのである。「人々」は、北の方付きの女房たち。
一七 宮の北の方のこと。「上」は正妻格の女性の呼称。「かかること」以下は、この「上」の心。
一八 底本「なにのかたき人」。応永本によって改めた。
一九「わざとおぼせばこそ、かくとのたまはせで、しのびてゐておはしたらめ」の倒置法。「かくとのたまはせで」の挿入句を強調したのである。
二〇「いとほし」の原義は「厭《いと》はし」で、自分についていう時は、困惑する意。他者について、気の毒というのは転義。宮は困って女をつれたまま廂の間あたりにいるのであろう。
二一 北の方付きの侍女たち。下の「人」は女をさす。
二二「うち」の対。北の対の廂の間。通説は女の部屋とするが、この邸内には女の部屋はない。

まりて《てくるので》、いかにぞ、かくてはありぬべしや《こんなふうにしていてよいのだろうか》、[一一]近劣《ちかおと》りいかにせん、と思ふこそ苦しけれ」とのたまはすれば、（女）[一二]「それをなん思ひたまふる」ときこえさすれば、笑はせ給ひて、（宮）[一三]「まめやかには《真面目に考えると》、夜などあなたにあらんをりは《私があちらに》、用意し給へ《気をつけなさい》。けしからぬものなどは、のぞきもぞする。いましばしあらば《しばらくここにいてから》、かの[一四]宣旨《せんじ》のある方におはしておはせ《行っておいでなさい》。おぼろけにては《ちょっとした事では》あなたは人もより来《こ》ず、[一五]そこにも」などのたまはせて、二日《ふつか》ばかりありて、[一六]北の対《たい》にわたらせ給ふべければ、人々おどろきて、[一七]上にきこゆれば、かかることなくてだにあやしかりつるを《当り前のことではないのに》、[一八]なにの高き〔身分が〕人にもあらず、[一九]かくとのたまはせで《何ともおっしゃらないで》、わざとおぼせばこそ《〔女を〕特に大切に》、しのびてゐておはしたらめ、とおぼすに心づきなくて《不快感がこみ上げて》、〔北の方は〕例よりもものむつかしげにおぼしておはすれば、〔宮は〕[二〇]いとほしくて《困りきって》しばしはうちに《室内に》入らせ給はで、[二一]人の言ふことも聞きにくし、人の気色《けしき》もいとほしう《様子も気になって》て、[二二]こなたにおはします。

「(北の方)しかじかのこと（こういうことが）あなる一は（あったそうですね）、などかのたまはせぬ。制《せい》二しきこゆべきにもあらず、いとかう、身の人気《ひとげ》三なく人笑はれに恥かしかるべきこと」と泣く泣くきこえ給へば、「(宮)人つかはんからに（人をやとって使う以上は）、御おぼえ四のな（主人としての愛情）かるべきことかは（なしではすまされません）。御気色あしきにしたがひて（ところがあなたの御機嫌が悪いものですから）、中将五などが［私を］にくげに思ひたるむつかしさに（面倒なことなので）、頭《かしら》などもけづらせんとて（髪などをとかせようと思って）、よびたるなり。六こなたなどにも召し使はせ給へかし」などきこえ給へば、［北の方は］いと心づきなく（不愉快に）おぼせど、もののたまはず。

かくて日ごろ経《ふ》れば、［女は］さぶらひつきて（宮のお側にいついて）、ひる七なども上《うへ》にさぶらひて、御櫛《くし》なども参り（髪のお世話などして）、［宮は女を］よろづにつかはせ給ふ。さらに（一向に）御前八も避《さ》けさせ給はず。上の御方に（北の方のところに）わたらせ給ふことも、たまさかになりもて行く。［北の方が］おぼし嘆くこと限りなし。

院の拝礼——障子の穴

九年かへりて（改まって）、正月一日、一〇院の拝礼《はいらい》に、殿《との》ばらかずをつくして参り給へり。宮もおはしますを、見まゐらすれば、いと若う、うつくし

一「あなる」は「ありなる」の音便「あんなる」の「ん」の無表記。「なる」は伝聞。「は」は詠嘆の終助詞。
二 おとめ申し上げるすじのことでもありません。
三 人並みでなくもの笑いになって。
四 家臣への寵愛。ここでは北の方の女に対する態度をさす。
五 北の方付きの女房の名か。
六 北の方の側でも、召人として女を使え、の意。
七 夜はもちろんのこと、の意。「上」はここでは寝殿(正殿)の上。公的に奉仕する形になったのである。
八「御前も避けさせ給はず」というのは、本来女が遠慮して宮の御前に出るべきではない場合にも、それを許さなかったというのである。やや度の過ぎた寵愛ぶりを示す。『源氏物語』桐壺《きりつぼ》巻など参照。
九 長保六年(一〇〇四)。七月改元して寛弘元年。
一〇 正月に院の御所で行われる参賀の儀式。ここは帥宮の父冷泉院に参賀するのである。「殿ばら」は、この参賀の公卿・殿上人ら貴族たち。道長の日記によれば、内大臣公季以下諸卿が来た、とある。但し、三日の記事だが、「一日」は、ついたち頃、の意か。
一一「近劣り」した意識である。
一二 本来「物見」とは「殿ばら」の姿を見物することであるのに、それを見ないで、女の方を見ようとしたのである。

げにて、多くの人にすぐれ給へり。これにつけてもわが[一一]身恥かしうおぼゆ。上の御方の女房、出で居て物見るに、まづそれ[一二]をば見でこの人を見んと、[一三]穴《あな》をあけさわぐぞ、いとさまあしきや。

暮れぬれば、こと果てて（拝礼の式がすんで）、〔南院へ〕宮入らせ給ひぬ。[一四]御送りに上達部《かんだちめ》かずをつくして居給ひて、[一五]御遊びあり。〔女は〕いとをかしきにも、つれづれなりし[一六]古里《ふるさと》まづ思ひ出でらる。

かくてさぶらふほどに、[一七]下衆《げす》などのなかにも（下仕えの者の中にさえも）、むつかしきこと言ふを〔宮は〕きこしめして、[一八]かく人のおぼしのたまふべきにもあらず、うた（全く憂）てもあるかな（鬱なことになったものだ）、と心づきなければ、うち（宮中）にも入らせ給ふこと、いと間遠なり。〔女は〕かかるもいとかたはらいたく（いよいよもって気が咎めてきたけれど）おぼゆれば、いかがはせん（何ができようか）、ただともかくもしなさせ給はんままに（宮のなさり方や御命令のとおりに）したがひて、さぶらふ（お傍近くお仕えしていた）。

破局のとき——北の方の沈黙

[一九]北の方の御姉《あね》、春宮《とうぐう》の女御《にょうご》にて〔東宮に〕さぶらひ給ふ。[二〇]里にものし給ふほどにて、〔北の方に〕御文あり。（女御）「いかにもこのころ、人の言ふことはまことか。

一三 のぞき見するために障子（現在の襖《ふすま》）に穴をあけたりして大騒ぎするのである。「いとさまあしきや」は、草子地的語法。作者の批評。

一四 上達部（公卿。大臣・大中納言・参議および三位以上の人）たちが宮を南院まで送って来たのである。南院といっても、別の区画だからである。

一五 管絃の会。送って来た人々を接待する遊宴。

一六 長いこと住んでいたところ。ここでは、女の実家。「らる」は自然に感情が湧いてくるときに用いる。

一七 下層の民衆。小舎人童《ことねりわらわ》や樋洗童《ひすましわらわ》の如き階層をさすが、ここでは北の方付きの雑役の女などか。主人筋の意識を反映して、悪評を立てたものであろう。

一八 以下、宮の心。下部《しもべ》の間までこういう風評を立てるには、その主人である北の方自身、相当はっきりと悪評を口にしていたからだ、と判断したのである。おそらく北の方の発言は、その側近の女房たち（たとえば中将）を経て、「下衆」の耳に入ったのであろう。これは事態が、かなり深刻になってきていることを意味する。とはいえ女は個人的には何ともしえない。

一九 藤原済時《なりとき》女、娍子。当時皇太子であった居貞親王（後の三条院。帥宮兄弟の兄）の北の方。よって「春宮の女御」と呼ばれる。

二〇 済時邸。小一条院。但し済時はすでに没していたので、実質的に娍子母が当主だった。

一われさへ人気《ひとげ》なくなんおぼゆる。夜のまにもわたらせ〔里へ〕給へかし」とあるを、二かからぬことだに人は言ふと〔北の方は〕おぼすに、いと心憂くて、御返し（北の方）、「うけたまはりぬ。いつも思ふさまにもあらぬ世の中《常日頃からままならぬのは人生だと思っておりますが》の、〔中でも〕このころは三見苦しきことさへ侍りてなん、あからさまにも参りて《さしあたりほんのしばらく里帰りして》、四宮たちをも見たてまつり、心もなぐさめ侍らんと思ひたまふる。迎へに〔牛車を〕たまはせよ、五これよりも、耳にも聞き入れ侍らじ、と思ひたまへて」などきこえさせ給ひて、六さるべきものなどとりしたためさせ給ふ。むつかしき所などかきはらはせなどせさせ給ひて、（北の方）「しばし七かしこにあらん。かくて居たればあぢきなく、こなたへも《私の方へも》〔宮が〕さし出で給はぬも〔女御が〕苦しうおぼえ給ふらん」とのたまふに、（女房たち）八「いとぞあさましきや。世の中の人の〔宮を〕あさみきこゆる《嘲弄申し上げている》ことよ」「〔女が南院に〕参りけるにも、おはしまい《宮がわざわざ家までおいでになって迎え取られたのだ》てこそ迎へさせ給ひけれ、すべて九目もあやにこそ」〔女は〕「かの一〇御局《つぼね》に侍るぞかし。ひるも三たび四たびおはしますなり」「一一いとよく、しば

一 姉である私までが、人並みでないように恥ずかしく思われる、の意。
二 これ程のことはなくてさえ世人は針小棒大にいうのだから、このままでいたら、と北の方はおびえる。
三 外聞の悪いこと。女のことである。
四 居貞親王と娍子の間の子どもたち。当時、敦明親王（後の小一条院、当時十一歳）以下三男二女がいた。
五 これ以上ひどい話を、耳にしたくないと存じまして。「迎へにたまはせよ」の理由を示す。「たまへて」は連用中止。通説は「これよりも」を、私の方から、と解く。応永本「これよりよも」。
六 帰邸の準備をさせるのである。その結果、残しておいては不都合なものなどを取り払って、清掃することとなる。寝殿造りの生活は、移動可能の調度類によって成り立っているのである。次頁注一五参照。
七 実家。小一条院。北の方は里帰りをしばらくの間という。「かくて」以下は、その理由。女房たちへの体裁をつくろったのであろう。「苦しうおぼえ給ふらん」の主語は、通説では「宮」。
八 以下、女房たちが口々に言ったことば。必ずしも女房の数は四人とは限らないが、仮に括弧を付した。
九 目もくらむばかりの破格の待遇である。宮の女への処遇を非難しているのである。
一〇 宣旨の部屋か。宮は昼日中からそこへ出入りしていたという。三、四回は誇張であろう。「なり」は伝聞で、この話し手の女房も、下仕えの者から情報を得

〔宮を〕しこらしきこえさせ給へ、あまりものきこえさせ給はねば《何にもおっしゃいませんから》」などにくみあへるに、〔宮の〕御心いと〔北の方は〕つらうおぼえ給ふ。

一二さもあらばあれ、近うだに見きこえじ、とて、〔北の方〕「御迎へに」と〔女御に〕きこえさせ給へれば、一三御兄《せうと》の君達《きんだち》、「女御殿《どの》の御迎へに《からのお迎えで》」ときこえ給へば、一四さおぼしたり。一五御乳母《めのと》、曹司《ざうし》なるむつかしきものどもはらはするを聞きて、宣旨一六「かうかうして〔御兄の君達が〕わたらせ給ふなり。春宮のきこしめさんことも侍り。おはしましてとどめきこえさせ給へ」と、〔宮に〕きこえさわぐを〔女が〕見るにも、いとほしう苦しけれど《女自身が困りきる程に》、とかく言ふべきならねば、ただ聞き居たり《座りこんでいた》。一七聞きにくきところしばしまかり出でなばや、と思へど、一八それもうたてあるべければ、ただにさぶらふも、なほもの思ひ絶《た》ゆまじき身かな、と思ふ。

宮、〔曹司に〕入らせ給へば、〔北の方は〕一九さりげなくておはす。〔宮〕「まことにや、女御殿へわたらせ給ふと聞くは。二〇など車のこともものたまはぬ」ときこえ給

たのであろう。
一一 最も理想的な形で。
一二 北の方の心。もうどうなってもいい、とにかく宮の側にはいたくない、という絶望的な気持。
一三 北の方の兄たち。たとえば当時東宮権亮兼右馬頭だった藤原通任（三十二歳。後に従二位権中納言まで昇進）のほか、同為任（年齢不詳。長徳四年右中弁、後に民部大輔、伊予守）・相任（三十四歳。但し寛和二年出家）らであろう、とされている。
一四 北の方は、いよいよ迎えの車が来たか、と思った。一説に、宮がそう思った、とする。
一五 北の方の乳母。「曹司」は寝殿造りの建物の中にしつらえた部屋をさす。乳母が指図して清掃した。北の方の里帰りを実際に企画推進したのはこの乳母などだったのである。
一六 「かうかう」は「かくかく」の音便。
一七 以下、女の心。底本「きゝにくきところ」（とは見せ消ち）、応永本によって改めた。こんないやなことばかり耳に入る所は、の意。
一八 女が南院を退出しても非難されることは避けられないし、さりとてそのまま宮に仕えているのも、いずれにしても、物思いは絶えないのである。
一九 本人は平気な顔をしていた。この時代の姫君たちは、一般的にはむしろ没主体的であった。注一五参照。
二〇 当時牛車は、男性のみが所有していた。妻の外出には、夫の車を用いるのが常識である。

へば、「(北の方)[一]なにか、あれより、とてありつれば」とて、ものものたまはず。

[二]宮の上御文書き、女御殿の御ことば、さしもあらじ、書きなしなめり、と本に。

一 「なにかあらむ」の略。別にどういうことでもありません。「あれ」は里、つまり女御の方から、の意。夫の車を用いなかった理由をいう。

二 北の方の御手紙の書き方や、女御殿のお言葉も、こういうことはありますまい、作者が勝手に書いたのだろうと、もとの本にあります、の意。この写本の写し手が、原本の文体について述べた感想の体裁になっているが、原作者の謙辞または韜晦《とうかい》とみる説が有力である。

＊以下は三条西家本にのみ付載された勘物《かんもつ》（考証資料）である。普通は奥書《おくがき》（作者または写本の写し手が、製作または筆写の由来などを誌したもの）のあるところであり、応永本その他には大半がそれぞれ残されているが、この本にはない。内容については解説参照。

三 系図に用いられた罫線は朱筆で記入されている。

四 女子は別扱いで、男女間の長幼にかかわらない。これが古典的系図の書き方である。

五 •印のみ朱筆。以下は『中古歌仙三十六人伝』（中原師光の、宝治二年奥書の本が伝えられている）所載の和泉式部伝の記述に酷似している。同一所伝によるか。

六 藤原懐平《やすひら》。本名懐遠。齊敏三男。長保五年（一〇〇三）春宮権大夫、五十一歳。同六年兼左兵衛督。長和二年（一〇一三）権中納言。同六年四月薨、六十五歳。

七『尊卑分脈』によれば、正五位下、越前守となる。左衛門尉平元規の息。古今歌人平中興《なかき》の孫に当る。

八 この一行は「母越中守平保衡女」の注記。「昌子」は朱雀院皇女、天暦四年（九五〇）生。冷泉院皇后。帥宮兄弟の継母。

九『中古歌仙三十六人伝』ではこれが冒頭にあり、「或説」は「権中納言懐平女」につく。

冷泉院[三]
- 華山院
- 三條院　母贈皇后宮超子兼家公女
- 為尊親王（三品弾正尹）　母同
- 敦道親王（三品太宰帥）　母同
- [四]宗子内親王
- 尊子〃〃
- 光子〃〃

•[五]和泉式部

権中納言懐平女[六]

母越中守平保衡女[七]

[八]太皇大后昌子御乳母号介内侍

（小式部内侍父）和泉守橘道貞為妻仍号和泉〃〃

上東門院女房童名御許丸云々

或説[九]越前守大江雅致女云々

和泉式部集

春

1　はるがすみ　たつやおそきと　山がはの　岩間《いはま》をくくる　おと聞こゆなり

2　春日野《かすがの》は　雪のみつむと　見しかども　おひいづるものは　若菜なりけり

3　秋までの　いのちもしらず　春の野に　萩《はぎ》のふるねを　焼くと焼くかな

＊一～六は春の歌。うち一～四は『正集』巻頭の百首歌中の作。

1　もう立春だ。あの春霞の立つのを待ちかねたように、山の谷間を流れる川の雪どけ水が、岩の間をくぐって流れる音が耳に響くようだ。

立春の歌。巻頭歌にふさわしい。◇たつやおそきと　通説は、たつやいなやの意とするが、この時代の用例に乏しく、慣用としうるかどうか不明。春が「立つ」と霞が「たつ」をかける。◇くくる　中世以降「くぐる」。◇なり　実際の見聞でないことを示す。

2　春日野が真白に見えたので、まだ雪ばかり積っているかと思ったが、どんどん生えてくるものを見れば、やはり春の若菜であったのだ。

◇春日野　「若菜」の名所。現在の奈良公園付近一帯の野。◇つむ　雪が「積む」に、「若菜」の縁語「摘む」をかける。◇若菜　食用の野草で、正月七日にこれを摘み延命を祈る年中行事がある。

3　皆、命が秋まであるかどうかもわからぬのに、春の野に出て、萩の古い根などを懸命に野焼きしている。そういう私も同じ運命なのだろうが……。

「花見むと命もしらず春の野に萩のふる枝を焼かぬ日ぞなき」（『曾丹集』）を踏まえる。春耕作以前に土壌を豊かにするために枯草などを焼く行事があった。◇焼くと焼く　同じ動詞を重ねた強調語法。底本は仮名で、「役と（せっせと）焼く」とする説もある。

4 春はただ、私の家の梅だけ咲いてくれるならばいいのだ。そうすれば、私を見捨てたあの方も、私の処へだけは、きっと見に来てくれるはずなのだから……。

◇かれ 「離《か》れ」に「枯れ」をかける。◇まし 実際にはありえないことに対する願望を表す。

5 せめて風さえ吹かなかったら、私の家の庭の桜も、たとえ散ったにしても、この春いっぱいはその美しさを賞美することができるのに……。

一『正集』では「花の時心不レ静《カナラ》、雨の中に松緑をます、といふこころを、人のよむに」とあって二首あげる。題詠だが、その出典は未詳。

6 春という季節は、全くのんびりとするひまとてないものだ。花が散りはしないかとはらはらしている心の中にまで、あの花を散らす風が吹きこんでくるというわけではないのだが……。

＊七～九は夏の歌。『正集』巻頭の百首歌中の作。

7 夏の夜とは何と短いものか。あの照射《ともし》に鹿が目を合わせるように、両の瞼《まぶた》を合わせるひまもないほど早く夜は明けてしまうのだから――。

◇ともし 夜行する鹿を獲るために、その通路に立てる灯のことで、鹿の目に反射させて目標とするのである。◇目 底本は「ね」。『正集』『松井本』によって改めた。

4 春はただ わが宿にのみ 梅咲かば かれにし人も 見に
と来なまし

5 風だにも 吹きはらはずは にはざくら 散るとも春の
ほどは見てまし

一花の時、心しづかならず、といふことを

6 のどかなる 時こそなけれ 花をおもふ こころのうち
に 風は吹かねど

夏

7 夏の夜《よ》は ともしの鹿の 目をだにも あはせぬほどに
明けぞしにける

8　長雨の頃物思いにふけっていると、あの方を思う涙で袖までぬれてしまった。この五月雨にぬれながら田植えをしている農夫たちの着物のすそのように、いやそれ以上に……。

◇ながめ　「長雨」と「眺め」(放心状態であらぬ方をながめていること)をかける。

二　夏の最初の日。更衣の日。

9　春が来た時わざわざ桜の花の色にそめて着た衣を、夏の衣に着かえて、夏を告げる山ほととぎすの初音を聞く支度もととのった。さあ夏だ。

◇さくら色にそめしたもとを「さくら色に衣は深く染めて着む花の散りなむのちの形見に」(『古今集』春上、紀有朋《ありとも》)による。

＊一〇〜一九は秋の歌。うち一〇〜一三、一六・一八・一九は『正集』巻頭の百首歌中の作。

10　やりきれない思いに閉ざされているこの私自身にもあきが来たというのでもなかろうが、秋となれば、何につけても悲しみでいっぱいになるよ。

◇あき　「秋」に「飽き」をかけるのがこの時代の常識。

11　本当の秋の心を解っている人がどこかにいないものだろうか。そういう人がいてくれたら、この萩の花の咲いている夕日のさす光景を、そしてそこに響いているひぐらしの声を、見せも聞かせもするものを……。

◇見せも聞かせも　『正集』では「みせんきかせん」。

8　ながめには　袖さへぬれぬ　さみだれに　おりたつ田子《たご》の　もすそならねど

四月[二]一日

9　さくら色に　そめしたもとを　ぬぎかへて　山ほととぎす　今日《けふ》よりぞ待つ

秋

10　憂《う》しとおもふ　わが身もあきに　あらねども　よろづにつけて　ものぞかなしき

11　人もがな　見せも聞かせも　萩《はぎ》の花　咲くゆふかげの　ひ

12　今夜逢おうと約束した人とてあるわけではないが、こんな秋の夜は、月も見ないで寝てしまうという気には、とうていなれないものだ。
◇たのめたる　「たのめ」は下二段活用の動詞で、頼みにさせる、の意。

13　秋――この季節がやってくると、紅葉しない常磐木の名を持つ常磐山の松に吹く風も、色がうつろうのではないかと思うほどに、我が身にしみ入ってくる。

14　秋に吹くのは、いったい何色の風なのだろうか。こんなに身体《からだ》のすみずみまでしみ込んでくるように、人恋しい思いが身体の中を吹きぬけてゆくとは……。
『源氏物語』御法《みのり》巻に引かれて著名な歌。参考「吹きくれば身にもしみける秋風を色なきものと思ひけるかな」（『古今六帖』一）。『正集』一三・八六〇は第五句「あはれなるらん」、八六〇は二・三句「いかなる風の色なれば」。なお八六〇は、「花山院歌合」の十題歌中の一首で、歌題は「風」。これらの異同はむしろ推敲過程を示すものか。単なる異伝の重出ではないようである。

15　あなた様がこれから千年の齢《よわい》を重ねようとなさるその第一日に当る、この九月九日――重陽《ちようよう》のおめでたい節供《せつく》の日に、仙境の花である菊を摘んで、お祝い申し上げようと思います。
陰暦九月九日は重陽といって、不老長寿を祈る習わし

ぐらしのこゑ

12
たのめたる　人はなけれど　秋の夜《よ》は　月見で寝《ぬ》べき　ここちこそせね

13
秋くれば　ときはの山の　松風も　うつるばかりに　身にぞしみける

14
秋吹くは　いかなる色の　風なれば　身にしむばかり　人のこひしき

菊を

15
君が経《へ》む　千代のはじめの　なが月の　今日《けふ》ここぬかの　菊をこそつめ

があった。賀歌である。『正集』の配列から十題歌の一つかとも考えられる。上述の「花山院歌合」に関わるものかもしれない。

◇経む　底本「つむ」、後土御門院系の諸本により訂。

一 朝開いて夕にしぼむことから、人生無常を知覚させる、と考えられていた。

16　今生きているからとて、いつどうなるかわからぬのが人生である。そのことを教えてくれるのが、この朝顔の花なのだ。

参考「世の中はかなきこと、などいひて、あさがほのあるを見て　はかなきはわが身なりけりあさがほのしたの露もおきて見てまし」（『続集』）。

◇ありとしも　「しも」は強意を表す。◇たのむべきかは　「かは」は反語。

17　虫の鳴き声を聞いていると、それが一様には聞えないのは、あの虫たちでさえ、それぞれに違った悲しい思いをもって鳴いているからだろうか。それを思えば人間である私の思いが、他人に理解してもらえないのも当然なのだが……それにしても悲しい。

「花山院歌合」の十題歌の一つ。

18　一向に気持は晴れ晴れとはしないで、ひたすら悲しい思いでいっぱいだが、これはどうやらあの秋の霧が、私の心の中に立ちこめてしまっているからであるらしい。この深い霧！

二 秋の終り。陰暦九月の末。

一 あさがほ

16 ありとしも　たのむべきかは　世の中を　しらするものは　あさがほの花

虫

17 なく虫の　ひとつこゑにも　聞こえぬは　こころごころに　ものやかなしき

霧を

18 はれずのみ　ものぞかなしき　秋霧は　こころのうちに　たつにやあるらん

二 秋の暮

19 あきはてて　いまはとかなし　浅茅原《あさぢはら》　人のこころに　似
たるものかな

冬

20 とやま吹く　嵐のかぜの　音聞けば　まだきに冬の　奥ぞ
知らるる

21 見わたせば　真木《まき》のすみやく　けをぬるみ　おほはら山
の　雪のむらぎえ

22 さびしさに　けぶりをだにも　たてんとて　柴折りくぶ
る　冬の山里

19 もう秋も終り、と思うと何という悲しさだ。一面茫々《ぼうぼう》の枯野原になってしまった茅《かや》の原を見ていると、全く人の心も同じことだ、と思われてくる……。

『正集』では「冬」に分類され、二・三句「今はとかるるあさぢふは」とあり、「枯るる」に「離るる」をかける。この場合の「人のこころ」は、恋人の心である。

＊二〇～二五は冬の歌。うち二一～二三は『正集』巻頭の百首歌中の作。

20 里近い山すそのあたりを吹き荒れている嵐の音を聞くと、まだ冬になったばかりなのに、この冬の盛りの頃のすさまじさが思いやられるよ。

『正集』によれば「観身岸額離根草　論命江頭不繫舟」(『和漢朗詠集』所収の羅維の詩)の訓読「みを観(か)ずればきしのひたひにねをはなれたるくさ　いのちを論(ろ)ずればえのほとりにつながざるふね」の一字一字を歌のはじめに置いて詠んだ連作中の一首。この歌は「えのほとり」の「と」を歌頭にすえたもの。◇とやま　深山《みやま》に対する外山《とやま》。里近い山のこと。◇まだきに　はやくも、まだその時期ではないのに。

21 見わたしたところ、どうやらこの大原山の名物である炭焼きのせいで、何となくあたりの空気が暖まったためか、せっかくの雪景色も、ところどころ雪が消えてまだらになってしまっているのが目に立つことだ。

◇真木　木の美称。◇けをぬるみ　あたりの寒気がゆるんで。「……を……み」は原因・理由を示す。◇おほはら山　京都市左京区大原。炭焼きの名所。

22　あまりさびしいので、せめて煙だけでも立てようというのだろうか。柴を折ってたきつけているこの冬の山里の荒涼たる風光は！

◇たてんとて　諸本および『正集』は「たたじとて」。

23　指折り数えてみると、もう今年も残り少なになってしまった。こう老いこんでしまうと、年をとるということほど、悲しいものはない……。

◇かぞふれば　底本「かそうれは」。◇年ののこり　暦の上の一年の残りと、人の寿命の残りをかける。

一「つれづれ」は和泉式部の愛用語。単なる退屈ではなく、時の空虚さへの焦燥感を表す。

24　何も手につかず、ぼんやりとあらぬ方をながめて日を送っていると、これでは短い冬の日も春の幾日分にも劣らぬくらいに長く感じられるわけだ。

25　待ちかねているあの方が、いまのいまにも見えたらどうしようか。たとえあの方でもふみ散らしてほしくない風情《ふぜい》の雪の庭なのだから……。

◇踏ままく　踏むこと。「踏む」のク語法。

＊ 二六～二九は恋の歌。うち二六～二八は『正集』巻頭の百首歌中の作。

26　どうなってもよい、恋しいあの方のお姿を一目でも見ることができるなら！　あの遠い空の彼方《かなた》の夜半の月が、山の端をちらと出入りするときのように、たった一目でもいいのだから——。

23　かぞふれば　年ののこりも　なかりけり　老いぬるばかり　かなしきはなし

一 つれづれのながめ

24　つれづれと　ながめくらせば　冬の日も　春のいく日《か》におとらざりけり

庭の雪

25　待つ人の　いまも来たらば　いかがせむ　踏ままく惜《を》しき　庭の雪かな

恋

26　さもあらばあれ　くもゐながらも　山の端《は》に　いでいる夜《よ》

はの　月とだに見ば

27 黒髪の　みだれもしらず　うちふせば　まづかきやりし
人ぞこひしき

28 なみだがは　おなじ身よりは　ながるれど　こひをば消《け》た
ぬ　ものにぞありける

29 たらちねの　いさめしものを　つくづくと　ながむるをだ
に　知る人もなし

[一]親の心よからずおもひけるころ、[二]いはほの
なかにもといふうたを、[三]句のかみごとにす

27 黒髪がはらはらと乱れるのも打ちすてて、悲しみの余り思わず泣き伏すと、このようなときまず乱れた黒髪をかきやってくれたかの人が、恋しくてならない……。
和泉式部恋愛歌中の絶唱。藤原定家にこの歌に応和した趣のある「かきやりしその黒髪のすぢごとにうちふすほどは面影ぞたつ」(『新古今集』恋五)がある。◇かきやりし人　初恋の人、ないし橘道貞とする説があるが、とらない。

28 川のように流れるこの涙も、同じわが身から流れ出るというのに、この身を燃やす恋の火の方を消してはくれないものなのだ。
参考「涙川身も浮くばかり流るれど消えぬは人のおもひなりけり」(『元真集』)。◇なみだがは　歌語。流れる涙を形容するときに用いる。◇こひ　「恋(こひ)」に「火」をかける。

29 こんなとき親たちがいてくれたら、きっと叱ってくれたろうものを、ただぼんやりと思いにふけっているこの私の空しい心情を、いまはだれひとり知る人とてないのだ……。
「観身論命歌」(三〇歌注参照)中の一首。

＊以上は一応部立に従って配列されているが、三〇歌以降は特に部立はもたない。三〇・三一は「いかならむいはほのなかに住まばかは世のうきことの聞こえこざらむ」(『古今集』雑下、よみ人しらず)の二・三句の十二文字を、各歌の初字に置いて詠ん

ゐて、うたをよみて、母[四]のがりつかはしける

30 いにしへや　ものおもふ人を　もどきけん　むくいばかりの　ここちこそすれ

31 春雨の　ふるにつけてぞ　世の中の　憂きはあはれと　おもひしらるる

32 惜《を》しとおもふ　折やありけん　ありふれば　いとかくばかり　憂かりける身を

33 いかばかり　ふかきうみとか　なりぬらん　塵《ちり》の水だに　山とつもれば

だ連作から引いたもの。『日記』六五頁参照。

一 『正集』の詞書から、和泉式部が帥宮のもとに走って道貞と不縁になった頃のことをさすかとされている。二 右の古今歌の「いはほのなかに」の訛伝か。

三 歌の初字に、の意。四 母親のところに。

30 いったい、いつ、どういう世で、人恋しく物思いにふけっている人のことを悪く言ったことがあったのか、そんなおぼえもないのに、その報いでも受けたように、苦しい心持がしますが……。

◇もどきけん 「もどく」は人を非難すること。

31 春雨がふるにつけても、時がたってふるびてゆく男女の仲が、人生無常の思いをつくづくと思い知らせてくれるのです……。

＊三は「観身論命歌」中の一首。

32 いままでに身を捨てたら惜しいと思ったときがあったろうか？　こうやって長生きすればするほど全く憂鬱でたまらぬ我が人生なのに、ここまで生きて来たところを見れば、そうでもなかったのだろうか……。いやそんなことはない。

◇惜しと　底本「うしと」。諸本により訂。

＊三は「我不愛身命」(『法華経』)の訓読「われみいのちをばをしまず」を歌の初字にすえた連作中の一首。

33 どんなに深い海となることだろう。塵ばかりのわずかな水だって、山のようにつもれば。

◇うみ 「海」に「憂身」をかける。

つれづれなりし折に、[一]よしなしごとにおぼえしこと、世の中に[二]あらまほしきこと

34 夕暮れは　さながら夢に　なしはてて　闇《やみ》てふことの　なからましかば

35 おしなべて　花はさくらに　なしはてて　散るてふことの　なからましかば

36 みな人を　おなじ心に　なしはてて　おもふおもはぬ　なからましかば

人に[三]さだめさせまほしきこと

37 いづれをか　世になかれとは　おもふらん　忘るる人と　忘らるる身と

＊ 三四〜三六は『正集』「世間《よのなか》にあらまほしき事」の連作五首中の三首。なお『松井本』では四〇まで「雑」に分類されている。

一 何ということもなくふっと心に浮んだこと。　二 こうあってほしいと思うこと。

34 夕暮れ――このぼんやりした時間のまま、夢の世界へとけこんでしまって、あの〝闇〟の時間を経験しないですむのなら……。そんなことはこの世では起りえないのだけれども。

◇夢 『正集』『松井本』ともに「月」。

35 春の花は、全部そっくり桜にしてしまって、しかも散るということをなくしてしまえばいいのだが……。そんなことはこの世では起りえないのだけれども。

36 すべてこの世の、男も女も、みな同じ愛の心を持っているようにして、互いに愛したり愛さなかったりすることのないようになったら……。そんなことはこの世ではありえないのだけれども。

＊ 三七・三八は『正集』同題の連作四首中の二首。

三 底本は「さためまほしき事」。諸本により改めた。

37 いったいどちらが、この世からいなくなったほうがいいとお思いですか？ 私を忘れてしまう男のほうと、男の人から忘れられてしまう私と――。誰方《どなた》か決めて下さい。

38 なき人と　なして恋ひんと　ありながら　逢ひ見ざらんと　いづれまされり

あやしきこと

39 世の中に　あやしきことは　しかすがに　おもはぬ人の　たえぬなりけり

40 世の中に　あやしきことは　いとふ身の　あらじとおもふに　惜しきなりけり

四たのめたる男の、いまやいまやと待ちたるに、まへなる竹の葉に、あられのふりかかるを聞きて

38 恋人というものは、手の届かないあの世の人として恋い慕っているのと、生きていながら全く逢えないでいるのと、どっちがつらいのでしょう。

参考「ありながらつらきも苦しなき人を思ひのみやは思ひなりけり」（『正集』）。

◇なき人となして　『正集』では「なき人をなくて」。

＊三九・四〇は『正集』も同題の連作二首。但し第二句はともに「あやしき物は」。

39 この世の中で、奇妙なことといったら、愛してもくれない人を、そうと知りながらやっぱり愛してしまう、そんなことをいつも繰り返すということだ。

◇しかすがに　そうではあっても、それでも。◇たえぬなりけり　底本「おもふなりけり」の「おもふ」を見せ消ちにして「たえぬ」と訂する。諸本「おもふなりけり」。

40 この世の中で、奇妙なことといったら、いやでいやでたまらないこの身がもう世の中から消え失せたらいいのにと思いながら、しかも命が惜しいとも感じられる、ということだ。

四 頼りにさせる男性。来ることを約束していた恋人のこと。

41 竹の葉にあられが降りかかって、さらさらと音を立てているような夜は、全くひとりで床につこうというような気持には、到底なれないのに……。約束したあの人はどうやら来そうにもない外の様子だ――。

◇さらさらに 「あられ」の音の形容と、決して、の意をかける。

一 親しい仲だった男。

42 さあどうでしょうか。忘れるなとおっしゃったあなた自身が、他の女性のところへおいでになっているようでは、この私だって心変りするかもしれませんよ。これからは、あなたのような方のお心を、拝見してみならうことにするつもりなのですから。

二 約束したのに来なかった男に、翌朝。

43 あなたがおいでになるという事でしたから、いつもは早くかけてしまう真木の戸の鍵を、昨夜はぐずぐずしてかけかねていましたのに、逆に、なかなかあけないはずの冬の夜が、どうしたのか、いつの間にかあけてしまいました。あなたはとうとうやって来なかったのに……。

参考「君や来むわれや行かむのいさよひに真木の板戸もささず寝にけり」（『古今集』恋四、よみ人しらず）。

◇やすらひに ぐずぐずして、ためらっていての意。

◇真木の戸 歌語。板戸。◇あけつる 「明ける」に「開《あ》ける」をかける。「開く」は「さす」とともに「戸」の縁語。

41 竹の葉に　あられ降る夜は　さらさらに　ひとりは寝《ぬ》べき　ここちこそせね

一かたらひたる男のもとより、忘るなとのみ言ひおこすれば

42 いさやまた　かはるも知らず　いまこそは　人のこころを　見てもならはめ

二たのめて来《こ》ぬ人に、つとめて

43 やすらひに　真木の戸をこそ　ささざらめ　いかにあけつる　冬の夜《よ》ならん

雨のいたく降るに、三なみだの雨の袖に、など言ひたる人に

三「墨染《すみぞめ》の衣の袖は雲なれや涙の雨のたえず降るらむ」(『拾遺集』哀傷、よみ人しらず) による。

44　ひどい雨ですこと。あなたは涙の雨が袖に、とおっしゃいますが、私のように一度契った方からすてられて随分と時もたってしまうと、涙でぬれたこの袖が、私自身の宿命を教えてくれるようなもので、この涙の雨の方が、もっとずっと降り続いております。

◇ふる　「経る」に「降る」をかける。◇身を知る雨　「数々に思ひ思はず問ひ難《がた》み身を知る雨は降りぞまされる」(『古今集』恋四、在原業平。『伊勢物語』百七段。『古今六帖』一) による。

四 世の中が騒然としている頃。多く悪疫が流行している時をいう。次頁注二参照。『後拾遺集』では「世の中常なく侍りける頃よめる」とある。

45　物思いにふけっているうちに、これということもなく、ただ小さい茅《ちがや》の葉の先のように、頼りない世の中になってしまったものだ……。

46　死んだからとて偲《しの》んでくれる人もいない私としては、せめて生きているうちに、自分で自分を「あはれあはれ」とでも言っておくことにしようか。

47　なまじ久方ぶりに来ていただいたので、もうお忘れかとつらい思いのままにお別れしてしまえば、今ごろはあなたのことなど忘れている時分なのに、かえって思い出の種となってしまいます。

44
みし人に　忘られてふる　袖にこそ　身を知る雨は　いつ
ももやまね

四世のさわがしきころ

45
ものをのみ　おもひしほどに　はかなくて　浅茅《あさぢ》が末《すゑ》に
世はなりにけり

46
しのぶべき　人なき身には　ある折に　あはれあはれと
言ひやおかまし

ひさしくとはぬ人の、からうじておとづれ
て、またおともせぬに

47
なかなかに　うかりしままに　やみにせば　忘るるほど
に　なりもしなまし

ときどきくる人の、[一]暮れゆくほどに、と言ひたるに

48 ながめつつ　ことありがほに　くらしても　かならず夢の　見えばこそあらめ

[二]世の中いたくさわがしきころ、とはぬ人に

49 世の中は　いかになりゆく　ものとてか　こころのどかに　おとづれもせぬ

[三]ものへゆく人に

50 あるほどは　憂《う》きをみつつも　なぐさめつ　かけはなれなば　いかにしのばむ

一 『後拾遺集』『正集』では「くれゆくばかり」とある。これは「うつつにも夢にも人によるし逢へばくれゆくばかり嬉しきはなし」(『拾遺集』恋二、よみ人しらず)を引いたもの。なお、『後拾遺集』では作者を相模とするが、誤りであろう。

48 ぼんやり物思いにふけりながら、何か事ありげな顔をして、その日その日を暮しているのも、実は、夜になればあなたが必ず夢に現れるということが前提なのです。もしそうでなければ……。

二 物情騒然たる時節。多く悪疫などが流行している時をさすが、結果的には政治情勢が不安定になることが多い。そのような時は有力な政治家も死没することが多く、かつそうした天変地異は神意の表れとみる考え方があったからである。

49 こんなおそろしい時世時節に、いったいあなたは、この世の中がどうなっていくとお考えなのか、一向に気にもとめずに、おいでにもならないとは、私に対するお心が薄くなったとしか思えませんね。

三 どこかへ出かける男に。おそらく地方官として出京するのであろう。

50 もうお出かけですか。今までのようにこちらにおいでのうちは、つらい目にあいながらも、とにかく慰めにはなりました。こうして離れ離れになってしまったら、どうやってこのつらい思いに耐えていったらいいのでしょうか。

二・三句は、「うつせみはからを見つつもなぐさめつ

深草の山けぶりだに立て」（『古今集』哀傷、僧都勝延）によるか。

51　山の向うに火葬の煙が立ちのぼっているが、それを見るにつけてもつくづく思われる、いつの日か私自身もまた、あのような一すじの煙となって、誰かがこんなふうにながめることとなるのだろうか……。

52　こっちはどうだろう、あちらはどうかしら、と何かにつけて、それぞれにお待ちしております間は、どうやらどちらがどちらなのか、区別もつかなくなってしまいますね……。

本来『続集』末尾の日記ふう連作部分の中の一首。この歌の詞書には「……とほき所にまうでにし人も、けふはかへりたまひぬらん、といふをきくにも、かくのみおぼゆるにぞ」とある。

53　心というものは、こんなに悲しい事ばかり続くと、あれやこれやと多種多様の物思いにくれるものだのに、袖の方は、どの場合もただ一様に涙にぬれるだけなのだ。

◇おしひたすら　おしなべて、一様に、の意。「漬《ひた》す」をかけ、「袖」の縁語とした。

山寺にこもりたるに、人の葬送《さうそう》したるを見て

51 たちのぼる　けぶりにつけて　おもふかな　いつまたわれを　人のかく見む

おもふ人、ふたりながら、遠きところにあるを、待つとて

52 これにつけ　かれによそへて　待つほどは　たれをたれとも　わかれざりけり

なげく事しげきころ

53 さまざまに　おもふこころは　あるものを　おしひたすらに　ぬるる袖かな

[一]ものへいにし人、ひさしくおとせぬを、も[二]のなどとはするに、[三]このほどと言ひけるも、すぎければ

54 忘れなん　ものぞとおもひし　そのかみの　こころのうらぞ　まさしかりける

しのびたる男の、[四]いたくなる衣《きぬ》を、[五]かしがましとておしのけければ

55 おとせぬは　くるしきものを　身にちかく　なるとていとふ　人もありけり

[六]つらきをも見知らで、たのむと言ひたる人に

56 こころをば　ならはぬものぞ　あるよりも　いざつらから

一 どこかへ出かけた男が。 二 どうしたのか尋ねてみたところ。 三 そのうちに（うかがいます）と言ってきたが、その後も音沙汰なく時がたったので。

54 どうせお忘れになるだろうと思っていた昔の想像が、不幸にもぴったり当ってしまいました。やはりあなたという方は、そんな方だったのですね。

『宸翰本《しんかんぼん》和泉式部集』にのみ収められている歌である。参考「かくこひんものとは我も思ひにきこころのうらぞまさしかりける」（『古今集』恋四、よみ人しらず）。

◇こころのうら　「うら」は占いのこと。

四 たいそう衣《きぬ》ずれの音がする衣。『正集』二六二によれば「ひとへ」、肌着の新調のものか。 五 うるさいと。

55 衣ずれの音もさせないなんて、要はお出でにならないということですから、全く苦しい気持ですのに、衣が身に近く鳴るのを、うるさいといって脱ぎすててしまう——なれなれしいのはいやだ、ということでしょうか——あなたのような方もいらっしゃいましたのですね。

◇おとせぬ　「訪れない」と「衣ずれの音がしない」をかける。◇身にちかくなる　「身に近く鳴る」に「身近に馴れる」意をかけた。

六 冷淡なことを認識していなくて、の意。

56 こんな冷たい心の方とはおつき合いしなれておりませんでした。これではあなたのなさりよう以上に冷たくお相手するよりほかはありません。あなた自身の冷たさが御自分でおわかりになるようにね。

◇ならはぬものぞ　諸本「ならはし物ぞ」。その場合は「心をばならはし物と言ふなれど片時の間もえやは忘るる」(『元真集』)を踏まえる。
七 筋の通らないことで恨みに思っている男、無体に恋慕する男、の意。

57 どうぞおいで下さい、と申しあげたいのですが、何しろ全くひまがありませんので……。

藤原公任によって評価されたことで著名な歌である。参考「津の国の蘆の八重ぶきひまをなみ恋しき人に逢はぬころかな」(『古今六帖』二)。
◇津の国の　「津の国」は現大阪府。「昆陽《こや》」の序。
◇こや　地名「昆陽」と「来や」をかける。◇蘆の八重ぶき　すき間のないことの形容。

58 何事もじっと心の中にかくして耐え忍んでいるのに、どうして涙がこの悲しみを一等最初に知るのだろうか。まず流れ落ちてくるとは。

＊ 五九より六二まで底本になし。諸本によって補う。
八 雁の卵。

59 あなたはこんなに雁の卵をたくさん下さったけれども、いったいこれをいくつ重ねたら人の心を信じることができるようになりましょうか。むしろ重ねれば重ねるほど頼りにはならないものですのに。

「鳥の子を十づつ十はかさぬとも人のこころをいかがたのまむ」(『古今六帖』四)によるか。
◇かりのこの世　「仮りのこの世」に「雁《かり》の子」をかける。

ん　おもひ知るやと

七わりなくうらむる人に

57 津の国の　こやとも人を　いふべきに　ひまこそなけれ
蘆《あし》の八重ぶき

ものをおもひつづくるに、いたうかなしければ

58 なにごとも　こころにこめて　しのぶるを　いかでなみだの
まづ知りぬらん

八雁《かり》の子を、人のおこせたるに

59 いくつづつ　いくつかさねて　たのまし　かりのこの世の
人のこころは

人の、夜ふけて来たりけるを、聞きつけで、
[一]寝たるがすることなど言ひたるに

60　ふしにけり　さしもおもはで　ふえたけの　音《おと》をぞせまし　よふけたりとも

ひさしうおとづれぬ人の、便《びん》[二]なかるまじう
はまゐらん、と申したれば

61　もしも来《こ》ば　道のまぞなき　宿はみな　浅茅《あさぢ》が原《はら》と　なりはてにけり

[三]こころあしきころ、人に

62　あらざらむ　この世のほかの　おもひいでに　いまひとたびの　逢ふこともがな

一『正集』では「ねたりけるなどつとめていひたるに」。

60　あまり夜ふけてからおいでになるものですから、ついつい存じませんで、おっしゃる通り寝ておりました。でも、そんなふうにさっさとお決めにならずに、せめて声だけでもかけて下さればよかったのです、たとえあんな夜ふけであっても。
◇ふしにけり「臥し」と「節《ふし》」をかける。◇ふえたけの「音」にかかる枕詞。「ふし(節)」「音」「よ(節)」は「笛竹」と縁語。

二　不都合なことがないようならば、の意。

61　しばらくおいでのなかったあなたが、いまさら御都合はどうですかなどとおっしゃったところで、どうせことばだけでしょう。もしいらっしゃっても、道のすき間もございませんよ。私の家の辺りは、誰も来ないので草ぼうぼうとなってしまいましたから……。

三『正集』は「ここちあしきころ」。

62　私ももう長いことはなさそうです。死後の世界へ旅立ってゆく私の、この世での思い出に、もう一度だけでよいから、あなたとお会いしたい――。
「百人一首」に収められた著名な歌。

[四]ものへ行くとて、人に

63 いづかたへ　行くとばかりは　つげてまし　とふべき人の　ある身とおもはば

[五]八《は》月《づき》ばかり人のもとに、萩《はぎ》につけて

64 かぎりあらん　なかははかなく　なりぬとも　露けき萩の　うへをだにとへ

[六]心憂しとおもふ人の、[七]おほかたに来たるに

65 憂きを知る　こころなりせば　世の中に　ありけるとだに　見でやみなまし

四 外出したときに。おそらく物詣でであろう。

63 本当に私のことを心配してくれる人がいるのだ、と思っていたら、その方にだけは、どこへ行くのかぐらいのことはお知らせしておくつもりだったのですが、どなたもお聞きにならなかったものですから、何にも言わずに出かけることといたします。

五 陰暦八月は秋。

64 あなたとの仲はいずれは終る運命《さだめ》なのでしょうから、たとえ露のようにはかなくお別れしてしまうにせよ、せめてこの露にぬれた萩の花のことぐらいは気にかけていただきたくて、これをお送りするのです。

『後拾遺集』『松井本』では「秋」の部立に入る。

◇露けき萩の　涙にぬれている自分のこと。

六 こちらが不満に思っている人。多く愛情関係の場合である。『正集』では「なま心うしと」。七 通り一ぺん、一通りに、の意。

65 本当に人生の憂鬱というものをよく知っていたら、あなたのような薄情な方がこの世にいるのだとさえ思いもせずに、そのままお別れすべきでしたのに、何故、何ということもないのにわざわざおいでになったのですか。

一 播磨《はりま》のひじりにやる

66 くらきより　くらき道にぞ　いりぬべき　はるかに照らせ　山の端《は》の月

二 尼になりなんなど言ふを、なほいましばし
三 おもひのどめよ、と言ふ人に

67 かくばかり　憂きをしのびて　ながらへば　これよりまさる　ものをこそおもへ

法師のたふときがまうできて、扇《あふぎ》をおとしたるにつかはすとて

68 はかなくも　忘られにける　あふぎかな　おちたりけりと　人もこそみれ

一 播磨国書写《しよしや》山円教寺の性空《しようくう》。花山院・円融院・藤原道長・公任らの尊信を受けたが、都へ上ることはなかったという。多くの女人が結縁を求めたという説話も伝えられている。

66 私はいま闇の世界を冥府に向って進んでいるようです。どうかお上人様、はるか彼方《かなた》からでも、あの山の端の月のように、私の足もとを照らす真《しん》如《によ》の光で、私をお導き下さいませ。

『拾遺集』哀傷に、雅致女式部の名で入集して著名。◇くらきより……　『法華経』化城喩品《けじようゆほん》「従レ冥入ニ於冥一」による。

二 尼になって仏道に励みたいと私が言ったのに対して。三 もう少し慎重に、の意。「おもひのどむ」は、気持をおだやかにする、落ちつかせる、の意。

67 こんなにつらいことを耐えしのんで、なおこれ以上生きのびたとしたら、いよいよもって今の思いの何倍もの物思いをしなければなりますまいに。

68 あなたのような立派なお坊さんに見捨てられてしまうなんて、何と可哀想な扇でしょう。それにしても、女のところへ扇を落してゆくなんて、あなたも堕《お》ちたものだ、と人から言われますよ。御注意下さい。

『後拾遺集』雑六「俳諧歌」に入る。◇あふぎ　男女が「あふ」を響かせる。◇おちたりけり　扇が落ちたのと、僧が戒を破って堕落することをかける。

[四] わりなきことにてうらむる人に

69 憂《う》しとみて　おもひすてにし　身にしあれば　わがこころにも　まかせやはする

[五] つねにたえまがちなる人に

70 このたびを　かぎりとみるに　おつれども　つきせぬものは　なみだなりけり

[六] あとに寝ばや、と申したる人に

71 寝られねば　とこなかにのみ　おきみつつ　あともまくらも　さだめやはする

[七] かたらふ人の、[八] なくなりなん世まで忘れじ、と言ふが、[九] 心地わづらふと聞くを、ひさし

四　一〇七頁注七参照。

69　あなたは勝手な理屈で私に怨み言を言ってよこされますが、私自身もはやこんな憂鬱な現世など思い捨ててしまった身でございますから、自分の心の思い通りにもなりはしないのでございます。お気の毒ながら、御期待にはそいかねます。

五　『続集』には「つねにたえまがちなるをとこ、おとづれぬにやるとて、人のよませし」とあり、代作。

70　いつもなかなかお見えにならないので、もうあなたとの仲も終りかと思うと、涙が落ちるのですが、その涙のほうがいつまでもいつまでもつきないとは、何ということでしょう。

◇おつれども　『続集』では「音づれば」。

六　床のすその方をさす。「ばや」は願望。

71　妙なことをしたいとおっしゃいますね。どうせ私は眠れないで寝床の真中に起きて見ていますから、あとだろうと枕だろうと別に決めようとも思いませんよ。

「枕よりあとより恋のせめくればせむ方なみぞ床中に居《を》る」（『古今集』雑体《ざつてい》、よみ人しらず）による。

◇おきみつつ　諸本は「おきゐつつ」。

七　親しい仲の男。八　あなたが亡くなっても忘れはしません。九　私が病気だと知っても。

くとはぬに

72 しのばれん　ものとはみえぬ　わが身かな　あるほどをだに　たれかとひける

一しのびたる人の、二とのゐものに、むらさきの三直垂《ひたたれ》をとりにやるとて

73 色にいで　人にかたるな　むらさきの　ねずりのころもきて寝たりきと

二月《きさらぎ》ばかり、女の返り事せぬに、男にかはりて

74 あとをだに　草のはつかに　見てしがな　むすぶばかりの　ほどならずとも

72　私が死んでからあと、だれも私のことなどしのんではくれないでしょうね。何しろ生きているうちから、だれも見舞いに来てもくれないのですから。

一『正集』の詞書は「むらさきのおり物のひたたれをおきたりけるを、やるとて、よりのぶに」。これによれば、「しのびたる人」は源頼信。頼光の弟。武人。　二 宿直用の品。具体的には寝具。　三 貴族の男子の常服。底本は「ひたたれにを」。

73　紫草の根でそめた直垂《ひたたれ》を持たせてやったからとて、わざわざ人に吹聴したりしないで下さい。あなたが私のところに来て、この着もので一緒にねたなどと。

「恋しくはしたにをおもへ紫の根ずりの衣色にいづなゆめ」（『古今集』恋三、よみ人しらず）による。◇むらさきのねずりのころも　「色」と縁語。◇きて　「着て」に「来て」をかける。

74　せめて筆の跡だけでもいいですから、ほんの少しでも、見せてもらいたいものです。別に契りを結ぶというほどのことはなくても。

返事もよこさない若い女性を恋い慕っている男に代って詠んだもの。「春日野の雪間を分けて生《お》ひ出でくる草のはつかに見えし君はも」（『古今集』恋一、壬生忠《みぶのただ》岑《みね》）による。◇はつかに　「は」に「葉」をかけ、「草」とともに「結ぶ」の縁語とした。

[四]ゐなかへ行く人の、扇などおこせて、[五]かみの社《やしろ》かきたるところに、[六]いのりつるしるしも、とあるところに

75 いのりける　こころのほどを　みてぐらの　さしてはいまぞ　おもひ知りぬる

男に忘られてなげきけるころ、霜の降れる朝《あした》に、[七]人のもとに

76 けさはしも　おもはむ人は　とひてまし　つまなきねやの　うへはいかにと

[八]雨のおどろおどろしく降るつとめて、[九]今宵《こよひ》はいかに、と[一〇]宮よりある御返り事

77 よもすがら　なにごとをかは　おもひつる　窓うつ雨の

四 地方へ下る男。地方官となって下るのであろう。

五 神の社。あるいは上賀茂神社のことか。扇に「みてぐら」を捧げた図などが描かれていたのであろう。

六 祈願した効目《ききめ》があって、の意か。

75 あなたはお祈りした甲斐があった、といわれますが、それでもあなたのお心の程が見えました。あなたが捧げたみてぐらのお蔭で、それがはっきりとしたというわけです。

◇みてぐら　神に祈る時の捧げ物。「見て」をかけ、「さして」の序とした。「みてぐら」として榊《さかき》を插すからである。◇さして　それとはっきり示して。

七『正集』ではこの歌に続いて詞書「返し、よりのぶ」とする返歌があり、それに従えば、この「人」は源頼信（七三歌参照）となる。

76 けさのように霜のおりた冷たい朝は、心から愛して下さる方だったら、おたずね下さることでしょう。相手のない独り寝の家の屋根には、どんなに白い霜がおりていることかと。

◇しも「霜」に強意の「しも」をかける。◇つまなき「妻」（夫）に軒端の意の「端《つま》」をかける。

＊七七〜八〇は『和泉式部日記』所収歌。

八 雨がおそろしいほど降った、その翌朝早く。九 昨夜の意。一〇『日記』によれば帥宮敦道親王。

77 一晩中、ほかにどういうことを考えていたというのでしょう。あの烈しい雨の音を聞きながら、心の中は、あなたのことで一杯でしたのに。

音を聞きつつ

[一]石山にこもりたるに、ひさしくおとづれ給はで、[二]帥宮《そちのみや》より

78 関こえて　今日《けふ》ぞとふとや　人は知る　おもひたえせぬ　こころづかひを

返し

79 あふみぢは　忘れにけりと　みしものを　関路うちこえ　とふ人やたれ

[三]人のこひしと

80 けさのまに　いまはひぬらん　夢ばかり　ぬるとみえつる　たまくらの露

◇窓うつ雨　『白氏文集』「上陽白髪人」による。『日記』二四頁注二参照。

一　石山寺。『日記』三八頁注八参照。　二　敦道親王のもとから。

78　逢坂の関を越えて、わざわざ今日おたずねしたのだと、あなたはおわかりでしょうか。これもあなたへの気持が続いているのだということをお教えしようとする配慮なのですよ。

◇関　山城と近江の国境にあった逢坂の関のこと。男女の逢瀬をかけることが多い。

79　名前は「逢ふ路」でも、この近江へおいでになる道の方はもうお忘れだと思っておりましたのに、わざわざ逢坂の関を越えて、今頃になっておいでになるなんて、いったいどこのどなたなのでしょう。

三　不詳。「人のこひしに」の誤りか。諸本「と」はなく、『正集』では「人のかへりごとに」、『松井本』では「人こひしに」。『日記』五〇頁参照。

80　けさ、夜が明けてからのほんのわずかな間にも、あなたの涙などもう乾いてしまったことでしょう。何せ、夢の中でぬれた程度の、手枕の露のことですから。

◇ぬる　「濡る」に「寝《ぬ》る」をかける。◇たまくらの露　涙をさす。「たまくら」は手を枕にすること。仮寝の仕方。『日記』『正集』は「手枕の袖」。

＊八一・八二は小式部内侍《こしきぶのないし》挽歌。

四　和泉式部と橘道貞の間の娘。上東門院《じょうとうもんいん》女房。藤原

[四]小式部内侍《こしきぶのないし》、露おきたる萩《はぎ》おりたる[五]唐衣《からぎぬ》を着て侍りけるを、[六]みまかりて後《のち》、[七]上東門院《じやうとうもんゐん》よりたづねさせ給ひけるに、たてまつるとて

81 おくと見し　露もありけり　はかなくて　きえにし人を　なににたとへん

[八]御かへし

82 おもひきや　はかなくおきし　袖《そで》のうへの　露をかたみに　かけんものとは

ものおもひ侍りけるころ

83 ねざめする　身を吹きとほす　風の音　むかしは袖の　よ

教通妾。万寿二年（一〇二五）、母に先立って没す。歌人としても聞え、『後拾遺集』以下に入集。五 女子が正装の時に表着《うわぎ》の上に着用する衣。六 小式部内侍の死後。七 藤原道長女彰子。一条院皇后。和泉式部母娘ともにこれに仕えた。万寿三年出家、上東門院と号す。底本「しやうとうもん」、諸本により改めた。

81 あのはかない露ですら、まだこの唐衣の織の上には残っているようでございます。その露よりもはかなくこの世を去ってしまったあの子のことは、いったい何にたとえたらよいのでございましょうか。

参考「秋風になびく草葉の露よりも消えにし人を何にたとへむ」（『拾遺集』哀傷、村上天皇）。『正集』では「宮より、露おきたるからぎぬまゐらせよ、経のへうしにせむ、……」という詞書で、九七歌と並記される。

◇おくと見し　「置く」は「消ゆ」と共に「露」の縁語。

八 和泉式部への、上東門院の返歌。

82 全く思いもかけぬことでしたね。何の気もなしに織り出してある唐衣の袖の上の萩の露のようですが、それを形見として、お互いに涙をその袖の上にそそぎながら見ることになろうなどとは……。

◇かたみに　「形見に」に、互いにの意の「かたみに」をかける。

83 夜半、ふと目覚めて物思いにふけっていると、身体《からだ》の中を風の音が吹きぬけてゆく。こうした風の音は、かつては他人事《ひとごと》のように聞いていたのだろうとつくづく思い知らされることだ……。

そに聞きけん

小式部内侍《こしきぶのないし》みまかりて後、つねにもち侍りし手箱を、一誦経《ずきやう》の布施《ふせ》にす、とて

84 こひわぶと　聞きにだに聞け　鐘の音《おと》に　うち忘らるる時のまぞなき

やよひのころ、よもすがら物語りして帰り侍りし人の、けさはいとどものおもはしきよし、申しつかはしたりしに

85 けさはしも　なげきもすらん　いたづらに　春の夜ひと夜　夢をだに見で

二たのめて侍りける女の、後には返事《かへりごと》をだに

『続集』によれば「つれづれのつきせぬままに、おぼゆる事をかきあつめたる」五十首歌の中の第四グループ「夜なかの寝覚め」の中の一首で、いわゆる帥宮挽歌の一。但し『新古今集』詞書によれば為尊《ためたか》親王挽歌となる。解説参照。なお類歌に「身にしみてあはれなる哉いかなりし秋吹く風をよそに聞きけん」（『正集』）などがある。

＊ 八四は小式部内侍挽歌。

一 読経を依頼した僧への謝礼にすること。

84 お前を恋い慕って悲嘆に昏《く》れているのだということを、あの鐘の音にただただ聞いてほしいのです。お前の供養のためにうち鳴らしている看経《かんきん》の鐘の音が絶えないように、お前のことを忘れる折など片時もないのですから。

◇うち　接頭語と「鐘」の縁語「打ち」をかける。

85 たしかに今朝は本当にお嘆きのことでしょうね。何しろ昨夜のように一晩中お話だけしてお帰りになったのでは、せっかくの春の夜も、すてきな夢ひとつ見ることもできませんものね。

◇夢をだに見で　勿論契りを交わすこともなかった、の意。思いを遂げることができなかった男を揶揄《やゆ》したものか。

二 男の求愛を承諾して、契りを交わすことを約束した女。

86 これからすぐ伺いましょう、といった私の言葉という草の葉も、こうあなたに拒《こば》まれては、ど

せず侍りければ、この男にかはりて

86 いまこんと　いふことのはも　かれゆくに　よなよな露の　なににおくらん

[三]ものおもひ侍りし折

87 いかにして　いかにこの世に　あり経《へ》ばか　しばしもものを　おもはざるべき

[四]敦道《あつみち》のみこのもとに、[五]前大納言公任《さきのだいなごんきんたふ》の[六]白河院にまかりて[七]またの日、つかはしける使ひにつけて

88 折る人の　それなるからに　あぢきなく　見しわが宿の　花の香ぞする

んどん枯れおちてしまうようです。これでは毎夜毎夜私の流す涙の露は、どこに置いたらいいのでしょう。「言の葉もみな霜がれになりゆくは露の宿りもあらじとぞ思ふ」（『後撰集』恋五、よみ人しらず）などによるか。代作については『日記』四八頁参照。◇かれゆくに「枯れ」（「葉」の縁語）に「離《か》れ」をかける。

三『続集』は「かたらふ人の、ものいたうおもふ比」。

87 いかなる方法をとって、どんなふうにこの人生を送ったならば、しばらくの間も物思いをせずにいられるものなのだろうか。

一般的な人生の苦悩を詠んだ雑の歌であるが、『新古今集』では恋の部に収めている。『続集』によったか。

四『新古今集』『松井本』では「敦道親王のともに」。

五藤原公任。頼忠の長子。当代随一の教養人で、詩歌に長じ、『和漢朗詠集』『新撰髄脳』などの編著があり、『拾遺集』などもその撰とされる。万寿三年出家。

六公任の別荘。ここへ花見に行ったのである。七翌日。

88 花を手折ったのが私のような者だったせいでしょうか、せっかくの白河院の花の香も、ごくつまらぬ私の家の花の香と同じになってしまいました。

『正集』および『公任集』によれば、敦道が和泉式部を連れて白河院を訪れ、かつ花を折ったのも敦道で、この歌も公任に送ったものとなるが、ここでは詞書に従い、和泉式部が帥宮のもとに送った歌として解した。

月あかく侍りし夜《よ》、人のほたるをつつみて
一つかはしたりしに、雨降りしにつかはしたりし

89 おもひあらば　こよひの空は　とひてまし　見えしや月の　ひかりなりけん

つれづれなりしころ、ひとりながめて

90 すみなれし　人かげもせぬ　わが宿に　有明の月の　いく夜ともなく

二少将井《せうしやうゐ》の尼、三大原よりいでたると聞きて、
つかはしける

91 世をそむく　かたはいづくに　ありぬべし　大原山は　すみうかりけり

一『新古今集』では「つかはしたりければ」。

89 本当に燃えるような思いを私に対してお持ちなのでしたら、今夜のような雨の晩に、螢を持って来て下さったらと思いました。これでは、先日いただいた螢の火も、あの明るい月の光にすぎなかったのだと思われてしまいます。

螢火に情念の燃焼を象徴させることは、『古今集』以下、『伊勢』『宇津保』『源氏』などの物語にも見える。◇おもひ「思ひ」に「火」（螢の縁語）をかける。＊九〇は「観身論命歌」（三〇歌注参照）中の一首。

90 毎晩毎晩通って来てなれ親しんだ人の、今は影さえもささない孤独な私の家に、あの有明月だけが毎夜毎夜澄みきった光をおとすような、そんな境遇になってしまうなんて……。

◇すみなれし「住む」に「澄む」をかけ、「月」の縁語とした。◇人かげ「かげ」は「月」の縁語。

二 伝未詳。三条天皇の頃の人。『後拾遺集』によれば伊勢大輔《いせのたいふ》の知人で、贈答がある。三 京都市左京区大原。炭焼きの名所、歌枕。二一歌参照。

91 出家遁世するのにどこといってよいという所がありましょうか。でも今度ひきはらわれた大原山は、炭焼きの名所というだけに、特に住みにくかったのですね。

◇すみうかりけり「住み」に「炭」をかける。なお『松井本』では「すみうかりきや」、『新古今集』では「すみよかりきや」、いずれも贈答の体をなし、『新古

今集』では少将井の尼の答歌を収める。
＊九二・九三は「観身論命歌」（三〇歌注参照）中の歌。

92 寿命さえあれば、私のようなものでも自分自身の晩年を見とどけることはできようが、死んでしまえば、私のことをなつかしんでくれるような人は一人も見当らないのが、何とも悲しくてならない。

93 潮の引いている間に、あちこちの浦を尋ね歩いても、さしたる貝がみつからないように、今となっては、何を言っても甲斐のないような私の生涯だったとは……。

上句は「いふかひ」の序。「潮のまにあさりする海人《あま》もおのが世々《よよ》かひありとこそ思ふべらなれ」（『後撰集』恋三、紀長谷雄《きのはせお》）によるか。

四 橘道貞。和泉守。和泉式部の最初の夫。小式部内侍の父。解説参照。底本「みちただ」、諸本により訂。

94 そうはやばやとあきらめずに、もう少し辛抱してごらんなさい。あなたたちがいた和泉国にある信田《しのだ》の森の葛《くず》の葉だって、風が吹くとひるがえっているのですから、それと同じように、かれの方もあなたのもとへ立ち帰ってくるかもしれないのですよ。

『新古今集』『正集』『松井本』『赤染衛門《あかぞめえもん》集』等によれば、赤染衛門（和泉式部の縁戚。上東門院女房。大江匡衡《まさひら》の妻。『栄花物語』正篇の作者とも）の作。
◇しのだの杜　和泉国の歌枕。葛の葉伝説で名高い。「忍ぶ」をかける。◇かへりもぞする　葛の葉が「裏返る」に「帰る」をかける。

身のはかなくおぼえしころ

92 いのちさへ　あらば見つべき　身のはてを　しのばん人
の　なきぞかなしき

93 潮《しほ》のまに　四方《よも》のうらうら　たづぬれば　いまはわが身
の　いふかひもなし

道貞[四]に忘られて後《のち》、ほどなく敦道親王《あつみちのしんわう》かよ
ふと聞きてつかはしける

94 うつろはで　しばししのだの　杜《もり》を見よ　かへりもぞす
る　葛《くず》のうら風

返し

95 あき風は　すごく吹くとも　葛の葉の　うらみがほには
見えじとぞおもふ

一和泉《いづみ》の国に下りて侍りしに、二都鳥のほのか
に鳴き侍りしかば

96 こととはむ　ありのままにまに　みやこどり　みやこのこと
を　われに聞かせよ

小式部内侍《こしきぶのないし》みまかりて、三むまごどもの侍る
を見て

97 とどめおきて　たれをあはれと　おもふらん　子はまさり
けり　子はまさるらん

敦道親王《あつみちのしんわう》におくれて

95 あなたは風が吹くと葉が裏返るように夫が帰ってくるかもしれないとおっしゃいますが、それは無理でしょう。秋風が強く吹くと葛の葉がその裏を見せるような、そういう恨み顔を、夫がどんなひどいことをしても、私は見せたくないと思っております。
◇あき風　「秋風」に「飽き」をかける。◇葛の葉の　「裏」の序。◇うらみ　「裏見」に「恨み」をかける。

一 最初の夫橘道貞とその任国に下った時のことをさすか。二 ゆりかもめ。

96 都鳥よ、あの業平《なりひら》のように、私が尋ねたならば、どうかありのままに都の様子を聞かせておくれ。
「名にしおはばいざこととはん都鳥わが思ふ人はありやなしやと」(『古今集』羇旅、在原業平。『伊勢物語』九段)による。

* 九七は小式部内侍挽歌。

三 孫たち。小式部内侍は、教通との間に僧静円、藤原公成との間に僧頼仁などの子をもうけていた。

97 私も子も残して先立ってしまって、いったいお前は誰のことが一番気がかりだったろうか。誰にもまして子供たちのことであるはずだ。今、子であるお前に先立たれた私の気持がそうなのだから——。
『栄花物語』「衣の珠」にも収められている歌。

* 九八～一〇〇は帥宮挽歌。

98 今となってはもう、宮にお別れしたことさえも前世のできごとのように思い出すばかりとなっ

てしまった。いっそそんな思い出も忘れてしまうくらいに憂鬱なことが起きないものだろうか――、いや、あの宮との死別以上につらいことなどありはしない。
◇そのよのことと 「世」に「節《よ》」をかけ「節《ふし》」の縁語とした。『正集』『松井本』では「そよそのことと」。

99 尼となってこの世を全く捨てきろうと思ったことさえ悲しくてならない。何故なら、そう決心したのが、亡くなられた宮に心からなれ親しんだ私自身にほかならないのだから。
◇我ぞと 『続集』『松井本』は「我が身と」。

四 寛弘四年（一〇〇七）十二月。敦道親王は同年十月薨去。

100 今夜は大晦日で魂祭《たままつ》りの晩だから、亡くなった人の魂が来ると聞いているけれど、宮はおいでにならない。私のいる家は、今の私自身がそうであるように、魂のいられぬところなのだろうか。
遊離魂を信じていたと思われるこの作者にとって、帥宮の魂が現れなかったことは、衝撃的であった。
◇たまなきの里 歌枕とする説もあるが不詳。

101 いくらはじめてだからといってお間違えにならないで下さい。あなたにとって誰だかよくわからなくても、毎夜毎夜あなたの夢に見えたその男こそあなたに恋いこがれているこの私なのです。
当時の俗信では、夢は魂の通い路であり、思う人の夢に現れるものとされていた。

98 いまはただ　そのよのことと　おもひいでて　忘るばかりの　うきふしもがな

おなじころ、尼にならんとおもひて

99 すてはてんと　おもふさへこそ　かなしけれ　きみになれにし　我ぞとおもへば

四しはすのつごもりの夜

100 なき人の　くる夜《よ》と聞けど　きみもなし　わがすむ宿や　たまなきの里

男の、はじめて人のもとにつかはし侍りしに、かはりて

101 おぼめくな　たれとはなくて　よひよひに　夢に見えけ

◇見えける　『続集』『松井本』は「みえけん」。

102　下の方はもう消えてしまっている雪の間から芽をふいている若草のように、可愛らしく思っているあの人に、お会いできたとは、何とうれしいことでしょう。

『正集』巻頭の百首歌中の作で「冬」に分類されている。「春日野の雪間を分けて生ひ出でくる草のはつかに見えし君はも」（『古今集』恋一、壬生忠岑《みぶのただみね》）による。

◇めづらし「賞づらし」で、賞美すべき性格をもった、の意。「め」に「芽」をかけ、上二句を序としている。

103　来るとお約束なさりながら、とうとうおいでにならなかったので、一晩中起きたままで夜を明かしてしまいました。これでは、ひとり寝で夜を明かした鴨の羽の上に一晩中置いていた霜ではありませんが、あまりにも冷たいなさり方ですね。

◇おきながら「起き」に「霜」の縁語「置き」をかける。

一『正集』には「こよひこよひとたのめて、人の来ぬに、つとめて」とある。

104　今夜一晩だけでも、まだ生命《いのち》があるならば、またしても、来る来ると言いながらいっこうにおいでにならぬあなたのために、先夜と同じようなつらい思いをすることでしょう。それを思えば、今日という日が暮れないうちに、――あなたの訪れがないのを確かめられないうちに死んでしまった方が幸せという

る　われぞその人

恋のうたとて

102
下《した》消ゆる　雪間の草の　めづらしく　わがおもふ人に　あひ見つるかな

人の、たのめて来ず侍りければ、つとめて
つかはす

103
おきながら　明かしつるかな　とも寝せぬ　鴨の上毛《うはげ》の　しもならなくに

一 夜ごとに、来んとて夜離《が》れし侍りける男
に

104
今宵《こよひ》さへ　あらばかくこそ　おぼほえめ　けふ暮れぬま

の　いのちともがな

男に忘られて、装束《さうぞく》[二]などつつみておくり侍りしに、[三]かはの帯にむすびつけて

105 泣きながす　なみだにたへで　たえぬれば　はなだの帯の　ここちこそすれ

[四]つゆばかりあひそめたる人のもとに

106 白露も　夢もこの世も　まぼろしも　たとへていへば　ひさしかりけり

恋のうた[五]

107 たぐひなき　憂き身なりけり　おもひしる　人だにあらば　とひこそはせめ

ものです。

二 男子の正装のための衣服および装飾品の総称。

三 革帯。「装束」の際、袍《ほう》につける帯。黒塗の牛皮に玉や石をもって飾る。

105 あなたに捨てられて泣いている私の流す涙のために、さすがの革の帯も耐えられなくなって切れてしまいました。これでは「革の帯」ではなくて、催馬楽《さいばら》の「はなだの帯」のようなものですね。

「石川の　高麗人《こまうど》に　帯は取られて　辛《から》き悔《くい》する　いかなる　いかなる帯ぞ　はなだの帯の　仲は絶えたる」（催馬楽「石川」）を踏まえる。◇たえぬれば　仲の絶えたことをかける。◇はなだの帯　はなだ（藍）色の帯。

四 ほんのわずかばかり。

106 よくはかないもののたとえとして引かれる白露も、夢も、この現世も、幻も、どれをとっても、あなたとの短い逢瀬にくらべれば、永久と言ってもよいようなものですね。

現世を露や幻と並列する存在感覚に留意したい。

五 底本「恋うた」、以下一一六までの部立か。

107 私は何とたとえようもなく憂鬱な身の上なのでしょう。この私の思いがわかって下さる方がいたならば、来て下さるでしょうが、そんな方はいそうにもありません。

＊一〇八・一〇九は『正集』巻頭の百首歌中の作。一〇八は「恋」、一〇九は「夏」に分類されている。

108 この世の中には「こひ」などという色はないはずなのに、この「こひ」というものは、まるで色料のように身体《からだ》の中に深くしみこんで出てゆかぬものなのだ。

◇こひてふ色 「恋」に「緋《ひ》」をかける。なお当時の色料は、多く草木の汁で、布に染《し》みこませる。

109 せっかく前世の因縁で人の身に生れついたものの、それも恋の火のために、夏虫の身に変えてしまったようだ。ただ、あの虫たちのように火に飛び込んでめらめら燃えてしまったと、はっきり目に立たぬだけ。

◇こひ 「恋」に「火」をかける。

110 夕暮れになると物思いがいや増すというのは、誰でもそうなのかとほかの人に尋ねてみたい。

111 このまま夜になったら、どうしてこのむなしい心を慰めることができるのだろう。昼間はとにかくぼんやりとあらぬ方をながめたまま時のたつのを待ったものだったが……。

「起きもせず寝もせで夜を明かしては春のものとてながめくらしつ」（『古今集』恋三、在原業平。『伊勢物語』二段）による。

112 あなたとこんなことになってしまったのも、さぞや深い前世からの因縁だとは思いますものの、やはり我ながらあきれた心の執だと思います。

108 世の中に　こひてふ色は　なけれども　深く身にしむ　ものにぞありける

109 人の身も　こひにはかへつ　夏虫の　あらはに燃《も》ゆと　見えぬばかりぞ

110 夕暮れに　ものおもふことは　まさるやと　われならざらん　人にとはばや

111 いかにして　夜のこころを　なぐさめん　昼はながめに　さてもくらしつ

112 これもみな　さぞなむかしの　契《ちぎ》りぞと　おもふものから

◇これ 『続集』詞書に「おもひかけずはかりて、ものいひたる人に」とあり、男の手管にかかった折をさす。
＊ 一一三は「観身論命歌」（三〇歌注参照）中の一首。

113 時間がたってしまえば、あの方はさっさと私のことなど忘れて、捨ててしまうことだろうが、それでも私は、その頼りにならない約束を頼みにしているしかないのだろうか。

114 ああ言おうとこう言おうと、いずれにしても口に出せば通り一ぺんのことになってしまうでしょう。こうなったら私の真の心は、声にあげて泣いてみせるほかに表現のしようはないのです。

『正集』詞書によれば「なげく事ありとききて、人の、いかなる事ぞ、ととひたるに」答えたもの。

115 私ひとりだけが、恋の嘆きに沈んでいるので、今夜の月の光がひとしおお心にしみるのだろうか、そう思うと、誰か私とは何の関係もない人にも、今宵の月を見せてみたいものだ。

◇ひとりのみ 『続集』『松井本』は「物おもふに」。
一 『続集』は「人に」、『松井本』は「人のもとに」。

116 五月五日のことですから、どちらの軒先にもあやめが葺き付けられています。その様子を見ておりますと、あなたのお宅にもあやめはかけてあることと思われますが、私の方では、ただ泣く音《ね》を立てるだけで、袖にふりかかる涙で一杯です。

◇ひたすらに 「おもへば」にかかる。◇ね 「あやめ」の縁語「根」に、泣く「音」をかける。

ら あさましきかな

113 ほどふれば 人は忘れて やみぬらん 契りしことを なほたのむかな

114 ともかくも いはばなべてに なりぬべし 音《ね》に泣きてこそ 見すべかりけれ

115 ひとりのみ あはれなるかと われならぬ 人に今宵《こよひ》の 月を見せばや

五月五日、[一]人のもとより

116 ひたすらに 軒《のき》のあやめの つくづくと おもへばねのみ かかる袖かな

宵のほどまうできたりける男の疾《と》く帰りにければ

117 やすらはで　たつにたちうき　真木《まき》の戸を　さしもおもはぬ　人もありけり

小式部内侍《こしきぶのないし》のもとに[一]二条前《さきの》内大臣はじめてまかりぬと聞きて、つかはしける　[二]堀河右大臣

118 人知らで　ねたさもねたし　むらさきの　ねずりのころも　うはぎにをせん

返し

119 ぬれぎぬと　人にはいはん　むらさきの　ねずりのころも　うはぎなりとも

117 本当に私を愛して下さる方なら、早くお帰りにならなくてはならない時でも、さっさとお立ちになれないように木戸に錠を下ろしておりますのに、あなたは何のためらいもなく、そんなことには一向おかまいなしのようですが、こういう薄情な方もおいでになるものなのですね。

語句については四三歌頭注参照。
◇さしも　「然《さ》しも」に「戸」の縁語「鎖《さ》す」をかける。

一 藤原教通。道長の三男。永承二年（一〇四七）内大臣より右大臣に昇進。承保二年（一〇七五）薨、八十歳。 二 藤原頼宗。教通の異母兄。康平三年（一〇六〇）右大臣、同八年薨、七十三歳。

118 誰も知らないうちにあなたは、あの内侍のもとに弟を通わせておられたのですね。全く腹が立ちます。それでは私も、人目を忍んでいた気持を公にせざるをえません。それでもよろしいですか。

◇むらさきのねずりのころも　七三歌頭注参照。「根」に「寝」をかける。◇うはぎにをせん　「恋しくはしたにをおもへ紫の根ずりの衣色にいづなゆめ」（『古今集』恋三、よみ人しらず）をふまえて、下に隠していた「衣」を「表着《うはぎ》」にしてしまおう、事を表面化しよう、の意。「を」は強意。

119 あなたが表着にたとえて何とおっしゃろうと、私は濡衣《ぬれぎぬ》だと人には言うつもりですから結構ですよ。

三 諸本「あたらん」。『後拾遺集』『続集』『松井本』

男、隔つることなくあだ[三]ならん、など契り
て、いかがおぼえけん、人まにかくれあそ
びもしつつ、など言ひ侍りしかば

120　いづくにか　来てもかくれん　へだてたる　こころのくま
の　あらばこそあらめ

門《かど》おそくあくるとて帰りける人のもとに

121　ながしとて　あけずやあらん　秋の夜《よ》は　待てかし真木
の　とばかりをだに

[四]丹後《たんご》の国にて、[五]保昌《やすまさ》、明日《あす》狩せん、と言ひ
ける夜、鹿のなくを聞きて

122　ことわりや　いかでか鹿の　なかざらん　今宵《こよひ》ばかりの

は「かたらはん」。ここでは「徒（たわむれ）ならん」として解した。

120　あなたは何の分けへだてもせずに誰とも楽しくつきあいたいなどとお約束なさりながら、人の知らないうちに隠れてつきあうようなことをおっしゃるのですね。そんな方がおいでになっても、私にはどこにも逃げ隠れするようなところはございません。第一、あなたのように分けへだてするような心の中の後ろ暗いところなど、あるわけがないのですから。

◇こころのくま　心の中の秘密の意。「くま」は、隈で、光のさしこまぬところ。物陰。「思ふてふ人の心の隈ごとにたちかくれつつ見るよしもがな」（『古今集』雑体、よみ人しらず）によるか。

121　いくら秋の夜が長いからといって、明けないことはないのはご存じでしょう。それと同じように、いつかはお開《あ》けしようと思っていたのですから、そんなに気短かにお帰りにならずに、もう少し待っていただきたかったものです。

◇あけず　夜が「明く」と戸を「開《あ》く」のかけ詞。◇とばかり　「と」に「戸」をかける。底本「ことはり」、諸本「かとはり」。『正集』などにより校訂。

四　現在の京都府北部。五　藤原保昌（九五八～一〇三六）。和泉式部の最後の夫。治安三年（一〇二三）ごろ丹後守。

122　今夜、いつもにもまして鹿が切々たる声でなくのも当然ですね。今夜だけの命だという思いで

一杯なのでしょう。思えば私も同じことなのです。

123　あなたのように浮気な方でも、おつきあいすればしたなりで、心の憂さの晴れる折もありますのに、どうやらほかの女の方へ送る歌の代作を頼んで来たついでに、私のことなどお忘れになってしまうのではないでしょうね。
◇こひ　「乞ひ」に「恋」をかける。
一　石山寺。『日記』三八頁注八参照。二　京都市山科区。ここから逢坂山を越えて琵琶湖畔の打出浜から舟で石山へ行く。三　また帰り道に。四　まさかそんなことは。「家あるじ」の言葉。

124　あなたは、帰りに私がお寄りするなどとは考えられないとおっしゃいましたが、まあその折をお待ちになっていて下さい。そうおっしゃられては、まさかそのままというわけにはまいりません。何といっても「やましな」というところですから。
『続集』によれば、二月下旬に物詣でに出かけた折の紀行ふう連作の中の一首。和泉式部は帰途この「家あるじ」に「君ははや忘れぬらめど御垣根をよそにみすてていかが過ぐべき」という歌を送った。
◇やましなの里　「ただにてはやまじ」に「山科」をかける。

いのちとおもひて

かたらひたる男の、女のもとにつかはさんとてうた乞ひ侍りければ、まづ、わがことをよみ侍りし

123
かたらへば　なぐさむことは　あるものを　忘れやしなん　こひのまぎれに

[一]石山に参り侍りける道に、[二]山科《やましな》といふところにてやすみ侍りけるに、家あるじの、心あるさまに見え侍りければ、[三]いま帰りさまにも、など言ひ侍りしを、[四]よにさしも、と言ひ侍りければ

124
かへるさを　待ちこころみよ　かくながら　よもただにて

は　やましなの里

五 男に忘られて侍りけるころ、六 貴《き》船《ふね》に参りて、七 みたらし川の、ほたるのとび侍りしを見て

125 ものおもへば　沢のほたるも　わが身より　あくがれいづる　たまかとぞ見る

八 御返し

126 奥山に　たぎりて落つる　滝つ瀬の　たまちるばかり　ものなおもひそ

九 道貞に忘られて後《のち》、みちの国の守にて下り侍りしにつかはしたりし

五 誰であるか不明。六 貴船明神。京都市左京区鞍《くら》馬《ま》。鞍馬川の支流貴船川に面する。七 貴船川の支流。

125 男に捨てられて物思いにふけっておりますと、沢に飛びかっている螢も、私の身体《からだ》から飛び出していった私自身の魂が、その辺りでさまよっているかのように見えてきます。

和泉式部の特色を最もよく示して著名。但し『正集』『続集』には収められていない。◇あくがれいづるたま　肉体から遊離した魂。遊離魂の信仰は、古代においてはごく日常的であった。

八 貴船明神の返歌なので、「御返し」としたもの。但し、『後拾遺集』左註によれば、和泉式部の耳には「男」の声で聞えた、という。

126 こんな人里離れた深山幽谷に、激しく流れ落ちる滝の水が玉と散るごとく、自分の魂を砕け散らすほどに、物思いにふけらぬ方がよい、それはお前の破滅なのだから。

この贈答は、『後拾遺集』では雑六神祇に収められている。貴船明神の霊験を示す歌徳説話的なものと考えられたのであろう。解説参照。◇奥山に……滝つ瀬の　「たまちるばかり」の序。◇たまちるばかり　水の「玉」に「魂」をかける。

九 橘道貞。一一九頁注四参照。陸奥赴任は寛弘元年（一〇〇四）閏九月。

127 もろともに　たたましものを　みちのくの　衣の関を　よそに聞くかな

[一]保昌《やすまさ》に具して丹後《たんご》の国へまかりしに、[二]しのびてもの申す男のもとに

128 われのみや　おもひおこせん　あぢきなく　人はゆくへも　知らぬものゆゑ

月のあかく侍りしに、まうで来たりし男の、[三]立ちながら帰りしかば、朝《あした》に

129 なみださへ　いでにしかたを　ながめつつ　こころにもあらぬ　月を見しかな

[四]同じ所なる男の、かきたえにしかば

127 お別れすることがなければ、御一緒に都を立つこともできたのでしょうが、いまとなっては、本来肌身に添うているはずの衣の名をもつ、あの陸奥《みちのく》の衣の関のことも、私とは全く無縁のものとして耳にするようになってしまいました。

前夫橘道貞思慕を典型的に示した歌。

◇たたまし　「立つ」に「衣」の縁語「裁つ」をかける。◇衣の関　岩手県平泉。陸奥国の歌枕。「関」は本来「塞き」で、せきとめるもの、の意。◇よそに聞く　八三歌など参照。

128 私だけが、都に残っているあなたのことを思い出すことになるのでしょうか。そういえばあなたは、私がどこへ行ってしまったのかもご存じないのですから、どうしようもないことではありますが……。

一 藤原保昌。一二七頁注五参照。二 和泉式部の丹後下向以前、京都在住の時に忍んで語らった男、の意か。『詞花集』詞書は「しのびて物いひける男のもとへいひつかはしける」。なお『正集』では「又人に」。

◇あぢきなく　思う通りにならない、つまらない。

三 禁忌にふれた場合などに、戸外で応接すること。

129 あなたが出て行かれたあと、涙まで出てきました。その涙の目でぼんやりと、出て行かれた方をながめておりましたら、見るつもりもない月を、いつのまにか見つめておりました。

◇いでにしかた　涙の「出づ」と「男」の「出でにし方」をかける。◇こころにもあらぬ　見たくもない。

女が月を見るのを忌む風習があった。「いたまあらみ荒れたる宿のさびしきはこころにもあらぬ月を見るかな」（『後拾遺集』雑一、弾正尹《だんじょうのいん》清仁親王）。

四 もと一緒にいた男が、通って来なくなった、の意か。不審。

130 何度となく、あなたの冷淡さを思い知らされて、恨めしいとは思いましたけれども、それでもやはりあなたのことが恋いしたわれてなりません。

◇みくまののうらめしながら　紀伊国の歌枕「三熊野の浦」（和歌山県東牟《む》婁《ろ》郡。「三」は美称の接頭語）に「見」と「恨めし」をかける。

131 あなたは、私が簡単に会ってくれないといって恨んでおいでのようですが、お互いに秘密をもつ身なのですから、あなた御自身なかなか思うようにはならないことをお考え合わせて下されば、私のことだってわかっていただけるかと思うのですが……。

五 人目をはばからないことである。

132 いくら五月の節句の日だからとて、二人の仲が知られたことを、そんな手放しで喜ぶなんてどうかと思いますよ。私の処などどうせ仮寝の宿なのですから、「妻」だなんて他の人が思ってくれるものでしょうかねえ。

◇あやめぐさ　「刈り」（「仮り」をかける）の序。五月五日の景物。邪気を払うために屋根の軒先（端《つま》）にふく。◇ねやのつまとや　「閨の妻」に「根」と「端」をかける。「根」は「あやめぐさ」の縁語。

130 いくかへり　つらしと人を　みくまのの　うらめしながら　こひしかるらん

たがひにつつむことある男の、たやすくあはず、とうらみしかば

131 おのが身の　おのがこころに　かなはぬを　おもはばものを　おもひ知りなん

しのびたる男の、いかがおもひけん、五月五日の朝《あした》に、[五]明けての後《のち》帰りて、今日あらはれぬるなんうれしき、と言ひたる返り事に

132 あやめぐさ　かりにも来《く》らん　ものゆゑに　ねやのつまとや　人の見るらん

一　一二七頁注五参照。　二　藤原兼房（一〇〇四〜六九）。歌人。兼隆息。中宮亮、讃岐守、備中守、右少将。

133　お尋ね下さってありがたく存じました。私も経験を重ねて、男の方に捨てられても、誰にも知られずひっそり物思いにふけることには慣れてしまいました。今ちょうど春の終り頃ですが、散る花と別れを惜しまなかった春などなかったのですものね。

◇ならひにき　「にき」は体験の回想を表す。

三　歌の第五句か。あなたを思う涙で袖がぬれた、の意で、歌の内容は夜離《よが》れの弁解だったのであろう。

134　秋になると誰しもいくらか感傷的になるものです。あなたと同様、何の物思いもないはずの、あの荻の葉にだって、頭を低く垂れるほどに、露がしっとり置いているくらいですからね。

◇あき　「秋」に「飽き」をかける。◇をぎの葉　「荻」に「露」の縁語「置き」をかける。

135　別に、あなたとの仲が悪くなればいい、と思っているわけでもないのに、生えるとは思われない山の頂きにも自然に木が生えてくるように、どういうわけか、人の嘆きというものは自然に現われてきます。これもあなたのせいではないのでしょうか？

◇なげき　「嘆き」に「木」をかける。

四　夕刻を告げる寺の鐘の音。

136　夕暮れというものは、どのように楽しい一日をすごした時でも、とにかく悲しいものだ。なぜなら、あの夕べを告げる鐘の音を、明日も聞くことが

133

[一]保昌《やすまさ》に忘られて侍りしころ、[二]かねふさの朝臣とひて侍りしかば

人知れず　ものおもふことは　ならひにき　花にわかれぬ　春しなければ

134

もの言ひわたりける男の、八月ばかりに、[三]袖の露けさ、など言ひて侍りける返り事に

あきはみな　おもふことなき　をぎの葉も　すゑたわむまで　露はおくめり

135

男をうらみて

あしかれと　おもはぬ山の　峯にだに　生《お》ふなるものを

人のなげきは

四入相《いりあひ》の鐘を聞きて

136 夕暮れは　ものぞかなしき　鐘の音《おと》　あすも聞くべき　身とも知らねば

人と五ものがたりして侍りしほどに、また人の来たりしかば、六誰《たれ》も帰りにし朝《あした》に、七言ひつかはしし

137 中空《なかぞら》に　ひとりありあけの　月を見て　のこるくまなく　身をぞ知りぬる

138 つれづれと　ふるはなみだの　雨なるを　春のものとや　人の見るらん

できるかどうかわからない我が身なのだから。

和泉式部の存在感覚を端的に示した歌。『正集』詞書によれば、帥宮から十題歌を求められたときの、第二題「ゆふぐれの鐘」に対するもの。「帥の宮にて」とあるので南院在住時代かとも考えられるが、異説もある。参考「暮れぬめりいくかをかくて過ぎぬらむ入相の鐘のつくづくとして」（『正集』）。

五 雑談すること。六 二人とも、の意。どちらもただの友人であろう。七 諸本「いひつかはして」。『続集』ではこの部分「かへりたるつとめて」で、独詠歌。

137 お二人が帰られたあと、ひとりぼっちで何か宙に浮いているような茫々たる気分になってしまい、ぼんやり有明月をながめておりましたら、月の明るい光に照らされてか、私の人生すべてが余すところなく見通されてしまったような思いがいたしました。

＊ 一三八は、『続集』によれば「春雨のふる日」、『松井本』によれば「もの思ひ侍りしころ」とある。いずれにしても、一三七と同時の作ではなかろう。

138 蕭々《しょうしょう》と降っているのは、長い間のつれづれの思いに耐えかねた私の涙が雨となったものなのに、誰もただの春雨だとしか思わないことだろう。

◇つれづれ　九七頁注一参照。◇ふるは「経る」に「降る」をかける。◇春のもの　春という季節に恒例となっているもの。「起きもせず寝もせで夜を明かしては春のものとてながめくらしつ」（『古今集』恋三、在原業平。『伊勢物語』二段）による。

海の面《つら》に船[一]ながら明かして

139 水の上に　うきねをしてぞ　おもひ知る　かかれば鴛鴦《をし》も　なくにぞありける

[二]離れにたる男の、遠き所へ行くを、いかがおもふ、と言ひしに

140 わかれても　おなじ都に　ありしかば　いとこのたびのここちやはせし

[三]なにのみことかやにおくれて

141 惜しきかな　形見に着たる　ふぢごろも　ただこのころに　くちはてぬべし

一 乗船したままで。

139 あのおしどりのように水の上で浮き寝をして、はじめてそのつらさを知ったことだ。だからあの仲むつまじいといわれるおしどりも、水の上で鳴くはずなのだ。

◇うきね　「浮き寝」（船中で寝ること）に「憂き音」をかけた。「浮き寝」は「鴛鴦」の縁語。◇鴛鴦　おしどり。雌雄の仲がいいので古来恋歌に用いられた。

二『赤染衛門集』によれば橘道貞。一一九頁注四参照。

140 お別れした時は、たとえ別々に住んでいても、同じ都の中にいるのですから、今度のようなつらい思いはしなかったのですが、全く今度という今度は……。

◇このたび　「此の度」に「此の旅」をかける。

三『千載集』によれば弾正尹為尊親王。但し『続集』では、いわゆる帥宮挽歌中の一首。解説参照。

141 ああ、何と惜しいことか！　亡くなられた宮様の形見だと思って着ているこの喪服も、ずっと着続けている上に、私の涙のために、これではもうすぐぼろぼろになってしまうことだろう。

◇ふぢごろも　喪服。『奥儀抄』によれば、藤の皮で織ったものという。「ふぢ」は「朽ち」の縁語。

四 大宰府の長官。帥宮敦道親王のこと。『日記』一二

頁注一および解説参照。五 ここでは通ってきたこと。

142 いくら女は男の方のおいでを待つものだといっても、こんなことがあるものでございましょうか。ずいぶん長い間お見えにならないと思いましたら、こんな秋の暮れになっておいでになるなんて、思いもよりませんでした。

『日記』一七頁所載歌。但し、歌句も情況もかなり異なっている。『正集』は『日記』に近いが、『千載集』はこの詞書にほぼ等しい。通説では、思いもかけぬ来訪に喜悦の情を表したもの、とする。

143 この私にだって、すっかりおいでのなくなったあなたを恨むことのできるくらいの心は持っておりますのに、あなたは、それをあえて無視なさって、全くいらっしゃろうともなさらないような方だったのですね。

◇なきになす 無いものとみなす。ここでは「うらむべきこころ」を無視するのである。

六 弾正台の長官。『日記』一一頁および解説参照。

七 底本「みこに」、諸本により訂。八「しか」も次行の「し」も回想。

144 橘の花の香りにことよせて、亡くなられた兄宮様のことを思い起させようとなさるよりは、あのほととぎすが、昔と同じように鳴く声を聞かせているように、あなたも兄宮様と同じようなお気持かどうか、お聞かせ願いたいものです。

『日記』一二頁所載歌。

[四]大宰帥敦道《だざいのそちあつみち》のみこ、仲たえけるころ、秋つかた、おもひいでて、ものして[五]侍りしに

142 待つとても　かばかりこそは　あらましか　おもひもかけぬ　あきの夕暮れ

143 うらむべき　こころばかりは　あるものを　なきになしても　とはぬ君かな

[六]弾正尹為尊《だんじやうのゐんためたか》のみこかくれ侍りて後《のち》に、大宰帥敦道のみこ[七]、花たちばなをつかはして、いかが見る、と言ひて侍りしか[八]ば、言ひつかはし侍りし

144 かをる香に　よそふるよりは　ほととぎす　聞かばやおな

じ　声やしたると

なげくこと侍りけるに

145 花咲かぬ　谷の底にも　あらなくに　深くものを　おもふ春かな

[一]石山に参りて侍りけるに、[二]大津にとまりて、夜更けて聞きければ、人のけはひあまたして[三]ののしりけるを、たづねければ、[四]あやしの賤《しづ》の女《め》が、米《よね》といふもの[五]しらげ侍り、と申すを聞きて

146 鷺《さぎ》のゐる　松原いかに　さわぐらん　しらげばうたて　さとよみけり

145 春にも見捨てられて花も咲かない、あの深い谷底にいるわけではないのに、なぜか私はこうも深い物思いに沈んでしまう……、春だというのに。

『正集』によれば、三〇・三一歌と同じく、「いかならむいはほのなかに住まばかは世のうきことの聞こえこざらむ」(『古今集』雑下、よみ人しらず)の中二・三句の文字を歌頭に用いた連作の第十首。九八頁＊印参照。◇あらなくに　『千載集』『正集』『松井本』は「すまなくに」。◇深く　「谷」の縁語。

一 石山寺。『日記』三八頁注八参照。二 滋賀県大津市。石山寺へ向う舟の出発地。三 大騒ぎする。大声を立てる。四 いやしい下層の女。五 玄米を臼でついて白くすること。下層の民衆が貴重な食料の加工の労働に従事しているのが、作者のような階層の人々には、奇異に、またうるさく思われたのであろう。

146 静かに鷺がとまっている松原の方でも、これでは鷺たちがどんなにびっくりしていることだろう。何しろこんな真夜中にお米を白くするということだけで、村中が鳴り響くようなひどい大騒ぎになっているのだから。

◇しらげば　一説に、夜が「白げ」に鷺の「白毛」をかける。◇さと　「里」に擬声語「さと」(わっと)をかける。◇とよみけり　「とよむ」は、大騒ぎする、鳴り響く、の意。平安末期から「どよむ」と濁音化した。

六 一一五頁注七参照。底本「しやうとう院」、諸本により改めた。ここでは彰子が以前に小式部内侍に下賜

小式部内侍《こしきぶのないし》うせて後、上東門院《じやうとうもんゐん》[六]としごろたまはりける衣《きぬ》を、なきあとにもつかはしたりけるに、小式部内侍とかきつけられたりけるを見て

147 もろともに　苔《こけ》の下には　朽ちずして　うづもれぬ名を　見るぞかなしき

地獄絵《ぢごくゑ》[七]に、つるぎの枝に人のつらぬかれたるを見て

148 あさましや　つるぎの枝の　たわむまで　こはなにのみの　なるにかあるらん

賀茂[八]に参りたりしに、わらうづ[九]に足をくはれて、紙を巻きたりしを、なに[一〇]ちかやらん

した衣を、死後も和泉式部に与えたものであろう。その衣に小式部内侍の名が記してあったのである。

147　亡くなったあの娘《こ》と一緒に、冷たい苔の下に朽ちてしまったはずなのに、埋もれもせず空しく残っているその名前を見るとは、何と悲しいことか。

小式部内侍挽歌中の絶唱として、藤原俊成の『古来風体抄』や『無名草子』に引かれて、古来著名な歌。◇うづもれぬ名　『白氏文集』の「龍門原上土　埋レ骨不レ埋レ名」(『和漢朗詠集』にも収載)によるとする説がある。◇見る　底本「聞く」、諸本により改めた。

七 地獄で罪人が責め苦にあっている様子を絵画化したもの。浄土教思想の流布後、寺院の絵解きなどにも用いられ、一般化する。ここは、『往生要集』に見える衆合地獄の刀葉林などの地獄絵をさすか。ここは邪淫にふけったものの堕ちる地獄である。

148　おお、何たることだ。地獄の刀葉林の剣の刃がしなってしまう程に、罪人たちが剣に貫かれているが、いったいこの人たちは現世でどんな悪いことをしたので、こうなったのだろうか。

◇みのなる　「身の成る」に、「枝」「たわむ」の縁語「果《み》の生《な》る」をかけた。「果」は因果の意をかける。

＊ 一四九・一五〇は俳諧の連歌。

八 賀茂神社。ここは下賀茂神社か。京都市左京区下鴨。九 わらじ。一〇 人名か。「□親」「□近」などの略。『金葉集』によれば「神主忠頼」。

149 ちはやぶる　かみをば足に　まくものか
と申したりしを
これをぞしもの　やしろとはいふ

また同じやしろにて

150 ちはやぶる　かみの斎垣《いがき》も　こえぬべし
と申したりしを
みてぐらどもに　いかでなるらん

149 「いくらわらじに足をくわれたからとて、あの恐れ多い神様と同じ名の〝紙〟を足に巻きつけるとは、何事ですか」と言いかけて来たので「あら、だからここはかみではなくてしもの社というのです」と答えた。

◇ちはやぶる　「神」にかかる枕詞。◇かみ　「神」に「紙」をかける。◇しものやしろ　下賀茂神社の「下」に、足の意の「下」をかける。

150 「あなたへの思いに、神聖な垣根も越えてしまいそうです」と言いかけてきたので「おやおや神の斎垣を越えるなんて、どうして〝みてぐら〟になりたいとお思いですの？　私は御免こうむりますよ、まだわが身が惜しまれますから」と答えた。

前句は「ちはやぶる神の斎垣もこえぬべし大宮人の見まくほしさに」（『伊勢物語』七一段）の上句をそのまま取った。付句は、前句を「ちはやぶる神の斎垣もこえぬべし今はわが身のをしけくもなし」（『拾遺集』恋四、柿本人丸。但し『万葉集』ではよみ人しらず）によったものとし、「みてぐらにならましものをすべがみの御手にとられてなづさはましを」（『拾遺集』神楽歌）を踏まえて返したもの。『宸翰本和泉式部集』にのみ収められた連歌。

◇かみの斎垣　神域を示す神聖な垣。◇みてぐら　神に奉るものの総称。幣。

解説

野村精一

日記文学と和泉式部日記
——はじめに

「日記文学」ということばが、日本の文学史で用いられるようになったのは、さほど古いことではない。普通、大正末年から昭和の初頭にかけてのこととされている。それまでは「日記・紀行」などというように使われることが多く、個別的に作品や文章が取り上げられてはいても、ひとまとめにして「日記文学」と呼ばれるようなことはなかった。これは、もともと「日記」ということばが、近代以前では特に、その日の記録、あるいは事実の記録というような意味しか持たず、ために歴史の資料という程度の位置付けしか行われていなかったからである。

いったい文学とか文学史とかいうことばは、近代になって初めて生れたものであるから、「日記文学」という概念も、それ以降のものであることは、当然といえば余りにも当然ではあるが、近代以前には、それに見合うことばも概念も、やはり存在していなかったのである。いわんや、『和泉式部日記』が書かれた平安時代には、日記は、もちろん「日記文学」ではなかったし、事実の記録としての「日記」以外の何ものでもなかった。「日記」といえば、内記あるいは外記《げき》と呼ばれた官僚が、宮廷における政務や行事などを記録した公的なもののほか、藤原道長の『御堂関白記《みどうかんぱくき》』のように、貴族が私人として日々の体験的事実を暦に記入した類《たぐい》をさすのが、長年の常識であった。

『土佐日記』の冒頭で「男もすなる日記」とし、また『蜻蛉日記《かげろうにっき》』のいわゆる序文に「書き日記してめづらしきさまにもありなむ」と見える「日記」は、いずれもこうしたものをさすのである。だから貫之《つらゆき》も、道綱母も、決して「日記文学」作品を書こうとしたのではなかった。ただかれらが、一流の歌人であったために、——とは、近代的な観念にひき直せば一流の〝文学者〟だったから、ということであるが——その「日記」は、近代人の目から見ても、「日記文学」と呼ばれうるような作品になったのであった。

それでは、この『和泉式部日記』の場合は、どうであろうか。この作品のなかには、右の貫之や道綱母のように明白な「日記」についての意識を示すことばは見当らない。そのせいか、この作品の名前じたい、古来一定していない。今でこそ「和泉式部日記」という表題が一般に用いられているが、実は「和泉式部物語」という呼び方の方が、かつては一般的であった。現に、今日残っているこの作品の写本の圧倒的多数は「和泉式部物語」という表題を持っているし、明治時代の代表的な文学史である、藤岡作太郎の『国文学全史　平安朝篇』（明治三十八年刊）でも、「和泉式部物語」として引かれている。古い文献、たとえば、『古本説話集』（通説では平安末の成立。但しこれを疑う説もある）にはただ「日記」、『明月記』（藤原定家の「日記」）には「和泉式部」、『花鳥余情《かちょうよせい》』（一条兼良による『源氏物語』の注釈書。十五世紀の成立）には、これは歌集をさしているのかもしれないが、「和泉式部仮名記」とあったりする。このほか、もちろん後人のさかしらではあるが、「我が身の物語」（『扶桑《ふそう》拾葉集《しゅうようしゅう》』献上本。徳川光圀《みつくに》が編集させた古典の叢書の、特に後西院に献上した写本）としたものさえあった。

総じて、古典の作品名は、勅撰集のような公的なものを除けば、必ずしも作者や編者がつけるとは限らない。むしろ読者、それも後代の読者が、かなり偶然に近い理由でつけたものが定着する、といったケースが多いようである。この『和泉式部日記』の場合も、実は塙保己《はなわほき》一《いち》が編纂した『群書類従』に採られた江戸時代の流布本《るふぼん》に〝和泉式部日記〟とつけられていたこと、そしてより直接的には、後にも述べるように、昭和になって発見された三条西家《さんじょうにしけ》本と呼ばれる写本が、現存する写本の中で最も古く、かつ善い本文を持っていると判断されたため、その表題である〝和泉式部日記〟が用いられているわけである。なおいまひとつの理由としては、『本朝書籍《しょじゃく》目録』という鎌倉期のブックリストに「和泉式部日記一巻」と記されていることもあげられよう。いずれにせよ、この〝和泉式部日記〟という名を択んだのは、畢竟《ひっきょう》現代の読者なのである。決して作者がつけたというのではない。このことは、別の言い方をすれば、作品の命名は、その作品の読者の読み方の反映だということである。〝和泉式部日記〟と命名したのは、この作品を和泉式部の日記として読んだからなのである。かつてこの作品が「和泉式部物語」とされることが多かったのは、そのように読んだ読者がいた、ということに外ならない。あるひとつの作品がどのように命名されていたかを調べ、かつその名の変遷を追うことは、その作品の享受の歴史を語ることになるのである。この『和泉式部日記』の場合は、そのひとつの典型であった。

　そのような観点から、この作品がかつて「和泉式部物語」と呼ばれていた最も大きな理由は、これは「日記」＝記録ではない、という読み方がなされていたからであると言えよう。「物語」だから虚構だろう、というのではない。むしろこれを単なる歴史の資料として読むのではなく、作品として、もし可能ならば文学作品として読もうとする読者の意欲のあらわれだった、とも言い得るのではなかろうか。ただ、これを和泉式部自身の作とすれば、「我が身の物語」という苦肉の題名となってしまう。しかしもし「日記」が、単なる記録＝史料ではなく、文学として公認されれば、「日記」という名称は大手をふって通ることができる。

三条西家本が発見されたのは偶然のことだが、それは「日記文学」という観念が生れてから間もない頃のことであった。そういえば、定家筆の『更級日記《さらしなにっき》』の御物本の錯簡が発見修訂されて読み易い本文が提供されたのも、大体時を同じくしている。「日記文学」とは、かくて単なる文学のジャンルの名前ではなく、それ自体近代の文学の観念であり、あるいは作品評価の基準となる底《てい》のものであった。その基準によって発見されたのが、実は三条西家本「和泉式部日記」という文学作品だった、といいかえることも可能なはずである。

ところで、この三条西家本が紹介されるわずか前に、もう一つの「和泉式部日記」が活字化されていた。与謝野晶子・鉄幹編にかかる、日本古典全集版『和泉式部全集』（昭和二年）である。これは『群書類従』本を用いており、そのために、「和泉式部日記」という表題になったわけだが、既にしてそこに「和泉式部日記」が準備されていた。周知のごとく、与謝野晶子は和泉式部を高く評価し、右の編著に先んじて、この作品の口訳をも上梓していた。この近代日本の浪漫《ろうまん》主義を代表する女流歌人によって、和泉式部は、奔放多情の情熱歌人として位置付けられた。近代文学の側からの、和泉式部に対する評価のあり方は、ここにおいて既に決定的であった、と言ってよい。上述の三条西家本『和泉式部日記』の紹介者池田亀鑑の『宮廷女流日記文学』（昭和二年）は、おそらく「日記文学」の名を冠した本邦最初の書物であろうが、書誌的研究の部分を除けば、著しく感傷主義的な星菫《せいきん》派ぶりを発揮していた。次いで同じく三条西家本を軽装の文庫版の形で流布させた清水文雄氏が、雑誌「文芸文化」の同人として、「日本浪曼派」の影響下にあったことも周知の事実である。その「日本浪曼派」の領袖《りようしゆう》保田《やすだ》與重郎《よじゆうろう》氏が『和泉式部私抄』を上梓したのはややおくれるにしても（昭和十七年）、かように学界の内外を問わず、和泉式部なる女歌人の、近代という時代からする評価の基準に、ロマン派的感覚が、必要欠くべからざるものであったことの証左たりうるだろう。かくて、「日記」が「日記文学」に昇格し、「和泉式部物語」が「和泉式部日記」として文学史に花々しく登場してくる背景に、近代日本のロマン派の思想が、明らかに読みとれるのである。「日記文学」作品としての『和泉式部日記』の定着は、近代日本の読者のロマン派志向のよみによって支えられたのであった。それは、この作品にとって、たしかに幸せなことであったといえる。

　しかしながら、この『和泉式部日記』とロマン派との遭遇が、極めて幸福なかつ宿命的なものだったにせよ、その拡散化・亜流化が、時間と共に進むにつれ、おのずから異なった様相を呈してくる。国文学という学問が、単に文献学や、年代書誌的な文学史の枠の中に止まっている間は、まず弊害はなかった。しかし、型通りの文献学にあきたらず、あるいはより史論の形をととのえた文学史が現われる昭和十年代以降、特に戦後になって、たとえば作品論や作家論といった研究領域を持つようになったとき、学問の装いを借りた主情的・恣意《しい》的なよみを、一般化させなかったとも言えまい。そのような情況の下で、「日記」ではなく「日記文学」を、「和泉式部物語」ではなく「和泉式部日記」をよむことは、畢竟己れの内部における思想としてのロマン主義の内実を問われることになるのではなかろうか。安易な作業では無論ないが、「日記文学」としてではなく、長く「和泉式部物語」として読まれてきたこの作品を、生の形で読みといてみる必要があるのではないだろうか。

和泉式部日記の諸本と成立

ほとんどの古典作品がそうであるように、この『和泉式部日記』もまた、原作者の手になる原本というものは、現在伝わっていない。印刷技術が普及する以前の書物は、すべて他者の所有の書冊を借り出して書写する以外、流布することのないものであった。そのようにして写されてゆく過程で、その写し手たちの錯誤や恣意《しい》が、書本《かきほん》（書写したもとの本）の本文を変更してゆくのはやむをえない。写し手といえども、その書本を一度は読むのであるから、そこに読者としてのよみが反映するのも当然であろう。こうした写しが、いくつも重なったあとでは、写本相互の間に相当な違いが生ずる。と共に、写し手の人間関係を系譜化して辿《たど》ってゆけば、共通の部分の多い写本どうしで一つのグループができる。こうした考え方によって、近代国文学の本文系統論という学問が成り立っているのである。

この考え方によって、今日残っている『和泉式部日記』の写本類をグルーピングしてみると、大略次の三つのグループに分けられる。

(イ)　応永《おうえい》本系統
(ロ)　三条西家本《さんじょうにしけ》（系統）

(ハ) 寛元本《かんげん》系統

これは発見された順序であげたものであるが、(イ)の「応永本」とは、その奥書《おくがき》に応永二十一年(一四一四)に書写した旨が記されていることから名付けられたもので、前記『群書類従』や『扶桑拾葉集《ふそうしゅうようしゅう》』に収められた本や、江戸時代に流布した版本類も、広く言ってこの中に入る。奥書はないが、本文は明らかにこの系統のものと思われるものも多く、全体として一番数が多い。三条西家本が発見紹介される以前の「和泉式部日記」あるいは「和泉式部物語」といえば、すべて応永本系統のものを指すといってよい。なお書名は、『群書類従』本および『扶桑拾葉集』献上本を除けば、おおむね「和泉式部物語」とある。現在では奥書のあるものとしては京都大学文学部蔵本が、ないものとしては宮内庁書陵部蔵の旧桂宮《かつらのみや》本が、善本とされている。但しいずれも応永の写本ではなく、その転写本である。

次に(ロ)の三条西家本(本書の底本)は、現在は宮内庁書陵部蔵となっているが、以前は三条西家に蔵されていたのでこの名がある。系統といっても、実は他に類本がなく、これ一本だけである(もっともかつてはもう一本あった由であるが、現在は不明)。奥書がないので、その伝来や書写された事情もわからない。但しその筆跡から、普通は、室町時代の公卿で古典学者として名高い三条西実隆《さねたか》(一四二五〜一五三七)の書写だろう、とされている。もっとも三条西家の人々は、相似た手跡の持主が多いので決定的なことはいえないのだが、それにしても時代はそれほど隔ることはあるまい。江戸初期の筆写とする説もないわけではないが、『実隆公記』によれば、かれが「和泉式部日記」を書写しているという事実があるので、実隆筆の蓋然《がいぜん》性はかなり高いとみてよいだろう。なおこの『実隆公記』の紙背文書によれば、実隆はかつて女房の筆になる美しく小さい古写本の「和泉式部日記」を秘蔵していた、という。それが現在の三条西家本の書本であろう、と想像する向きもある。もしそれが事実だとすれば、三条西家本のもつ本文の、「和泉式部物語」と題された他の諸本のそれとの、文体論的な違いが、納得されないでもない。すなわちこの両者の異文を比較するに、三条西家本は、いかにも王朝の女流の手になったともよめる、朧化された優雅なところがうかがえるのに対して、応永本系統のそれは、むしろ散文的な説明的な印象を与える文言がまま見られる、という特色がある。概括していえば、前者がより王朝日記ふうであるのに対し、後者は物語的だといっていえないでもない。なお、この三条西家本の本文については、むしろ全体的に削訂されたものとする説もある。

第三番目の寛元本とは、戦後初めて紹介されたもので、奥書に寛元四年（一二四六）と記されているので、この名がある。川瀬一馬氏の紹介された天理図書館蔵黒川本、および現蔵者不明の田中家旧蔵本、吉田幸一氏所蔵の飛鳥井《あすかい》雅章筆本ほか一本が知られているにとどまる。この本は、寛元という古い年号のためか、三条西家本と対立する古い本文を伝えているとされているが、子細に検討すると、むしろ三条西家本と応永本の両者を適当に混交したものとおぼしく、所々にむしろ後代の語彙《ごい》を交えているように思われる点もあり、一般に信じられているほどによい本文とは言えそうにない。本書に用いなかったゆえんである。

ところで、この寛元本の奥書は、別の問題をこの作品の研究史に投げかけた。発見者でもあり紹介者でもあった川瀬氏は、この奥書に書かれているところを説いて、次のように言われる。すなわち「その定家が記るした四行の文意は、この和泉式部物語（日記）という草子は（父俊成が）生きている間は見たことがなく、歿後になってから見たものであるが、恐らくこれは父が老病の後にたわむれにやったものでもあろうか。……」（講談社文庫版『和泉式部日記』解説）云々と。この川瀬氏の読みによれば、『和泉式部日記』は藤原俊成の作だ、ということになり、この見解が公けにされた昭和二十八年以降、学界は沸きに沸いたのであった。しかしこれに対して、定家の姉で、定家から健御前と呼ばれている女性の日記（普通は、その冒頭の歌句をとって『たまきはる』と称されるが、『建春門院中納言日記』とか『健寿《けんじゅ》御前日記』とも呼ばれる。いずれも現代の学者の命名である）の奥書に、右とほとんど同じ文章が見出され、それの混入であろうとする説が提示された。その結果、やはり『和泉式部日記』は、俊成のたわむれの作ではあるまい、というところに目下の学界の趨勢《すうせい》は落着いている。もっとも、すべての学者が、この説に納得しているわけではない。現実に『千載《せんざい》集』と『和泉式部日記』との関係や、右の寛元奥書のよみ方にも、なお問題が全く残っていないともいえないからである。ともあれ寛元奥書は否定されたようではあるけれども、その本文をとる向きが多いのは、いささか不審というほかない。

もっとも、寛元奥書の問題は別としても、この作品の本文じたいに、俊成作ということはともかく、和泉式部の作ではないのでは、と思われる要因が、全く無いわけではない。既に昭和十年代に、今井卓爾《たくじ》氏によって、和泉式部ならぬ第三者の作とする説が提起されていた。この作品は、今井氏によれば、「主人公の観点に対する（中略）統一が缺けてゐる」（『平安朝日記の研究』）ということになる。別の言い方をすれば、「主人公」は「女」という三人称で書かれており、かつ「女」の知らないはずの「宮」の世界の出来事が、「単なる想像としてではなく実在性又は経験性をもつて書かれてゐる」というのである。

これについても、戦後のごく早い時期から、鈴木知太郎・吉田幸一氏らによって反論が繰り返された。殊に鈴木一雄氏は、この「観点」の問題を、分析批評の方法を批判的に導入して設定した「超越的視点」なる考え方により解決しようとされた。すなわち、「女」の経験外の出来事といっても、「女の視線の延長上にしかない」のであり、「女の関心事の外延に限られる」のであって、こうした視点を鈴木氏は「超越的視点」と呼ばれたのであった。

　このほか、特に今井説批判をめざしたものではないが、木村正中氏に、「宮」のことばに見られる「女」と「宮」との間の「深部の共感性」の存在を指摘した論があり、上述の超越的視点の論と相俟《ま》って、結果的にはいわゆる和泉式部自作説を推し進め、一般化することとなった。

　これらの論点は、単なる作者論・成立論というより、むしろこの作品の特質を明らかにするのに役立ち、よみの深化をもたらしたものといえよう。実はこの他にも多数の人々がこの論議に関わったのだが、単に作者のいずれかを争うにとどまったとき、それは非生産的な議論に陥る危険性があり、従ってこの解説においても、いわゆる〝自他作論争〟にこれ以上言及する必要はないと考える。ただこれを本文の問題にかえしていえば、今井氏のよみが応永本系の『群書類従』本によったものであるのに対し、自作説の側に立つ人々は、ほとんど例外なしに三条西家本を採っていることは指摘しておくべきであろう。

　さて、右に述べた三つの系統の本文は、いずれも原作者——和泉式部であるとないとにかかわらず——のそれではないことは明らかである。何故なら、本書四五頁の、「女」の手習文の第二首は、頭注にも記したように、どの本文でも地の文に埋没しているからである（なお付録の「正集所引日記歌」参照）。これは、たまたまこの「和泉式部日記」なるものの原本または古写本などが、歌を、現在の活字本や新しい写本類のように、改行して書かなかったため、後の写し手が見誤ったのだろう、とされている。現在伝わる三系統のいずれの本も、この誤った本からの写しであることは明らかである。しかしながら、そうした行がえのない形式の写本は、他の古典の場合でもあまり伝えられてはいない。たとえば青谿《せいけい》書屋本『土佐日記』の場合は、貫之《つらゆき》自筆本の俤《おもかげ》を残しているかと思われるが、天理図書館蔵伝為相《ためすけ》筆本『源氏物語』末摘花《すえつむはな》巻の場合は、むしろ筆写上のミスかとも思われるので、いずれとも判断し難い。前者の場合は日付で改行する、いわば文字通りの日記の形式なので、歌の改行をあえて避けたのかもしれない。また後者では、ごく一部で、しかも「歌」という記号的な傍注も後から付けられている。ここから想像するに、『和泉式部日記』の場合は「手習文」の一部でもあり、原本の草稿性を示しているのかもしれない。但し「正集所引日記歌」にも示したように、この埋没した歌を含む「女」の歌は、和泉式部の家集の方では一連のものとして配列されている。『和泉式部日記』と家集の関係の深さは知られているところである。しかしながらこの相関ないし先後の関係についてさえ、諸説に岐《わか》れはっきりした定説はない。かくて今日伝存する本文の系譜をどのように遡行《そこう》してみても、原本そのものには到達しない。いわんやその成立年時や作者を確定するには至っていない。少くとも実証的には、そのようにしか言えないのである。

　今日通説となっているところ、すなわち『和泉式部日記』は、和泉式部の作であり、平安中期に成立したであろう、とする文学史的な常識は、若干の内部徴証と本文のよみから導き出されたものであり、つまりは近代読者の精密なよみの一つの結果である。しかも、かりに和泉式部自作説に立ったとしても、その執筆年時の想定に至っては、更に説が岐れる。帥宮《そちのみや》の生前から始まって、その死後、あるいは和泉晩年の筆とするなど、心証に推定が重ねられた結果が、多様に述べられている。もっとも他作説の側でも、資料入手の便宜などから、和泉または帥宮周辺に作者を設定すれば、時点としては同様のところに落着くこととなろう。いまのところ、確実な事実として言いうることは、ごくわずかであり、その外は、すべて本文と関連資料のよみに任されている。たとえば、南院に入った「女」を女房たちが障子（現在の襖《ふすま》）に穴をあけて覗く条り（八三頁）がある。これをかつて他作説は、穴があけられるのは平安後期以後に行われた明り障子（現在の障子）だとし、平安末成立説の根拠とした。一方自作説では、『源氏物語』に障子の穴の記述があることをもって反証とした。現在はそこで落着いてはいるが、『源氏物語』の用例はすべて「宇治十帖」であり、宇治の山荘などの場合であって、南院のような上級貴族の邸宅ではない。よってそれが反証たりうるかどうかはなお不詳である。このように問題は多様に残っており、性急な判断や常識だけを前提にすることは、学問的には慎まなければならない段階である。いま校注者としての私見を問われるならば、作品のよみを提示することしかないのである。それについては章を改めて述べたい。

和泉式部日記の時間と空間
――文体の問題

『和泉式部日記』一巻は、長保《ちようほう》五年（一〇〇三）夏四月、約一年前の六月に失った恋人為尊《ためたか》親王への思いに茫然《ぼうぜん》としていた「女」（＝和泉式部）の前に、「宮」（＝為尊の弟敦道《あつみち》親王）の使いとして小舎人《ことねり》童《わらわ》が現れたところから始まる。それから、八カ月にわたる連綿とした百四十七首（連歌の前句・付句それぞれ二首と古歌二首を含む）にのぼる歌のやりとりの後、冬十二月、「女」（＝和泉式部）は、ついに「宮」の邸へ入る。その結果、翌春、宮の北の方が憤激のあまり実家へ帰るに至るまでの、あしかけ約十カ月の間の、二人の交渉の様態を記した作品である。

登場する人物といえば、この二人と、若干の点景的な周辺の人物に限られ、特に十二月十八日の記述以前は、ほとんど両者の贈答歌とそれをめぐってのやりとりにつきている。単純な構成といってしまえばそれまでだが、にもかかわらず、十二月十八日以降の記述はそれ以前とはうって変って散文的であり、しかも末尾には後人補記ともとれる一文を持つ。量的にはささやかな作品であるが、一概に単純ともいい切れないのである。

このことは同時に、作者——それが和泉式部自身であろうとなかろうと——が、この作品を何故書き出し、あるいは何を書こうとしたのか、という問いに対しても、簡単には結論を下すことができない、という事情と相応ずる。たとえば『源氏物語』のような緊密な構成をもつ散文作品であれば、こうした主題ないし主題性について、分析的に述べることが可能であろう。しかしこの作品においてそのような見地からのよみ取りが比較的に容易なのは、上述の「十二月十八日」以降の記述にとどまる。そのほかの部分は、三条西家本にしてわずか五十丁（百頁）——『源氏物語』でいえば桐壺《きりつぼ》巻よりやや多く、夕顔巻よりやや少ない、五十四帖の一巻当りの平均的な分量である——に百四十七首がぎっしり詰めこまれていて、事実上贈答歌によって構成された〝文体〟を採っていることになる（『源氏物語』の一巻平均歌数は十五首に満たない）。その上、わずか二人に限定されたその歌の作り手たちの、直接的なやりとりに終止しているので、『源氏物語』などのように散文のことばが、充分機能し切らぬうらみがある。それぞれの贈答には、たとえば「手枕の袖」のように、個別的な主題はあるにしても、それらを統一的にとらえうる散文的な抽象語など見出せそうにない。かれらの歌は、それぞれの情況において、特にその心理的・社会的情況に即応して詠まれ、受けとめられてゆく。ためらい、不信、不安、決断等の情動の繰り返しが、歌のことばを導き、それがまた次なる与件を創り出してゆく。「和歌的秩序」とも評されるゆえんである。

　こうした文体の作品に対しては、より高次の対象化の視点が必要となる。たとえば表現論である。そこで具体的には、表現された〝時間〟について対象化してみたい。

　しばしばふれた「十二月十八日」の箇所（七九頁〜八〇頁参照）は、明らかに区切り目をなす。しかし、ことばの、または文章の上では、区切り目といってもあいまいである。

　いかにおぼさるるにかあらん、心細きことをのたまはせて、「なほ世の中にありはつまじきにや」とあれば、

　　くれ竹のよよの古ごと思ほゆる昔語りはわれのみやせん

ときこえたれば

　　くれ竹のうきふししげきよの中にあらじとぞ思ふしばしばかりも

などのたまはせて、人知れずすゑさせ給ふべき所など、おきてならはである所なれば、はしたなく思ふめり、ここにも聞きにくくぞ言はん、ただわれ行きて、ゐて去《い》なん、とおぼして、十二月十八日、月いとよきほどなるに、おはしましたり。

実はこの『和泉式部日記』において「十二月十八日」というような、明らかな日付の指示はこの一箇所しかない（一二三頁の「五月五日」については後述する。四九頁の「十月十日」には「ほど」がつくし、「ついたち」「つごもり」は、必ずしも日付とは言い切れない）。つまり、「十二月十八日」は、書き手の意識の上では、明らかな〝時点〟となっている。しかし、この日付＝ことばは、実は「いかにおぼさるるにかあらん……」に始まる長いセンテンスの中の、「……とおぼして」という長い修飾句を受けてようやく引き出されている。その長い修飾句の中には、「くれ竹の……」という初句を同じくする贈答歌が組み込まれており、それは、巻頭から始まる、和歌のことばを軸としてくり拡げられている〝文体〟と質において等しい。ことばの上では区切り目がないのである。

このことは、この作品のことばの中に流れている〝時間〟のあり方について考える契機となるであろう。右のような区切り目のない語法は、他にも例がある。

「むかしの人の」と言はれて、「さらば参りなん。……」（一二頁）

また見えたてまつらねば、いと恥かしう思へど、せんかたなく、なにとなきことなどのたまはせて、帰らせ給ひぬ。（三七頁）

もみぢ葉の見にくるまでも散らざらば高瀬の舟のなにかこがれん

とて、その日も暮れぬれば、おはしまして、……（六三〜四頁）

右における「言はれて」「せんかたなく」「とて」以下は、構文上主語が変るため、通常は句点をうって、異ったセンテンスとするが、本書では仮に「連用中止」と説明して、一文とみなしたところである。これらは、主―述の構造関係にこだわる近代文法の立場からは認め難いだろうが、語勢上、一文とみなされるべきであり、より以上にこの作品の〝文体〟の問題だ、とみることのできる箇所である。主語が変る以上、論理的な関係ではたしかに断止なり転移なりがあってよい。しかしことばの中を流れてゆく〝時間〟は連続している。第一例「……と言はれて……」以下には、「女」の回想の〝時間〟が流れているが、それはことばの上には現わされない。構文上からいえば、むしろその後にくる「かをる香に……」の歌にかかっている、とさえ言える。第二例の場合も、大略同じい。第三例も、構文上はたしかに「女」の歌から宮の行動の叙述に転じてしまうが、この「とて」は、「女」の歌だけでなくここまでの、少くとも「高瀬舟」の贈答のいきさつのすべてを受け、すなわち「さはること」の数日間の〝時間〟の終了を示す「その日も暮れぬれば……」へかかってゆく構文だ、と考えられる。因みに、この時代の一日の開始は、夕方からである。

こうした語法のことばの中を流れてゆく〝時間〟は、日時で具体的に表示される現実の物理的時間と必ずしも整合的に一致ばかりはしない。それはしばしば史書の記載とも矛盾したまま、書き進められることが多い。既に指摘し尽されたところだが、一、二の例を拾えば、

五月《さつき》五日《いか》になりぬ。雨なほやまず。（二三頁）

かく言ふほどに、一月《ひとつき》にもなりぬ。／十月十日《かんなづきのとをか》ほどにおはしたり。（四九頁）

などがある。第一の例は、この前後の日数を計算するに、四月の「つごもりの日」（一九頁）から数えれば、十日をはるかに過ぎているはずであり、かつ長保五年五月五日は『本朝世紀』によれば「天晴」であったという。雨は十六日頃降り出し十九日に「大雨」になった由である。応永本では「五月六日」とあるので、誤写説もあるが、既に四月「つごもり」から数えて丁度五日あたりとおぼしいと

ころで、

　をりすぎてさてもこそやめさみだれてこよひあやめのねをやかけまし

という「女」の返歌が見られる（二〇頁）。この歌は難解で定説がないが、「をり」が、下句の「あやめのね」によって五月五日の節句をさすことは明らかだし、「さみだれて」も「五月雨《さみだれ》」をかけていると思われる。「五月五日になりぬ。……」の一文は、実はここにありたいところである。にもかかわらず、何故、現実の物理的な時間の流れと矛盾するような記述になっているのか。おそらく、四月の「つごもりの日」に始まる「しのび音のほととぎす」の段落の〝時間〟と、五月雨をモティーフとした「雨のつれづれ」にかかわる段落の〝時間〟とが、作者の意識のなかで交錯し、それをそのままことばの上で連ねてしまった結果なのではないかと思われる。筋立て《ストーリィ》の上からは、この雨にかかわる段落をカットしてよみ進めた方が、より自然であって、ただ「いとはるかなり」（二二頁）という時間の経過に、この雨にかかわる件《くだ》りが、ことばの上で補充されている、という構造になっている、と言えるのではなかろうか。

　第二例の場合もやはり、「一月」では、叙述された時日が合わない。諸注は応永本などによって「十月」と改めているが、上述のような〝時間〟を担《にな》ったこの作品のことばである以上、特に改める必要はなかろう。またこの場合とやや相似たケースとして、「四十五日の忌み違へ」（六四頁）にかかわる日数の混乱がある。

　畢竟《ひっきょう》この作品のことばにとって、個々の日付や日数、すなわち数字の記号的意味は、その限定された場面だけのものであって、実際に経過した時間に対応するものではなさそうである。いや、日付や日数だけではない。〝時〟にかかわることばの用いざますべてに敷衍させてそう考えることもできよう。たとえば、「南院入りの誘い」の段落で、「手枕の袖」のやりとりの後「心苦し」と思った宮は、地の文によれば「しばしばおはしまして……あはれに語らはせ給ふ」（五一頁）のであるが、その際の南院入りの勧誘に対して、「女」は「かやうなるをりたまさかにも待ちつけきこえさするよりほかのことなければ……」（五三頁）と答えている。これは一見するに矛盾と思われるかもしれない。一方、この誘いのことばの中で、宮自身が、「時々参ればにや……またたびたび帰るほどの心地のわりなかりしも……さりとて、かくのみはえ参り来まじきを……」と言う。これが右のいずれに照応する時間感覚なのか、定め難いところでもあるが、訪れる側、待つ側、叙述する側のそれぞれにおける〝時間〟の意識を、そのまま同一の言語の平面に並べて叙べてしまえば、こういうことにならざるをえない。ここでもどうやら、それぞれの〝時間〟は、異った意味論的内包を持つ単語たちを貫流して、各々の単語の持つ記号的な意味を通り越してしまっている。言いかえれば、通常ならば別の時間帯に属する出来事やことばが、同じ〝時間〟の中に組み込まれて事態が進行してゆくのである。

この作品の、以上のようなことばの特質は、単に〝時間〟だけについてではない。〝空間〟についてもまた同様なのである。

宮わたりにやきこえまし、と（女ガ）思ふに、たてまつりたれば、（宮ハ）うち見給ひて、かひなくはおぼされねど、ながめゐたらんに、ふとやらんとおぼして、つかはす。……（四六頁）

……よし見給へ、手枕の袖忘れ侍るをりや侍る」と、たはぶれごとに言ひなして、あはれなりつる夜の気色も、かくのみ言ふほどにや、頼もしき人もなきなめりかし、と心苦しく（宮ハ）おぼ

して、……（五〇頁）

いずれも長い文脈における主語の転換であるから、〝時間〟の問題ともいえるのだが、〝空間〟の視点からよんでみると次のようなこととなろうか。

第一例は、暁起きの「手習文」を宮に送った際の状況であるが、実は、この「手習文」の引用に先んじて、「……この手習ひのやうに書きゐたるを、やがてひき結びて（女ガ）たてまつる。（宮ガ）御覧ずれば」（四四頁）とあって、この「手習文」そのものは既に宮の手許に届いているはずである。よって〝時間〟の進行に従ってよめば、ここは、宮の手許にある「手習文」について、そのことの説明として女の心理・行動が挿入されたとすべきであろうか。場面は宮の邸の出来事ではあるが、「女」の心がそこへ入り込んできているのである。

第二例の場合は、女の思いが書き尽されていないまま、宮の心情へ文脈が転換してしまう例である。通説の多くは「……かくのみ言ふほどにや」で文を閉じているが、語勢では、読点でつなげてよみたい。〝時間〟も〝場面〟も変るのに、段落を切らず、句点ともしなかったのは、こうした構文上の特色を示そうとする意図に基く。

以上のようにみてくると、例にあげた箇所ばかりではなく一般に、この作品における「女」の側の場面＝空間と「宮」の側のそれとの転換の早さに、誰しも気付くに違いない。同じ文脈の中で、場面は次々に転換してしまうのである。そのことと先に述べた〝観点の不統一〟や〝超越的視点〟の問題とは無関係ではないであろう。これはおそらく、現実的・物理的には異なった場面＝空間である「女」の家と宮の邸――あるいは石山と都も――とが、ことばの世界では同一空間である、と作者は認識していたらしい、ということでもある。それはたとえば、スポットのあて方で、別の場所の出来事であるのを示す演出の方法に近い。この作者の言語空間は、現実の物理的空間によって制扼《せいやく》されない。だから、「歌文融合」というように、歌も消息も、詞（会話）も心（心理）も、すべて同一次元のそれとして、連鎖し併置し、一つの〝文体〟とすることが可能だった。従って〝観点の不統一〟も〝超越的視点〟も、それだけで作者の自他を定めるキメ手とはなりえない。そういう時間＝空間の認識の持主の書いた作品だ、といえるだけである。

　こうして『和泉式部日記』のことばの〝時間〟〝空間〟の質の独自性は、一応明らかになったと思われるが、そのような独自性は、この作者の独創なのだろうか。ここで問題は、作者へと帰ってゆく。たしかに『源氏物語』を頂点とする物語や、同じ日記文学の名で呼ばれる『蜻蛉《かげろう》日記』や『更級《さらしな》日記』の如き回想記とも、はたまた『土佐日記』や『紫式部日記』のようなむしろ記録体のそれと比べても、その独自性はかなり顕著である。しかし、より広い文学史的展望の中では、存外、同質の〝時間〟〝空間〟を持ち合わせているかに見える作品群がないわけではない。それは、むしろ十世紀中葉ごろに簇出《ぞくしゅつ》した物語的な歌集である。それらは散文作品といいうるかどうかは別としても、個別的な和歌を連鎖して、一つの集体としたものである。たとえば『伊勢集』（『伊勢日記』）・『一条摂政御集』（『豊蔭《とよかげ》』）・『元良親王御集』・『本院侍従集』などがそれである。そしてその背後には、物語的な勅撰集『後撰集』があった。これらの集の散文部分には「女」という言い方もまま現われ、『和泉式部日記』との類同性は著しい。しかもこの時期は、日記とも物語とも呼ばれた散文作品が書かれている（『篁《たかむら》物語』『平仲《へいちゅう》物語』『多武峯《とうのみね》少将物語』）。いまひとつひとつ引例する紙幅はないが、要は『和泉式部日記』の様式の根基には、散文的に和歌を再構成して一つの作品とする十世紀中葉の歌人たちの志向があった、と考えられるのである。ここで想起されるのは、『和泉式部日記』の正に女主人公であり、かつその作者に擬せられている和泉式部の歌風について、そこに十世紀歌人——たとえば曾禰《そねの》好忠《よしただ》、源順《したがう》、源重之ら——の影響を見る報告がなされていることである。そのことと以上に述べてきた問題とがどのように照応するか。ともあれ、和泉式部自身の問題について述べるべきところへ来たようである。

和泉式部における詩と真実

和泉式部という女人《ひと》の人生史は、同時代の他の女房たち同様、明らかな部分はごくわずかである。ただ幸いなことに、彼女の作と伝える千二百数十首にのぼる和歌が残されており、そこから彼女の内面のある部分は覗うことができる。これに若干の外証を加えつつ、彼女の一生を素描してみよう。なお、この際『和泉式部日記』および『宸翰本《しんかんぼん》和泉式部集』は資料として用いないこととする。

出生

和泉式部の出生年時については、通説とすべきものすらない。諸説のうち最も早いものは村上天皇の康保三年(九六六)、最もおそいものは永観二年(九八四)である。その他、天延二年(九七四)、貞元《じょうげん》元年(九七六)、天元《てんげん》元年(九七八)などの説があるが、いずれも起算した年時が確実ではないところから、推定説の域を出ない。極めて不確実ではあるが、一応円融《えんゆう》朝(九七〇年代）の出生としておくのが穏やかであろうと思う。

父は、太皇大后宮大進・木工頭《もくのかみ》、越前守（または越中守）となった大江雅致《おおえのまさむね》、母は、太皇大后昌子の乳母《めのと》で候名《さぶらいな》（女房として仕えた時の呼称）としては介内侍《すけのないし》と呼ばれた人で、越中守平保衡《やすひら》の娘であった、とするのが通説である（八七頁勘物《かんもつ》参照）。但し『尊卑分脈《そんぴぶんみゃく》』その他には異説があって、父を権中納言藤原懐平《やすひら》、またはその子資高、あるいは和泉守資任らに擬するものもある。『尊卑分脈』小野宮流から適宜抄出すると左掲の系図のようになる。これらの混乱は、たとえば懐平と保衡、資高（すけたか）と資任（すけたふ）など、同音ないし表記の混同によるところもあるかもしれない。かれらを養父とする説については、早く岡田希雄によって否定されたが、和泉式部と大弐高遠《だいにのたかとお》との関係を念頭に置くとき、これらの異なった〃伝承〃にも何らかの事実の微かな反映があるかもしれない。たとえば、資高は伯父大弐高遠の養子となっているようであり、他方、『伝西行筆和泉式部続集』はなぜか古来『高遠大弐集』として伝えられ、あるいは和泉式部歌への高遠歌の影響が指摘されているのである。

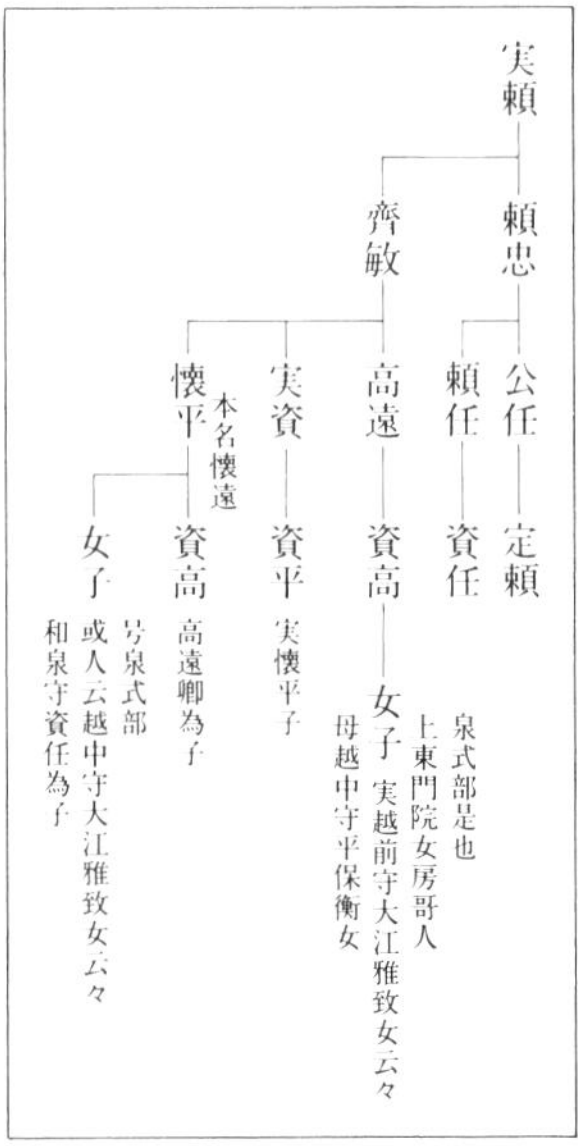

ところで、これらの異説・異伝に、母である介内侍の異性関係と関わるところはないだろうか。『和泉式部正集』（以下『正集』と略）の「こころにもあらずあやしき事いできて、例すむ所もさりてなげくを、おやもいみじう

なげくと聞きていひやる、上《かみ》の文字は世の古言《ふるごと》なり」という詞書のついた連作の中に、次のような歌がある。

いにしへや物思ふ人をもどきけんむくいばかりの心ちこそすれ
ほかにもやまたうき事はありけると宿かへてこそしらまほしけれ
かなしきはこの世ひとつがうきよりも君さへものを思ふなりけり
かくれつつかくてややまんたらちねのをしみもしけんあたら命を

この連作は一般に、和泉式部が帥宮《そちのみや》敦道親王と関係を持つようになり、夫橘道貞と不仲になった頃の作といわれる。ならば、自身の異性問題のトラブルによる「おや」の嘆きに応えた歌群の中に見える「いにしへ」の「物思ふ人」とは誰か。当の「おや」＝「たらちね」と考えることは、当らぬとも言えまい。かつて父とともに、母の所行を誹《そし》った報いが、今や我が身に回帰してきた、というのではなかろうか。とすれば、この母から受け継いだ性情が、彼女自身の人生史の表層でいかに具現し、あるいは詩に転化していったか、ということを思い合せるならば、母の異性問題は彼女にとって一種の〝原体験〟であったと言えるのではないか。後にも述べる小式部内侍《こしきぶのないし》挽歌に典型的に見られるような、母＝子の血脈への著しい関心、あるいは「おや」「はらから」への依存、にもかかわらずこの連作の詞書に見られるような、そこからの疎外、それによってもたらされる孤独、寂寥《せきりよう》、そして「つれづれ」なる「はかなき世」――一連《ひとつら》なりの、彼女の詩と人生を支える思念の軸が、ここで構成されるように思われる。そしてその母と同じ体験を経てからならば、次のように詠むこともできたことであろう。

かたらふ人おほかり、などいはれける女の、子うみたり

ける、たれかおや、といひたりければ、ほどへて、いか
がさだめたる、と人のいひければ

此の世にはいかがさだめんおのづからむかしをとはん人にとへかし

こう言い放つその前提に、この〝原体験〟があったのではなかろうか。私案として提示しておく。因みに、この詞書の「女」という表現は、『和泉式部日記』よりも、十世紀における私家集の様式に近しいものである。

呼称

和泉式部というのは、もちろん候名であって、後の呼称である。本名は全く不明というしかない。『中古歌仙三十六人伝』など（八七頁勘物参照）では、「御《お》許丸《もとまろ》」なる幼名が伝えられている。もちろん信を置き難いが、後に述べる「白河院歌合戦」の記述において、「いづれの宮にかおはしけむ、白河院まろもろともにおはして……」「……まろがくちすさびにうちいひし……」「まろなんさいひしと人のかたりければ……」「まろかへし……」と一貫して用いられた「まろ」、あるいは、

風の音もおどろかれましよもすがらまろがまろ寝にねならひにけり

などを見るとき、いずれもやや戯れに用いたとはいうものの、幼児の甘えを思わせる語法として、見直さるべきかもしれない。「まろ」とは、彼女の中にある〝幼児性〟の如きものの表現とも言いうるか。なお「おもと」というのも、女房たちをさすときに用いることばであるから、「御許丸」なる呼び名はなかったとも言い切れない。

いま一つ彼女の少女時代の呼称として著名なものに「雅致女式部《まさむねのむすめのしきぶ》」がある。天福本『拾遺集』に見

える、

性空上人 書写上人也 のもとによみてつかはしける

雅致女式部 越前守正四位下大江雅輔女 致字如何

暗きより暗き道にぞ入りぬべきはるかに照らせ山のはの月

というのがそれで、後述の橘道貞との結婚前の呼称である。かつ同輩女流歌人の入集の少ない『拾遺集』に収められたことから、この歌は少女時代の作とも言われ、与謝野晶子らによる和泉天才少女説の源泉にもなった。しかしながらこうした表記はむしろ異例であって、北野天満宮本『拾遺集』には「雅致のむすめ」としかない。『拾遺集』の一般の表記に従えば、「式部雅致女」というような形が普通であり、あるいは「雅致女式部」といった形式の注記が本行化した可能性が強い。その辺りの考証が確実にならないうちは、天才少女説も首肯し難い。なお、最近寺田透氏らによって、この歌は少女期の作ではなく、むしろ為尊・敦道らとの愛欲の迂路《うろ》を経てからの作とみる説が行われている。また、吉田幸一氏は、和泉式部という命名は、おくれて赤染衛門によるもの、とする説を出された。因みに『拾遺集』の成立は、寛弘二～四年（一〇〇五～七）とされるが、北野天満宮本のような異本の成立がやや先んずるともいう。なお、この歌は、寛弘四～六年頃の成立とされる「後十五番歌合」にも収められており、そこでは「和泉式部」となっている。また、後には「江《ごう》式部」とも呼ばれている。

結婚

おそくとも長保元年（九九九）までには、最初の夫橘道貞と結婚していた、とされている。その年道貞は和泉守に任官して、任国へ下った。かれは、父雅致の下僚であり、藤原道長の腹臣ともいわれた能吏であった。『赤染衛門集』に歌も残しているから、和泉との贈答もあったろうが、家集だけでは判《わか》らない。ただこの和泉国下向の折かと推定されている彼女の歌がいくつかある。

　おのれただみちくる潮もありけるを思ふ人こそわれは舟出《ふなづ》る

　あみの目に風もとまらぬ浦に来てあまならなくにながゐつるかな

　言問《こととと》はばありのまにまに都鳥みやこのことをわれに聞かせよ

　越えくればただぢなりけりさくらゐと名のみぞ高き所なりける

「ながゐ」「さくらゐ」はともに摂津国の地名。なお、道貞との結婚により彼女は和泉式部という候名を持つこととなる。そして一女をもうけた。これが後の小式部内侍である。

　この長保元年は、彼らの周辺でいろいろと事のあった年でもある。十二月に太皇大后昌子が三条の道貞邸で薨じ、藤原道長は娘彰子を入内させ、他方、彰子のライヴァル定子（藤原道隆の娘）は、一条天皇の第一皇子敦康を生む。乳母として宮仕えするというような話があったとすれば、この時であろう（五二頁注五参照）。

恋愛㈠

　それからほどなく和泉式部は、弾正宮《だんじようのみや》 為尊《ためたか》親王の寵を受けるようになる。為尊は、貞元二年（九七七）冷泉院の第三皇子として、『蜻蛉日記』の著者道綱母の夫藤原兼家の娘超子を母として生れた（八七頁勘物参照）。その当時は兼家不遇の折だったようだが、その兼家のもとで成長、永祚《えいそ》元年（九八九）十三歳で元服、『大鏡』によれば元服したために見劣りがするほどの美少年であった、という。正暦二年（九九一）頃、弾正尹に任じた。同四年頃、兼家の兄伊尹の九の君と結婚したが、生来「色めかし」い性格で、手当り次第女性を連れて、疫病の流行期にもかかわらず、夜が夜中でも外出していたという（『栄花物語』）。そして長保三年（一〇〇一）十月罹病、翌四年六月十三日逝去。『栄花物語』鳥辺野《とりべの》巻では、その死を叙して「この程は、新中納言・和泉式部などにおぼしつきて、あさましきまでおはしましつる……」という。

さて、従来は、これをもって和泉式部の恋愛遍歴の第一歩としてきた。しかし近時、和泉と為尊親王の恋愛は『和泉式部日記』の虚構である、という説が藤岡忠美氏によって提出された。その証拠として、氏は、彼女の家集に帥宮挽歌はあっても為尊挽歌がないことをあげられた。確かに『正集』『続集』には為尊挽歌と明記された歌はない。しかしながら、為尊挽歌を想定した人々は皆無ではなかった。古くは『千載集《せんざい》』の撰者藤原俊成、『新古今集』撰者の定家ら、『万代集』における衣笠家良(または真観)など、そして近くは、小松登美・寺田透・木村正中の諸氏である。これらに対しても藤岡氏の反論があり、目下のところ、為尊挽歌の有無、そして広く為尊との恋愛の実否が、論点となっている段階である。

だがここで注意しなければならないのは、為尊挽歌の存在を否定する前提として、帥宮挽歌一二二首の存在を無条件に認めていることである。実は、帥宮挽歌といえどもその旨の明らかな記述があるものばかりではない。その内部徴証を辿った清水文雄氏によって認定された『続集』中の一二二首を、ほとんど定説に近い形で〝帥宮挽歌〟と言っているにすぎないのである。為尊挽歌の有無を考える前に、まずいわゆる帥宮挽歌群の内容・構造を点検してみる必要があるのではなかろうか。

『新古今集』巻八哀傷に、源通具撰として入集している『続集』所収歌がある。

弾正尹為尊親王におくれて嘆き侍りけるころ　　和泉式部

寝覚めする身を吹きとほす風の音を昔は袖のよそに聞きけん

これは『続集』においては、「つれづれのつきせぬままに、おぼゆる事をかきあつめたる、歌にこそ似たれ、ひるしのぶ、ゆふべのながめ、よひの思ひ、夜なかの寝ざめ、暁のこひ、これを書き分けたる」と題する、おそらく原型はそれぞれ十首ずつの五十首歌と考えられる歌群（現在は四十六首伝存）の、「夜なかの寝ざめ」グループの第六首である。清水氏以来の通説は、この不完全な形の五十首歌を、そのままそっくり前後に配される帥宮挽歌群の中に組み込んで考えている。もっとも、この五十首歌の部分が〝挽歌群〟の中では独立しており、構造上不安定であることは従来から問題とされていた。たとえば、『伝行成筆続集切』では、この部分が欠落しているからである。『新古今集』では為尊挽歌とされる「寝覚めする……」を含むこの五十首歌は、果して帥宮挽歌と言い得るか？　確かに、「ひるしのぶ」や「ゆふべのながめ」のグループにはその趣は見える。

　ひる忍ぶことだにことはなかりせば日をへてものは思はざらまし
　かぎるらんいのちいつとも知らずかしあはれいつまで君をしのばん
　君を思ふ心は露にあらねども日にあてつつもきえかへるかな
　山のはに入る日をみても思ひ出づる涙にいとどくらさるるかな
　夕暮れはいかなるときぞ目に見えぬ風の音さへあはれなるかな

しかし、「よひの思ひ」になると、必ずしも挽歌調ばかりとは言えない。

　こぬ人を待たましよりもわびしきは物おもふころのよひゐなりけり
　いとへどもきえぬ身ぞうきうらやまし風のまへなるよひのともし火
　なぐさめてひかりのまにもあるべきをみえてはみえぬよひの稲妻

死者に対する志向よりも、自己の存在性に向って対象化する外界の事物が（ともし火・稲妻）、設定されてくる。「暁のこひ」に至っては、単なる恋歌だと言っても通じよう。

こふる身はことものなれや鳥の音におどろかされしときはなにどき

夢にだにみであかしつる暁の恋こそ恋のかぎりなりけれ

わが恋ふる人はきたりといかがせんおぼつかなしやあけぐれの空

これらの歌は、仮に挽歌であったにせよ、もはや対象を限定する必要のないところまできており、後に引く（一七三頁参照）典型的な帥宮挽歌とは比較にならない。もしもこれらをどうしても帥宮挽歌である、とするならば、今度は和泉のすべての恋歌を挽歌とみなさなくてはなるまい。

いや、あるいは実はそうだったのかもしれない。和泉式部にとっては、むしろすべての歌が挽歌であったのではないか。誰に対する？　帥宮でも、弾正宮にでもなく、おそらく自分自身に対するそれが、彼女のうたの本質だったのではあるまいか。

また人の葬送するをみて

たちのぼるけぶりにつけて思ふかないつまたわれを人のかくみん

『正集』『続集』に収めるところことごとく和泉式部自身の存在への挽歌ならざるものはない。だからもし、誰への挽歌か、と改めて問われたなら、彼女はこんなふうに答えるのではあるまいか。

これにつけかれによそへてまつ程は誰をたれともわかれざりけり

恋愛（二）

為尊親王薨後一年ならずして、和泉式部は再び上流貴族社交圏の話題にさらされることとなった。為尊の弟帥宮敦道親王《そちのみやあつみち》との恋愛がそれである。敦道は、冷泉院第四皇子、母は為尊と同じ超子である。天元《てんげん》四年（九八一）誕生、翌五年母を失う。以後、祖父兼家の寵愛を長兄居《い》貞《さだ》親王（後の三条院）と二分した、という。正暦四年（九九三）二月、十三歳で元服。同年三月、大宰帥に任じた。同じ頃、関白藤原道隆の三の君と結婚するが、彼女は精神分裂気味であったと伝えられている。この結婚は道隆の側からする政略結婚の匂いが強い。兼家の寵篤かった敦道が、居貞のあとを継いで東宮＝天皇候補者たりうると見たのは、ひとり道隆だけではなかった。後の道長もそうであったし、それなるが故に、道隆没後、敦道は三の君と離婚、次で長保三年（一〇〇一）頃、右大将藤原済時《なりとき》の中の君と再婚した。

敦道は、少年時代から漢詩文好きの、やや神経質なタイプの貴公子だったらしい。その点では兄為尊とは若干違うところがあったかと思われる。もっとも『大鏡』では二人とも「軽々《きやうぎやう》」（軽率）と評されている。その詩作は残ってはいないが、しばしば詩会を自邸で催していた。寛弘四年（一〇〇七）四月、一条天皇の御前で作った詩文によって、三品（三位）に叙せられた旨『大鏡』にあるが、これは当時無官であった敦道への、儀礼的な功賞かとも言われている。その折のことかどうかは不明だが、窮屈な履物に耐えられず、道長に助けられてようやく事なきを得たというエピソードが伝えられている（『大鏡』）。なお、何故か、この年以前に大宰帥の官を解かれている。もはや政治的役割を喪失していたということかもしれない。従ってこの年以降は帥宮とは呼ばれなかったはずである。或は、『日記』に見える出家の意志は、もし事実であれば、この時点のことかもしれない。

さて、年月を経るにつれ中の君への愛情が冷めてきた敦道は、遂に和泉式部との恋愛事件を引き起す。怒った中の君は敦道の邸（従来は冷泉院の南院と考えられていたが、おそらく東三条院のそれであろう）を去り、祖母のいる実家小一条院へ帰った。彼女の自主的な判断による離婚ということで、居貞親王（時の東宮）もその妃宣耀殿《せんようでん》女御（中の君の姉）も、自分たちの知らぬことだと胸なでおろした、と『栄花物語』初花巻は記している。その頃、道隆の三の君は一条辺りで逼塞《ひっそく》していたので、世人は、この中の君もそうなるのかと噂したという。

その後帥宮は和泉を自邸に入れて寵愛し、あるいは藤原公任の別荘白河院の花見に誘い、三者間の歌の贈答（「白河院歌合戦」）に興じたりした（『正集』および『公任卿集』）。寛弘二年（一〇〇五）の賀茂祭には、派手な仕様の牛車に同乗して人目に立ったことが、『栄花物語』『大鏡』に録された。この前後、「花山院歌合」にも召され、赤染衛門・清少納言と交わりあるいは源道済《みちなり》・大江嘉言《よしとき》ら当代歌人たちと肩を並べる折もあったとおぼしい。既にして一流歌人としての名を得たものであろう。

かくて社交圏に入った彼女の心に影をおとしたものは、夫橘道貞との離婚であり、親からの勘当であった。道貞との離婚については、従来は前記為尊・敦道らとの和泉の交情が原因とされていたが、近年はむしろ道貞の多情によるもの、とする説が有力である。かれもまた当時の平均的な一人の男であってみれば、ごく常識的なことだったのかもしれないが、和泉にとっては必ずしもそうではなかったのであろうか。帥宮との恋愛の真只中にあったろう寛弘元年（一〇〇四）、妻子をつれて陸奥国へ赴任して行った前夫のことを彼女は思いやる。

ゆく春のとめまほしきに白川の関をこえぬる身ともなるかな

なおこの前夫への思いが生涯消えなかったとみる説は、早く寺田透氏によって提出されていた。

その一方で、帥宮の邸で十題（題としては「大井川のいかだ」「夕暮れの鐘」「山寺のかすかなる」

「山田の紅葉」「岸にのこる菊」「くさむらの虫」「小倉山の鹿」「清滝川の月」の八つしかない）の題詠を命ぜられて作った歌には、いずれも沈痛な響きがこもっている。

大井川くだすいかだの水《み》なれざをさし出づるものは涙なりけり

夕暮れはものぞ恋しきかねの音をあすも聞くべき身とし知らねば

そむきぬとうき世の人し通はねば窓にむかへる心ちこそすれ

小山田のもるももらぬも世の人のすべてはかりの宿りなりけり

いつまでと待つをば長き心とも嵯峨野《さがの》の花におくれぬるかな

紅葉ばの散るも惜しまじ亀山のこふをつくしてなりもこそすれ

岸の上の菊はのこれど人の身はおくれさきだつ程だにぞへぬ

おけばかつきえぬる霜をみるままに草むらごとに虫ぞなくなる

いかばかり秋はかなしきものなれば小倉の山の鹿なきぬべし

あかからぬ心のくまをたづぬれば清滝川の月もすみけり

若干の例外を除けば、嵯峨野辺りの秋の光景である。「さし出づるものは涙」といい、「嵯峨野の花におくれぬるかな」というとき、それはむしろ挽歌の趣きさえ感じられる。帥宮在世時の作とすれば、余りにも調べは暗い。詠み込まれた景物からして、必ずしも南院在住時のものとは言えぬかもしれないが、とにかく帥宮の愛を受けている時点の作とされている。にもかかわらず、この暗さはどうか。ここに和泉式部の人生史の深奥にあるものが、かえって見取られはしないだろうか。

この、和泉式部の詩を支える感覚は、まさにその帥宮の死によって触発される。寛弘四年（一〇〇七）十月二日、帥宮敦道親王薨去——。

うちかへしおもへば悲しけぶりにもたちおくれたる天《あま》の羽衣
すがの根のながき春日《はるび》もあるものをみじかかりける君ぞ悲しき
かひなくてさすがにたえぬ命かな心を玉の緒にしよらねば
かたらひしこゑぞ恋しきおもかげはありしそながら物もいはねば
はかなしとまさしく見つる夢の世をおどろかで寝る我は人かは
すくすくとすぐる月日のをしきかな君がありへし方ぞと思ふに
君とまたみるめ生ひせばよもの海の底のかぎりはかづきみてまし
あかざりしむかしのことをかきつくるすずりの水は涙なりけり
たをれどもなに物おもひもなぐさまじ花は心のみなしなりけり
たれにかは折りてもみせんなかなかに桜さきぬと我にきかすな
いのちあらばいかさまにせん世をしらぬ虫だに秋はなきにこそなけ
なけやなけわがもろ声に呼子鳥よばばこたへてかへりくばかり
それながらつれなき物はありもせよあらじと思はでとひけるぞうき

なお、帥宮との間には「宮」が生れ、後に法師となって永覚といったという。

晩　年

三条の自宅に帰った和泉式部は、やがて時の権力者道長によって召し出され、その娘上東門院彰子に出仕することとなった。あるいは娘小式部内侍も共に出仕したのかもしれない。もし日記の類を書くとすれば、道長の下命による可能性もある。たとえば、時間的にはおくれるが寛仁二年（一〇一八）、『御堂関白記』に、大饗《だいきょう》の屏風歌を、大中臣輔親《おおなかとみのすけちか》・藤原輔尹《すけただ》らとともに依頼されているという記載がある。寛弘七年（一〇一〇）、父雅致、越前守となる。他方、和泉は道長の寵臣であった藤原保昌と再婚する。長和二年（一〇一三）、保昌五十数歳にして左馬権頭兼大和守に任ずる。実際に大和に赴任したとおぼしく、大和（「ゐなか」とあるのもそれか）がしきりに詞書に見える。

やまとより来たりと聞けどから衣ただもろこしの心ちこそすれ

その後保昌は丹後守に転じた。治安三年（一〇二三）頃のことである。彼女も行をともにしたようで、下向に際しての上東門院との贈答が残されている。

丹後に下るに、宮より、きぬ扇賜はせたるに、天の橋立かかせ給ひて

秋ぎりのへだつるあまのはしだてをいかなるひまに人わたるらん

御返し

おもひ立つ空こそなけれ道もなく霧《き》りわたるなるあまのはしだて

これより以前の寛仁二年（一〇一八）娘の小式部内侍は、道長の息男教通との間に子（後に静円となる）をもうけていた。ところが万寿二年（一〇二五）の冬、藤原公成の子を生んで小式部は死んでしまう。著名な小式部内侍挽歌の連作はこの時のものである。

などて君むなしき空にきえにけんあは雪だにもふればふる世に

とどめおきてたれをあはれと思ひけん子はまさるらん子はまさりけり

身にしみて物のかなしき雪げにもとどこほらぬは涙なりけり

つくづくとおつる涙にしづむとも聞けとてかねのおとづれしかな

そして万寿四年九月、皇太后妍子の七七日に、夫保昌が玉の飾りを奉ったときにつけた歌が、年時の明らかなものとしては最後となる。

数ならぬ涙の露をそへたらば玉のかざりをかさんとぞ思ふ

『栄花物語』の「玉の飾」という巻名はここからとられた。なお、年時は不明だが、『続集』巻尾に「日次詠歌群」と呼ばれる、日々の歌作を記した連作がある。流れて行く時間の中で、一日一日を生きることを、歌によってはたしているかに見えるものであるが、いつの作ともしれない。九月ないし十月頃から始まり、最後は『古今集』巻十八雑下平定文の、

ありはてぬ命まつまのほどばかりいとかくものを思はずもがな

によって閉じられている。何故この古歌が和泉式部の家集の巻尾を飾ることになったのか、その理由は不明だが、彼女の生涯の愛唱歌ででもあったのだろうか。因みにこの「日次詠歌群」のなかに初句を同じくする歌がある。

ありはてぬわが身とならば忘れじといひしほどへぬわが身ともがな

没年

和泉式部の没年はその出生年時と同様全く不明である。長元七年（一〇三四）の没とする説が最も早く、最もおくれるのは康平四年（一〇六一）説であるが、いずれとも決め難い。保昌が長元九年七十九歳で没しているので、おのづからこの前後となるのであろうか。出家したかどうかも不詳であるが、京都誠心院に尼姿の座像が残り、『誓願寺縁起』などはその出家を伝える。しかしこれらは、もはや伝説化された和泉式部であって、伝記の記述からは逸脱したものとなろう。

和泉式部における詩と散文
――同時代人の批評から

紫式部は、その日記の中で、和泉式部のことを次のように評した。

和泉式部といふ人こそ、おもしろう書きかはしける。されど、和泉は、けしからぬ方《かた》こそあれ、うちとけて文《ふみ》はしり書きたるに、その方の才《ざえ》ある人、はかないことばのにほひも見え侍るめり。うたは、いとをかしきこと、ものおぼえ、うたのことわり、まことの歌よみざまにこそ侍らざめれ、口にまかせたることどもに、かならずをかしき一ふしの目にとまる、よみそへ侍り。それだに、人のよみたらむうた、難じことわりゐたらむは、いでや、さまで心はえじ、口にいとうたのよまるるなめり、とぞ見えたるすぢに侍るかし。はづかしげの歌よみや、とはおぼえ侍らず。

普通「消息文」と呼ばれている女房批評の一節で、この前には斎院中将（和泉式部の姪に当り、紫式部の兄〈弟とする説もある〉惟規《のぶのり》の恋人だった人）、あとに赤染衛門・清少納言に対する評文が続いている。いずれも手きびしいもので（但し赤染については表面上はそうではないが）、紫式部のライヴァルに対する敵意の程が覗えるが、他方、あの『源氏物語』の作者なればこそ、と思われる鋭い批評眼が充分示されているところである。この和泉評も、そのような意味で、単なる同時代人の嫉妬心のあらわれと読み捨ててはおけない側面を有する。言うところは、次のようなことであろうか。

――和泉式部という名で皆に知られている人の方が、前に述べた斎院中将などよりはずっと面白い文章を書いている。もっともこの和泉には、異性関係では感心できぬところがあって、そういう相手との手紙など書き流したものは、実に見事な才能を示しており、ちょっとしたことば遣いでも、実に見映えがするようだ。お得意の歌の方は、そう、たいしたものとも言えようが、まあ古典についての知識とか、理論的な面では、本当の意味での歌人というようなものではなさそうだが、とにかく、何ということとなしに口をついてでるいろいろなことばのなかに、必ず一つ二つの興を引くようなひとことが、人にわかるように付け加えられている、というような歌風だ。そうはいっても、他人のよんだ歌に対して、とやかく批判がましい議論など平気な顔でやっているらしいのを見ると、さてさて、それほどものが判っているというのでもなさそうだ。要するに、口から歌が自然にとび出てくる、といったようなタイプの人なのだ。決してこちらが脱帽しなければならないような人ではなく、評判通りとは言えないと思う。——

若干倫理的な評価も加わってはいるが、詩人としての資質については、かなりいい点をつけていると見ることもできよう。反面、歌学・歌論といった側面——それは換言すれば散文の論理にかかわるものである——については、まことにきびしい評価を下している。一見認めているかに見える、〝文〟についても、あくまで「はしり書きたる」ものに限られている。それは、心許した人への手紙なりエッセイふうの雑文ならばいざ知らず、本格的な散文はとうてい書けたものではない、ということでもあろうか。紫式部の脳裡にあった散文の基準は、たとえかな散文を対象としていたにせよ、おそらく正統の古代中国散文すなわち文章道《もんじょうどう》のそれであったと思われる。従って、古典の知識なり論理的な詩法についての、和泉歌への評価の低さもその点に関わっているはずである。さらに、他人の歌に対して非難めいた論評を加えている、という指摘は、その事実について明確にし難いが、これが和泉歌の論の中にあるところからみて、あの贈答の巧みさを裏返して貶《おとし》めているか、ともよめる。七九五首に及ぶうたを、その『源氏物語』において実に構成的に配置し、あるいはその家集すら同じ基準で撰したらしい紫式部の、和泉への評価がそこに落着くのは当然といえばあまりに当然であった。

ところで、和泉評冒頭の「書きかはしける」文、とは何か？　紫式部自身との往復書簡とみる説もあるが、和泉の側からのそうした証跡はない。これはむしろ、紫式部が何らかのルートで入手したものについての第三者的な表現とよめる。この「消息文」における批評の対象は、当時もそして今日でも著名な作品ばかりであった。たとえば清少納言の場合は『枕草子』――但し現存のそれかどうかは断定できない――であったと思われる。赤染の場合、まだ『栄花物語』は書かれていなかったであろうが、もし『和泉式部日記』が和泉の手になるものとすれば、このとき批評の対象とされる可能性は充分あった、とせねばなるまい。すなわち、『枕草子』も『栄花物語』も『紫式部日記』も、そしてあの『源氏物語』も、すべて主家――清少納言なら伊周《これちか》＝定子、紫式部・赤染衛門は道長＝彰子――の要請や指示ないし支持下に書かれているらしい。仮説に仮説を重ねることを厭《いと》わねば、和泉が『和泉式部日記』を書く可能性も、その範囲の中に、つまり道長＝彰子文化圏の中に求められるはずだ。従って、同じ文化社交圏の中で、彰子の家庭教師兼『源氏物語』の編集主任、そして皇子誕生慶祝記の制作といった職掌にあったらしい紫式部が、そうした作品を目にする機会は充分あったと考えてよい。この消息文は一般に寛弘七年（一〇一〇）頃書かれたとされており、それに従えば、少くとも「暁起きの手習文」（四四頁以下参照）程度なら充分入手可能だったろう。とすれば、紫式部のいう

「うちとけて文はしり書きたる」作品の質と『和泉式部日記』の文体とが一致するかどうかが問題となる。このことは、ひいては『和泉式部日記』の自作・他作の論の鍵ともなろう。論理的には、紫式部がここで対象とした「文」が直ちに『和泉式部日記』を意味していなくても、それは成り立つはずである。しかし、その場合、ほとんど絶対的な前提となるのは、紫式部がたてた基準に則って『和泉式部日記』の文体を見る、ということである。それは、決定的にその基準を肯《うべな》うことなのである。

ここで、既に述べた『和泉式部日記』の文体の特質を想起されたい。〃時間＝空間〃におけることばの非構成性を特質としてもったその〃文体〃は、明らかに『源氏物語』の、ある意味で計算しつくされた文体・構成とは正に対蹠的である。『源氏物語』は異質のジャンルであるとならば、『紫式部日記』でもよい。いわゆる論理性の脆弱《ぜいじゃく》な〃やまとことば＝かな散文〃にのせた、ぎりぎり一杯の論理構成がここにある。『源氏物語』帚木《ははきぎ》巻における女性論や螢巻の物語論の如き、虚構による自由さを持たないだけ、そして何程かの生《なま》の感情が移入されるだけに、その論理性は減算されるにしても、女房批評論をトータルに見たとき、『和泉式部日記』とは比較にならぬ論理構成力の確かさがある。『源氏物語』＝『紫式部日記』の文体からみれば、『和泉式部日記』のそれは、確実に〃非構成〃的とせざるをえない。従って、紫式部の評は、その点でまさに『和泉式部日記』という作品の質を言いあてていることになり、かくて、『源氏物語』＝紫式部の基準による限り、『和泉式部日記』の文体は、高い評価に値いしないものとなる。このことを容認しさえすれば、やすやすと『和泉式部日記』は和泉式部の手になるものだ、と言えることになる可能性が生ずる。

もっとも、この『源氏物語』＝紫式部の基準は、当時において、そして今日においてすら全く超常識的なものである。因みに、中国風正史のスタイルで書かれた六国史のあとを、やまとことば＝かな散文で継いだ『栄花物語』の〝時間＝空間〟もまた『和泉式部日記』のそれに相似るところがある。この歴史物語が、たとえば『御堂関白記』『権記』のごとき第一等史料の語る史実と齟齬《そご》するところは、枚挙に暇がなく、〝時間＝空間〟の現実的秩序を無視することおびただしい。それは、『栄花物語』が史書として不正確というよりは、そのような〝文体〟の史書である、とすべきであろう。かな散文による限り、それはまず宿命的なことだったようにも思われる。『源氏物語』が、フィクションにもかかわらず、史実に「準拠」し、歴史そのものをその本質において物語化しようとしていたこと――螢巻の物語論などを参照されたい――と比較すれば、その落差は余りにも明らかである。そしてこの二者の質の相違の問題は、多かれ少なかれ、おそらく十世紀前後のかな散文作品すべてにわたってあてはまるのである。すなわち、本来うたのための文字でしかない、そしてせいぜい当時の貴族の姫君のための玩《もてあそ》びものないし教訓書にすぎなかった物語作品に用いられていたかなによって散文的に構築された世界が、歴史や宗教の問題を構成的・論理的に取り扱いうるというような思想は、紫式部を除けば誰一人持ち合せていなかったのである。『古今集』序以来、うたは花鳥の使い――男女の仲立ちのことば――でしかなかったし、道綱母のいうように古物語の世界はただの「そらごと」＝虚妄ばかりであった。散文のことばの作り出す〝時間〟〝空間〟はトータルに整合的に構築されていなければならない、という思考は、紫式部を除けば、まだこの時代の女性たちのものではなかった。そして和泉式部もまた例外ではなかったはずである。

以上のように見てくると、『和泉式部日記』の〝文体〟が、紫式部の指摘と合致するからといって、簡単に自作とは断定できない、ということにもなる。十一世紀ごろの、和泉式部の贈答を入手しうる位置にあった女性であれば、『和泉式部日記』の〝文体〟を持つことは不可能ではないからである。ここまでくれば自作か他作かの問題は、文学論的にはさまで問題とする必要のないものであり、それをつきつめて行くことは、その方法如何では、必ずしも『和泉式部日記』という作品を顕彰する底のものではない、ということになろう。

ここで再び紫式部の和泉歌への評価に立ちもどってみよう。古典の知識なり歌における詩法の論理なり、散文の論理にかかわる限りで、紫式部の言うところはおそらく正しい。が、何故、彼女は和泉の所行を「歌よみ」＝詩人の行為として厳しく非難しなければならなかったのか。一つには道長が和泉を「うかれ女《め》」と評したような状況があったかもしれぬ。では他方で何故、歌の評価にかかわる論点を、〝口〟——その自然さにしぼらざるをえなかったのか。論難する反面、紫式部の裡に、和泉式部という詩人の資質、その存在への心秘かな恐れ——と言わぬまでも何ものかへの意識があったことは確かである。それは何か。「ものおぼえ」や「うたのことわり」ではない、むしろ歌人和泉そのものに帰属する何ものかであったに違いない。「口」とはけだし、詩人の内部の外化するところ、自然《ネイチヤア》を象徴するところであったのではなかろうか。

紫式部の家集を見ると、その多からぬ歌の大半に詞書が付されている。しかもその内容は、かなり重たくうたのことばにかかっていることがわかる。たとえば、

身を思はずなり、と嘆くことの、やうやうなのめに、ひたぶるのさまなるを思ひける

かずならぬ心に身をばまかせねど身にしたがふは心なりけり
心だにいかなる身にかかなふらん思ひしれども思ひしられず

「……を思ひける」といっておいて、その「思ひ」を語るうたが来る。この構成は、たしかに散文的なものである。しかし和泉式部の場合はそうではない。

あめいといたうふり、うらめしきことやありけむ、身をしる、などいひたりければ

うかる身のあめのしたにもふれればなほ人は身をさへしらせてしがな

うしろめたな心あるを、我が心そへてみてしがな、といひたるに

ひきかへて心のうちはなりぬとも心みならば心みてまし

「身」とか「心」とかいっても、それは詞書に登場する誰かの詞＝会話語に依っている。そういえば和泉の家集の詞書には「……といひたる」「……といひたるに」というのが相当数ある。和泉歌にとって、ある「ことば」は、彼女のうたのことばを引き出す信号でしかない。いや、他者という存在自体が、常に彼女にとって、そうした信号体であった、とさえ思われる。

まゐりたりしかど、人のおはすと聞きしかば、かへりにし、と言ひたる人に

いとへども限りありける身にしあればあるにもあらであるをありとや

はかなうてたえにしをとこのもとより、あはれなること

いひたる、かへりごとに

たのむべき方もなければおなじ世にあるはあるぞと思ひてぞふる

「人」と言おうと「男」と言おうと、事に変りはない。問題は「ある」――存在性――ということにある。そのためには、同じことばを何度繰り返してもいい。それによって生ずるリズムの方が、うたのいのちである、という無意識に近い意識があるいは働いていたかもしれない。

人にたのめて思ふに、あはれなればいふ

たのめてもはかなくのみぞ思ほゆるいつをいつとも知らぬ命を

をとこのもとより、たまさかにもあはれといふになむいのちはかけたる、といひたるに

とことはにあはれあはれはつくすとも心にかなふものか命は

或る女、をとこ田舎にいきてなくなりたるを聞きて、身にかへましものを、など嘆くを聞きて

あふことも何のかひなきつゆの身をかへばやかへんつゆの命を

もはや、他者の体験であろうと、それは己れの「命」へやってくるものなのだ。和泉式部のうたに固有名詞はいらない。更に言えば、詞書さえ不要だろう。それらは伝記作者のためのものにすぎない。

あふことはさらにもいはず命さへただこのたびや限りなるらん

消えはつる命ともがな世の中にあらばとはまし人のありやと

かくやはと思ふ思ふぞ消えなまし今日までたへぬ命なりせば

そして、

草の上の露とたとへぬときだにもこは頼まれじ幻の世か

はかなきにつけてぞ嘆く夢の世を見はてずなりし人によそへて

というような、「世」「夢」「幻」「はかなし」といった語の組合せが、それだけで詩法となるところへ達する。己れ自身がまだ死んでいないならば、あとは挽歌以外に何があろうか。そう言えば、「はかなきにつけてぞ嘆く……」は、詞書には「世のいとさわがしきころ」としかないが、寺田透氏によって為尊挽歌とされたものの一つであった。しかし、ここでも死者の固有名詞はもはや問題ではなくなっている。その死者の声なき声さえ聞きとれれば、彼女のことばが自然に共鳴してゆくはずである。

以上のように見てくると、紫式部が指弾した「けしからぬ」所行とは、実は、うたのことばを引き出すためのしかけでしかなかった、とも言える。和泉式部にとっては、歌題ならぬ話題を提供してくれる他者が、それが生者だろうと死者だろうと、あるいは男だろうと女だろうと、とにかくことばを与えてくれる〝他者〟が、必要だったのである。そしてその他者が、男であり、かつ複数であっても何の不思議もない。男たち――道貞であれ為尊であれ、はた敦道であれ――は、和泉にとって、所詮はうたのことばを喚《よ》ぶための存在でしかなかった、と言っても決して過言ではなかろう。孤独の何たるかを知った〝女〟が、ただひとり生きてゆく手段として、ことばの交換を選んだ、ということである。それはもはや〝生〟の手段に等しい。和泉のうたは、ほとんど日常的な形で、形式的な他者を通りぬけ、いわば「中空」へ放出されてゆく。その空虚な手応えに、彼女は常に「つれづれ」「はかなし」と言わざるをえなかったのだ。

つれづれと空ぞ見らるる思ふ人天下りこんものならなくに

人はゆき霧はまがきに立ちどまりさも中空《なかぞら》にながめつるかな

はかもなき世をたのむかなよひの間のうたたねにだに夢は見ずやと

だが、その形式的な他者すら非在となったら、どうするか。『続集』巻尾の「日次詠歌群」は、そうしたときの形式の一つだったようだ。

こがらしの風のたよりにつけつつもとふことの葉はありやと思はん

わくらばにとふことの葉も山風の吹くおとにのみ聞かんと思ひし

あるいは、自問自答の形式である。

世の中にあらまほしきこと

世の中にうき身はなくてをしと思ふ人の命をとどめましかば

くるしげなること

世の中にくるしきことは来ぬ人をさりともとのみ待つにぞありける

あはれなること

あはれなる事をいふにはいたづらにふりのみまさる我が身なりけり

これらは『枕草子』の類集《るいじゆう》部分に近似する。但し、『枕草子』は「……なるもの」として集めたもの、和泉歌の場合は「……なること」である。いまその差について述べるゆとりはないが、このような発想自体、相当に知的な感覚を必要とする。ここで想起されることは、和泉歌にしばしばあらわれる「……は……なりけり」という語法が、『古今集』以来の慣用語法の一つで、〝理法〟を示すものだという見解である。これまた、和泉式部の詩法の、実は知的な側面を示す、と言ってよいはずだ。

なお、この自問自答形式と同質のものとして、「観身論命歌」（九六頁三〇歌注参照）や「いはほのなかにすまばかは」の連作（九八頁三〇歌注参照）などの形式がある。これらは、歌頭の文字をつなげば一連の詩句（または歌句）となるもので、形式自体が知的なものだが、これを逆用した和泉式部とは、むしろただの一文字、一音が一首の歌の世界を造成しうるという、ことばの技術ないし詩法を会得した詩人だったのである。

観身岸額離根草　論命江頭不繫舟

みるほどは夢もたのまるはかなきはあるをあるとてすぐすなりけり
をしへやる人もあらなんたづねみむ吉野の山の岩のかげみち
かぞふればむかしの罪の身をしらでただ目の前の袖ぞぬれぬる

以下は割愛したが、歌頭をつなぐと「みをかずればきしのひたひにねをはなれたるくさ　いのちをろずればえのほとりにつながざるふね」となる。

我不愛身命といふ心を上にすゑて

われを人なくばしのばんものなれやあるにつけてぞうきもうきかし
れいあらば嘆かざらましさだめなき命思ふぞものはかなしき
みる夢もかかりどころはあるものをいふかひなしやはかもなき身は
いかばかりふかきうみとかなりぬらんちりのつみだに山とつもれば
のべに出でて花見るほどの心にもつゆわすられぬものは世の中

ちかく見る人も我が身もかたがたにただよふ雲とならんとすらん
をしまれぬかたこそありけれいたづらに消えなんことはなほぞ悲しき
はかもなき露をばさらにいひおきてあるにもあらぬ身をいかにせん
を（緒）を弱みたえてみだるる玉よりもぬきとめがたし人の命は
しばしふる世だにかばかりすみうきにあはれいかでかあらんとすらん
まぼろしにたとへば世はた頼まれぬなけれどあればあれどなければ
すぎゆくを月日とのみも思ふかな今日ともおのが身をば知らずて

内容は選ばれた詩句にもよるが、その選択自体が和泉のものであるから、つくられたうたが正に和泉のものであるのは当然としても、存在論的であり、流れて行く時間感覚を描いて余すところがない。別の言い方をすれば、和泉の歌は、どのような形式であろうと、どこからうたい出そうと、存在＝時間にたどりつく、ということである。構成そのものが問題になる必要も必然性もない。しかし、出発点としての形式は、必要ではあった。うたのためには知的なものの前提が必要だった、ということである。もちろん、十世紀以来の歌人たちが持っていた既成の形式、たとえば題詠（十題歌）、歌合、屛風《びょうぶ》歌、あるいは五十首歌・百首歌などの定数歌等々が、和泉においても十全に活用されていたことは言うまでもない。ただそれが既成歌人たちにとっては単なる形式であったのに対し、和泉にとっては、あの〝他者〟と同じく、わが詩心を触発する、必要欠くべからざるものであったのである。「花山院歌合」に際して、再三同一歌題で詠んだのも、そのあらわれだったと思われる。

　かようにみるならば、紫式部の論難にもかかわらず、和泉式部にも決して知的論理的なものが欠けていたわけではなかったのである。ただその論理性なり構成の原理なりが、紫式部とは異った方向へ働いていたことが、『紫式部日記』の和泉評をあのような結論へ導いたのであろう。いや、むしろ、もっと本源的なところで両者の間に、ことばによる秩序についての、より具体的にはことばのつくり出す〝時間＝空間〟についての秩序感覚に、全く異った志向性があった、というべきであろう。しかもこの紫式部自身が、『源氏物語』御法巻《みのり》――物語正篇の女主人公紫上の死を叙する巻――で、

……さるは、身にしむばかりおぼさるべき秋風ならねど、露けきをりがちにてすぐし給ふ。

と、その紫上の病床の姿を描いたとき、他ならぬ和泉の、

秋吹くはいかなる色の風なれば身にしむばかりあはれなるらん

を引いたことは明らかである。紫式部が、わが物語世界の中で至上至福の女人として描いてきた紫上の、存在の死が訪れようとしているところで、和泉歌をどうでも用いざるをえなかったそこに、女房批評の次元を超えて、和泉式部のことばに、ある本質を見ていた、とも言えよう。それは、日本語の歴史の中で、特にその散文の機能と詩的効果の関わりをめぐって、おそらく最も美しい、二つの個性の接点であった、と言えるのではなかろうか。

和泉式部歌のゆくえ

――宸翰本和泉式部集をめぐって

和泉式部の歌についての同時代人の批評は、いま一つ伝えられている。藤原公任が息定頼の問いに

答えて、当時から著名であった「暗きより暗き道にぞ入りぬべきはるかに照らせ山のはの月」よりも「津の国のこやとも人をいふべきにひまこそなけれ蘆の八重ぶき」を賛して「凡夫の及ぶべきところにあらず」と評したという逸話で、『俊頼髄脳』以下に多く記されている。中古・中世の歌論の様式は、和歌説話の形式をもって説くことが多く、これも一つの伝承にすぎないから、前引の『紫式部日記』の場合のような事実性は乏しい。それにしても、この公任の評語を通して、和泉歌が平安末以来一つの評価が与えられていたことは知られよう。

そうした傾向は、たとえば勅撰集入集歌の数によっても知られる。前記『拾遺集』の一首をはじめ、『後拾遺集』（藤原通俊撰。一〇八六年）に六十七首、これは集中第一位である。以下『金葉集』三奏本（源俊頼撰。一一二六年）には連歌付句一を含む八首（但し二度本では四首）、『詞花集』（藤原顕輔撰。一一五一年）では十六首で第二位。『千載集』（藤原俊成撰。一一八八年）では二十一首、『新古今集』（藤原定家ら撰。一二〇五年以降）では二十五首を収めている。この傾向は中世に入っても続き、『新勅撰集』（定家撰。一二三五年）に十四首、『続後撰集』（藤原為家撰。一二五一年）に十六首、下って『玉葉集』（京極為兼撰。一三一三年）に三十四首といった状況である。このほか、『続詞花集』のような準勅撰集や『玄々集』『夫木抄《ふぼくしょう》』『万代集』などの私撰集にも収められ、歌人としての和泉の名声は高かった。これは『無名草子』の著者のいうように、多作のゆえもあろうが、おそらくそれだけではあるまい。和泉の歌風自体が、中世的なものを志向していたからと考えられるが、いまそのことについて詳述するゆとりはない。ここでは、この中世を含む後代が、どのように和泉歌を享《う》けて行ったか、について述べることとする。

思ふことみなつきねとて麻の葉を切りに切りてもはらひつるかな
寝《ぬ》る人をおこすともなき埋火《うづみび》を見つつはかなく明かすよなよな
せこが来てふししかたはらさむき夜は我が手枕をわれぞして寝る
かれをきけ小夜ふけ行けばわれならでつまよぶ千鳥さこそなくなれ

いずれも『正集』冒頭の百首歌から拾ったが、卒然としてよめば、それがどの部立に属するかは、必ずしも明らかではない。「思ふこと……」が夏、「寝る人を……」「せこが来て……」は冬、「かれをきけ……」が恋である。いずれも恋に部類してさしつかえはないようなものであるが、「思ふこと……」は『後拾遺集』俳諧歌に、「せこが来て……」は『夫《ふ》木抄《ぼくしょう》』雑に収められている。また、「寝る人……」は、『正集』重出歌で、他方では歌題「うづみび」となっている。ならば「かれをきけ……」が冬になっても不都合とはいえまい。ともあれ和泉式部は、上記のように部立てして、百首歌に収めた。もっともこの百首歌は、既成の作を集めたいわゆる秀歌撰ではない、という説もあるが、とにかく和泉の自撰であることは確かであると思われる。その限りでここには、生きている和泉の意志を見ることができるはずである。少くともそのような形で、我が作品を残そうとした彼女の意志を。

しかし後世は、そのような彼女の意志を、完全に伝えてはいない。この百首歌ですら、現在では少くとも三首欠けている。夏一首、恋二首。これはたまたま定数歌であるから判然としているが、以後雑纂ふうに並列してある『正集』『続集』に、彼女の歌がすべて蒐集《しゅうしゅう》せられたとは限らない。部分的には、たとえば「観身論命歌」のようにある集合体をなしているところ、ないしは詞書によって和泉自身の意志がよみとれるところが見当らないわけではないが、総体としては雑然とした構成となっている。それだけに種々の推測・想像が成り立つ余地があるわけで、正続二集はもとは一体であったろう、などとも言われている。『正集』の奥書に藤原定家の名が見えることから、この二集の現状は、鎌倉期にさかのぼると考えられるが、このような形になるまでには、いろいろな過程を経たであろうし、和泉自身の意志がどの程度保たれているのか不明である。ただ相対的には、和泉自身の撰にかかる部分が相当残されていると一般に信じられている。『正集』『続集』という名も仮称であって、写本類では『正集』を単に「和泉式部集」としているし、『続集』で『正集』のことを「本集」と呼んでいる場合もある。

ところで、この正続二集には見当らないが、和泉式部の代表歌とされているものがある。

物思へば沢のほたるもわが身よりあくがれいづる魂《たま》かとぞみる

『後拾遺集』入集歌であるが、和泉の家集としては本書に採った『宸翰本和泉式部集』に初めてみえる。正続二集が重出歌を加えて千五百余首にのぼるのに対して、『宸翰本和泉式部集』はその一割にも満たない百五十首(和泉以外の歌五首を含む)を収めているにすぎないが、よく整頓され、後人の編集によるものか、と言われている。その成立は早くとも『新古今集』成立後で、鎌倉期とされている。その後、『松井本』その他の「和泉式部集」が多数編まれるが、『宸翰本和泉式部集』はその原点をなしたものである。「宸翰」とは、天皇の書いたもの、の意で、現在、後土御門天皇(一四六四〜一五〇〇在位)の写したと伝えられる本、および後醍醐天皇(一三一八〜一三三九在位)の写したという本の転写本が一つ残されている。本書は主として後者によった。なお、最近では、この一五〇首のうち前半八〇首ほどは、かなり早い時期に、もしかすると和泉自身がまとめておいたもので、後半は『新古今集』成立後に後人が補足したものだ、とする説が提出され、目下検討が進められている。詞書や配列が勅撰集と深い関係にあることは、付録の「宸翰本所収歌対照表」によっても明らかであろう。因みに、●歌「忘れなむ……」は後代の『松井本』を除けば、この『宸翰本和泉式部集』にしか見られず、末尾の連歌は『金葉集』にもない。なお『松井本』とは、このグループの写本の中で最も善い本文をもつとされる静嘉堂本の旧蔵者松井簡治の名をとった通称であるが、十五世紀末以降に、主として勅撰集に収められた和泉歌を編纂したものである。

ところで、「物思へば……」は、詞書といい歌の内容といい、これまた恋に部類されてもよいところなのだが、『後拾遺集』では神祇《じんぎ》の部に収められている。これは撰者藤原通俊の判断によるのだろうが、「貴船明神」の返歌と組み合わされて、一種の歌徳説話（歌の功徳によって歌人が利益《りやく》を得るという形式の説話）的なものとなっている（「宸翰本所収歌対照表」参照）。魂も身から離れてゆくほどの恋の苦悩を、「貴船明神」が「男」の声で慰藉《いしゃ》してくれた、というわけである。神祇の部に収められていることは、『後拾遺集』では「貴船明神」の歌が録されたのであって、和泉の歌は従だった、ということであろうか。更にいえば、この歌が入集する過程は、和泉側《サイド》からではなく、貴船側からのものであったかもしれない。それが『正集』『続集』にこの歌を収載しない原因であろうか。

それはともかく、この「物思へば……」をめぐる状況は、実はその後の和泉式部歌のあり方を暗示するものとなっている。すなわち説話化された和泉式部像である。中世に入ると、その文明の核をなすといっていい説話・芸能の世界に、和泉式部はさまざまな形で登場してくるとともに、ほとんど彼女自身とは無関係と思われる歌が、彼女の作ということで流布するようになる。たとえば謡曲「貴布《きふ》禰《ね》」は、夫藤原保昌に捨てられていた和泉が、貴船明神の霊験によって、復縁の機を得る、という話だが、その折の和泉の歌は、何故か「ちはやぶる神の見る目もいかならん身を思ふとて身をば捨てめや」である。もちろんどの「和泉式部集」にもない歌であるが、謡曲作者の創作でもなさそうだ。同趣の筋立てで多少卑猥な設定をも付け加えられた話が、中世の説話集の一つ『沙石集《しやせきしゆう》』にも収められており、そこでも和泉の歌として「ちはやぶる神の見る目もはづかしや身を思ふとて身をや捨つべき」とある。もっとも、和泉の歌がいつのまにか他人の作となっている例（『古本説話集』第三十七話）も、説話の世界にはままあることなので、咎め立てすべきことでもないのだが、それだけに、話は思いもかけぬ方向へ拡がってゆく。

同じく謡曲に「法華竹《ほつけだけ》」（一名「歌薬師」）というのがあった。これは、重病にかかった和泉が、「肥後肥前の境に」ある法華岳の薬師に祈願をこめ、「南無《なむ》薬師四十八願の願なれば身より仏の名こそ惜しけれ」と詠んだところ、本尊の薬師から「村雨は只一時《ただひととき》のものぞかしおのがみのかさここにぬぎおけ」と返歌の声があって、病が平癒した、という筋立てである。これは先の貴船霊験譚と同様の歌徳説話であり、より現世利益的なものを含んでいる。もっともこの話は近世初頭の咄本などでは、たとえば、場所は三河や日向、作者も小野小町や一休禅師だったり、時には歌句も異ったりするから、和泉式部に限られているわけではないが、それらでは病名は「瘡《かさ》」となっている。「簑笠」から「身の瘡」になるわけである。ここまでくると和泉式部は「瘡」を患らっている、という形に付会され、柳田国男「和泉式部の足袋《たび》」「女性と民間伝承」などに紹介された日向法華嶽寺とその周辺の和泉伝承となる。更にこの伝承を軸に、秋元松代氏の「かさぶた式部考」が書かれる。そこでは、こうした土俗的な庶民の救済願望と、あえかな女人幻想をないまぜにして、現代の底辺の民衆の悲惨と怨念の世界が重たくくり拡げられている。その美しい女主人公智修尼は何と「六十八代目和泉式部」なのである。和泉式部は、庶民の幻像の一つとして、ここまで生きて、生き延びて来ていた……。

これら説話的世界の和泉式部は、まさに荒唐無稽というほかはない。その歌は、全く和泉式部とは無縁である、と学問的にはいわねばならない。しかしながら、中世から近世を経て現代に至るまで、庶民の中に息づいてきた和泉式部とその歌の世界は、ただそう言ってすまされるべきものではない。以上に述べてきた伝承は、歌徳説話を基底としているが、これは、和泉の歌のことばの持つ現実的な効験を前提としている。木の葉よりも軽いことばしか持たぬ現代にとって、それは何という重たさか。近代歌徳説話の担い手たちは、和泉がそのことばに託した苦悩の影を、確実によみとっていたのだ。近代ロマン派が、和泉式部という女人を、自由奔放の個性の持主に仕立てて、きらびやかな愛の幻想をふりまいていたとき、地底にうごめく庶民たちは、読んだこともない古典世界の女人の苦しみを自らのものとして生き、かつそのことばの効力を信じつづけて来た。それはおそらく、『和泉式部日記』の自作他作を問題にすることよりもはるかに重たい課題を、現代の読者に、われわれにつきつけているはずである。

付録

正集所引日記歌

一、和泉式部の家集のひとつ『和泉式部正集』には、『和泉式部日記』中に見られる歌が、ある程度のまとまりをもって収められているので、参考資料として掲げた。なお『続集』所収歌も末尾に付した。

一、本文は、『私家集大成』（和歌史研究会編明治書院刊）所収の榊原家本によったが、一部校訂し、仮名づかいを改め、濁音・読点などを施した。歌頭のアラビア数字は『大成』の通し番号である。

一、歌の末尾に、本書における当該歌の頁数を（　）でくくって示した。

月のあかき夜、人に

220 月をみてあれたるやどに詠《なが》むればみぬこぬまでもなれにつげよと（三三頁）

いしやまにこもりたるを、久しうおともし給はで、そちの宮

221 関こえてけふぞとふやと人はしる思ひたえせぬ心づかひと（三九頁）

返し

222 あふみぢは忘れぬめりとみし物を関うちこえてとふ人やたれ（四〇頁）

またいつかいづるとあれば

223 やまながらうくはうくともみやこへはなにかうちでのはまもみるべき（四〇頁）

みやの御かへし

224 うすきよりひたやごもりとおもへ共あふみうみにもうちいでてみよ（四〇頁）

（225歌は日記と無関係のため割愛）

そちのみや、たちばなの枝を給はりたりし

226 かをるかをよそふるよりは郭公きかばやおなじこゑやしたると（一一頁）

返し

227 おなじえになきつつをりし郭公こゑはかはらぬ物としらなむ（一三頁）

おほあめのあした、よひはいかがと、みやよりある御返事

228 よもすがら何事をかはおもひつる窓うつ雨のおとをききつつ（二四頁）

かへし

229 われもさぞおもひやりつるよもすがらさせるつまなきやどはいかにと（二四頁）

いし山にありけるほど、みやより、いつかいづる、などのたまひけるにや

230 こころみよ君が心も心みんいざみやこへときてさそひみよ（四一頁）

みやより、もみぢみになむまかる、とのたまへりけれど、その日はとどまらせ給ひて、そのよ風のいたくふきければ、つとめてきこゆ

231 紅葉ばはよはのしぐれにあらじかし昨日山べをみたらましかば（六二頁）

霜のしろき朝寒

392 手枕の袖にもしもはおきけるをけさうちみれば白妙にして（五四頁）

人のかへりごとに

393 まどろまでひとり詠めし月みればおきながらしもあかしがほ也（五五頁）

おそくまゐり、いみじく侘ぶれば

394 霜の上に朝日さすめり今ははやうちとけにたるけしきみせなん（五五頁）

395 君はこずたまたまみゆるわらはをばいけともいまはいはじとぞ思ふ（五六頁）

たまくらの袖はわすれ給ひにけるかとのたまはせたるに

396 人しれず心にかけてしのぶをばまくるとやみるたまくらの袖（五六頁）

月はみるやとのたまはせたるに

397 更けぬらんと思ふものからねられぬとなかなかなれば月はしもみず（五八頁）

まゆみの木のおいたるをみせ給ひて

398 ことはふかくもなりにけるかな（五九頁）

とのたまはすれば

しら露のはかなくおくとみしほどに（五九頁）

霜のしろきつとめて

399 わがうへはちどりはつげじおほとりのはねにしもなほさるはおかねど（六〇頁）

人のかへりごとに

400 しもがれもなにぬれたる袂ぞとさだめかねてぞ我も詠むる（六二頁、第一句「時雨かも」）

401 うつろはぬときはの山も紅葉せばいかがゆきてのことごとにみん（六三頁）

402 高せ舟はやこぎ出でよさはるとてさしかへりにしあしまわけたり（六三頁）

人のかへりごとに

403 そのよりわがとこの上はしぐれねどすずろにあらぬたびねをぞする（六五頁）

人に

404 いまのまに君やきませやこひしとてなもある物をわれゆかめやは（六七頁）

人のかへりごとに

405 うらむらん心はたゆなかぎりなくたのむよをうくわれもたたかふ（六八頁）

雨風はげしきひしもおとづれ給はねば、きこえさする

406 しもがれは侘びしかりけり秋風のふくには荻のおとづれもしき（六八頁）

人に

407 つれづれとけふかぞふればとし月にきのふぞ物はおもはざりける（七〇頁）

ゆふぐれにきこえさする

408 なぐさむるきみもありとはおもへども猶夕ぐれは物ぞ悲しき（七〇頁）

霜しろきつとめて、いかがとある人に

409 おきながらあかせるしものあしたよりまされる物はよになかりけり（七一頁）

おなじこころに、とあるかへりごとに

410 きみはきみわれはわれとも隔てねばこころごころにあらん物かは（七一頁）

ここちあしきころ、いかがとのたまはせければ

411 たえしころたえぬとおもひし玉のをのきみによりまたをしまるる哉（七二頁）

雪のつとめて

412 はつ雪といづれの雪とみるままにめづらしげなき身のみふりつつ（七二頁）

ふみつくるとて人々あれば、とのたまはせたれば

413 いとまなみきみきまさずはわれゆかむふみつくるらんみちをしらばや（七三頁）

霜いとしろきつとめて、いかがみるとのたまはせたれば

414 たゆるよのかずかくことはわれなればいくあさしもをおきゐみるらん（七四頁、第一句「さゆる夜の」）

415 雪も降り雨もふりぬるこの冬は朝しもとのみおきゐてはみる（七四頁、第一句「雨も降り」）

つくづくとなくけしきを御らんじて

416 なほざりのあらましごとによもすがらおつる涙は雨とこそふれ（七五頁）

とのたまはすれば、こころぼそきことのたまはせつるを、こころみだれて

417 うつつにて思へばいはむかたもなし今宵のことを夢になさばや（七五頁）

御かへし

418 われさらばすすみてゆかんきみはただのりの心をひろむ計ぞ（七七頁）

419 梅ははや咲きにけりとてをればきゆ花とぞ雪の降ればみえける（七八頁）

御返し

420 冬の夜はめさへ氷にとぢられてあかしがたきを明かしつる哉（七八頁）

なほよにもありはつまじきことの給はすれば
421 くれ竹のよよのふるごとおもほゆるむかしがたりはきみのみぞせん（七九頁）

人のかへりごとに
868 よのつねのことともさらにおもほえずはじめて物を思ふあしたは（一七頁）

ゆふぐれにきこえさする
869 またましもかばかりこそはあらましかおもひもかけぬけふの夕ぐれ

とりのこゑにはかられて、いそぎいでて、にくかりつればころしつとて、はねにふみをつけてたまへれば
870 いかがとはわれこそおもへ朝な朝ななほきかせつつ鳥のころせば（二九頁、第一句「いかにとは」）

月あかき夜、あるやうあり
871 ひと夜みし月ぞとおもへど詠むれば心はゆかずめは空にして（三〇頁）

人のかへりごとに
872 君をこそすゑのまつとはおもひしかひとしなみにはたれかこゆべき（三一頁）

人に
873 あふことはとまれかくまれなげかじをうらみたえせぬ中となりせば（三一頁）

月あかき夜、人に
874 心みに雨もふらなんかどすぎて空行く月のかげやとまると（三三頁）

れいのかへりごとに
875 袖のうらにただわがやくとしほたれてふねながしたるあまとこそなれ（三六頁）

七月七日
876 詠むらん空をだにみず七夕にあまるばかりの我が身とおもへば（三六頁）

人に
877 ねざめねばきかぬなるらんをぎ風にふくらんものを秋の夜ごとに（三七頁）
878 くれぐれと秋はひごろのふるままにおもひしぐれぬあやしかりしも（三八頁）

いし山にこもりたるに、たづねてのたまはせたる、御かへり
879 あふみぢはわすれぬめりとみし物を関うち越えてとふ人やたれ（四〇頁）

いつかかへるとあれば
880 山ながらうくはうくとも宮こへはなにかうちでの浜もみるべき（四〇頁）
881 関山のせきとめられぬなみだこそあふみの海とながれいづらめ（四一頁）

882 心みにおのが心も心みむいざみやこへときてさそひみよ（四一頁）

いでてきこえさす

883 山を出でてくらきみちにをたづねこし今一度の逢ふ事により（四二頁）

風ふき物あはれなる夕ぐれに

884 秋風はけしき吹くだに悲しきにかきくもる日はいふかたぞなき（四二頁）

うとうとしううちくもる物から、雨のけしきばかりふるは、せんかたなくて

885 秋のうちにくちはてぬべしことわりの時雨に袖を誰にからまし（四四頁）

886 きえぬべき露の我が身はもののみぞあゆふくさはに悲しかりける（四五頁注九）

露まどろまでなげきあかすに、雁の声をききて

887 まどろまであはれいくかに成りぬらん只かりがねを聞くわざにして（四五頁）

九月ばかり、あり明に

888 われならぬ人もさぞみん長月の有明の月にしかじあはれは（四六頁）

889 よそにてもおなじ心に有明の月をみるやとたれにとはまし（四六頁）

人こひしきに

890 をしまれぬ涙にかけてとまらなん心もゆかぬ秋はゆくとも（四八頁）

891 君をおきていづちゆくらん我だにもうき世の中にしひてこそふれ（四八頁）

人のかへりごとに

892 あさのまに今はひぬらん夢ばかりぬるとみえつる手枕の袖（五〇頁、第一句「けさの間に」）

おなじ人の返りごとに

893 道しばの露とおきゐる人により我がたまくらの袖もかわかず（五四頁）

（以下は『続集』所収歌）

秋のころめのさめたるに、雁のなくをききて

397 まどろまで哀れいくよに成ぬらんただかりがねをきくわざにして（四五頁）

正月朔、雪のうちふるをみて

475 むめははや咲きにけりとてをればちる花こそ雪のふるとみえけれ（七八頁）

その夜も、かたはしにて、うらやましうもとみるままに

599 よそにてもおなじ心に有明の月みばそらぞかきくもらまし（四六頁）

宸翰本所収歌対照表

一、この表は、本書に収めた『宸翰本和泉式部集』の歌と、勅撰集・『正集』『続集』および『松井本』所収歌との異同を知るために作成したものである。それぞれの集の性格については解説でふれたので参照していただきたい。

一、配列は『宸翰本和泉式部集』の順による。最上段「番号」欄のアラビア数字がその歌番号で、本文歌頭に付した番号と一致する。

一、勅撰集の欄は、『宸翰本和泉式部集』の成立事情を考慮して、『拾遺集』から『新古今集』までは詞書・歌のすべてを記し、『新勅撰集』以下は、入集していることを示すにとどめた。また、準勅撰と考えられている『続詞花集』については、参考として所収巻名を付して掲げた。略号と準拠したテキストは次の通りである。なお、略号の下の数字は、松下大三郎他編『国歌大観』の番号である。

拾＝拾遺集　京都大学図書館蔵中院通茂筆本（片桐洋一氏大学堂書店刊『拾遺和歌集の研究 校本篇 伝本研究篇』による）

後＝後拾遺集　宮内庁書陵部蔵三十九冊本（糸井通浩・渡辺輝道氏清文堂刊『後拾遺和歌集総索引』による）

金＝金葉集　伝後京極良経筆本および正保四年刊本（増田繁夫氏他清文堂刊『金葉和歌集総索引』による。三奏本所収歌についてもその旨記して掲げた）

詞＝詞花集　高松宮家蔵伝為忠筆本（滝沢貞夫氏明治書院刊『詞花集総索引』による）

千＝千載集　静嘉堂文庫蔵伝冷泉為秀筆本（久保田淳・松野陽一氏笠間書院刊『千載和歌集』による）

新＝新古今集　文化庁蔵伝為相筆本（久保田淳氏の御厚意による）

一、『正集』『続集』および『松井本』については、和歌史研究会編明治書院刊『私家集大成』所収の本文により、それぞれの集の通し番号を付した。

一、原則として準拠したテキストの本文を尊重したが、読みやすさを考慮して、すべて歴史的仮名づかいに改め、適宜、濁点・読点などを付し、明らかな誤写・脱字の類については諸本を参照して校訂した。また、直接その歌につけられたものではない詞書・歌題には（　）を付した。

一、本表の作成に関して、右に掲げた諸氏のほか、久保木哲夫・平田喜信・後藤祥子の諸氏の御教示を得た。記して深謝する。

番号	勅撰集（拾遺集～新古今集）	正集または続集	松井本
1	後 三　（題不知）　春霞立つやおそきと山川の岩間をくくる音きこゆなり	正一　春　春がすみたつやおそきと山河の岩間をくくるおと聞ゆなり	一　春霞たつやおそきと山川のいはまをくくる音きこゆなり
2	後 三五　（題不知）　春日野は雪のみつむとみしかどもおひいづるものはわかななりけり	正 二　（春）　かすが野は雪降りつむと見しかどもおひたる物はわかななりけり	三　わかなをよみ侍りける　春の野は雪のみつむと見しかどもおひ出づるものはわかななりけり
3	後 四八　題不知　秋までの命もしらず春ののに萩のふるえをやくとやくかな	正 九　（春）　秋までの命もしらず春の野の花のふるねをやくとやく哉	
4	後 五七　（題しらず）　春はただわがやどにのみ花さかばかれにし人も見にときなまし	正 四　（春）　春はただ我が宿にのみ梅さかばかれにし人もみにときなまし	六　（家の梅さかりなりけるころ、外にまかるとて）　春はただわが宿のみに梅さかばかれにし人もみにときなまし
5	後 一四八　（庭にさくらのおほくちりて侍りければよめる）　かぜだにも吹きはらはずは庭ざくらちるとも春のほどはみてまし		一四　庭に桜のおほく散りければ　風だにも吹きはらはずは庭桜ちるとも春の程はみてまし
6	（続後拾）	正 四五〇　「花の時心不レ静、雨の中に	八　花のとき心静かならず、と

		松緑をます」といふこころを、人のよむに のどかなるをりこそなけれ花を思ふ心のうちに風はふかねど	いふことを のどかなるをりこそなけれ花を思ふ心のうちは風はふかねど
7	(新後)	正 三 (夏) 夏の夜はともしのしかのめをだにもあはせぬ程に明けぞしにける	二七 照射を 夏の夜はともしのしかのめをだにもあはせぬ程に明けぞしにける
8		正 三五 (夏) ながめにはそでさへぬれぬさみだれにおりたつたごのもすそならねど	二六 五月雨をよめる ながめには袖さへぬれぬ五月雨におりたつ田子のもすそならねど
9	後 一六五 四月ついたちの日よめる さくらいろにそめし衣をぬぎかへて山ほととぎす今日よりぞ待つ	正 二 夏 桜色にそめし衣をぬぎかけて山郭公けふよりぞまつ	二〇 四月ついたちの日よめる 桜色にそめし袂をぬぎかへて山ほとゝぎす今朝よりぞまつ
10		正 四三 (秋) うしとおもふ我が身に秋にあらねども万につけて物ぞかなしき	三三 (秋のうたの中に) うしと思ふわがみは秋にあらねども万につけて物ぞかなしき
11	千 二四六 (題しらず) 人もがなみせもきかせもはぎの花さくゆふかげの日ぐらしのこゑ	正 五〇 (秋) 人もがなみせんきかせん萩の花さくゆふかげの日ぐらしのこゑ	四一 (むしの歌よみしに) 人もがなみせもきかせもはぎが花さくゆふかげの日ぐらしの声

12	新 四〇八 (題しらず) たのめたる人はなけれど秋のよは月見でぬべき心ちこそせね (続詞 巻四秋上)	正 五六 (秋) たのめたる人もなけれど秋のよはつきみでぬべき心ちこそせね	三五 (秋のうたの中に) たのめたる人はなけれど秋の夜は月みでぬべき心ちこそせね
13	新 三七〇 (題しらず) 秋くればときはの山の松風もうつるばかりに身にぞしみける	正 五一 (秋) 秋ふけばときはの山の松風も色付くばかりみにぞしみける	三〇 秋くればときはの山の山風もうつるばかりに身にぞしみける
14	詞 一〇七 (題不知) あきふくはいかなるいろのかぜなればば身にしむばかりあはれなるらん	正 一三 かぜ 秋ふくはいかなる色の風なれば身にしむ計《ばかり》あはれなるらん 正 八〇〇 風 秋吹くはいかなる風のいろなれば身にしむばかりあはれなるらん	三四 (秋のうたの中に) 秋ふくはいかなる色の風なれば身にしむばかり哀れなるらん
15		正 一四九 九日 君がへんちよのはじめのなが月のけふここぬかの菊をこそつめ	四三 九月九日 きみがへむ千世のはじめの長月のけふ九日のきくをこそつめ
16	後 三一七 あさがほをよめる 有りとてもたのむべきかは世間《よのなか》をしらするものはあさがほの花	正 五五 (秋) ありとても頼むべきかは世間をしらする物は朝がほの花	三七 朝がほを ありとしもたのむべきかは世の中をしらする物は朝がほのはな
17	詞 一一八 (題不知)	正 一三六 むし	三九 むしの歌よみしに

	18	19	20	21
なくむしのひとつこゑにもきこえぬ はこころごころにものやかなしき	後 二九三　題不知 はれずのみものぞかなしき秋ぎりは 心のうちに立つにや有るらん		千 三九五　だいしらず とやまふくあらしの風のおときけば まだきにふゆのおくぞしらるる	後 四一四　題不知 こりつめてまきのすみやくけをぬる
なく虫のひとつこゑにも聞えぬは心 心に物やかなしき 正 八六一　むし なく虫のひとつこゑにもきこえぬは 心々に物やかなしき	正 二七七　(秋) はれずのみ物ぞ悲しき秋ぎりは心の うちにたつにやあるらん	正 六三　(冬) あきはてて今はとかかるるあさぢふは 人の心ににたる物哉	正 三〇一　(観ㇾ身岸額離ㇾ根草　論ㇾ命 江頭不ㇾ繋舟) とやまふくあらしの風のおときけば まだきに冬の奥ぞしらるる 正 三八四　(観ㇾ身岸額離ㇾ根草　論ㇾ命 江頭不ㇾ繋舟) 外山ふく嵐の風のおと聞けばまだき に冬のおくぞしらるる	正 七三　(冬) 見わたせばまきのすみやくけをぬる
鳴く虫のひとつ声にもきこえぬは心 心にものやかなしき	三八　霧を はれずのみものぞかなしき秋霧は心 のうちに立つにや有るらむ	四六　秋のくれに 秋はてて今はとかなしあさぢはら人 の心ににたる物かな	四八 と山ふくあらしの風の音きけばまだ きに冬のおくぞしらるる	五三 みわたせばまきのすみやくけをぬる み大原山の雪のむらぎえ

(21続き)	み大原山の雪の村ぎえ	みおほ原山の雪のむらぎえ	
22	後 三九〇　題不知 さびしさに煙をだにもたたじとて柴 折りくぶる冬の山里	正 十三　（冬） わびぬればけぶりをだにもたたじと てしばをりたける冬の山里	
23	新 七〇二　としのくれに、身のおいぬ ることをなげきてよみ侍り ける かぞふればとしののこりもなかりけ りおいぬるばかりかなしきはなし	正 七九　（冬） かぞふればとしののこりもなかりけ りおいぬる斗《ばかり》かなしきはなし	五五 かぞふればとしののこりもなかりけ り老いぬるばかりかなしきはなし
24	（玉）	正 一六三　つれづれのながめ つれづれとながめくらせば冬の日も はるのいくかにことならぬ哉 続 五五九　冬比、荒れたる家にひとり ながめて、またるる事のな かりしままに、いひあつめ たる つれづれと詠《なが》めくらせば冬のひのは るのいくかにことならぬ哉	五四 つれづれとながめくらせば冬の日も 春の幾日におとらざりけり
25	金 三奏本　庭雪をよめる まつ人のいまもきたらばいかがせん ふままくをしきにはの雪かな	正 一七〇　庭の雪 まつ人のいまもきたらばいかがせん ふままくをしき庭の雪哉	五三 待つ人のいまもきたらばいかがせん ふままくをしき庭の雪哉

	詞 一五六　題不知 まつ人のいまもきたらばいかがせむ ふままくをしきにはの雪かな	続 五六六　庭雪 まつ人のいまもきたらばいかがせん ふままくをしき庭の白雪	
26	（新勅）	正 八五　（恋） さまらばれくもゐながらも山のはに 出でいるよるの月とだに見ば	五七 さもあらばあれ雲井ながらも山のはに出でぬる夜半の月とだにみば
27	後 七五五　（だいしらず） くろかみのみだれもしらずうちふせ ばまづかきやりし人ぞ恋しき	正 八六　（恋） くろかみのみだれもしらずうちふせ ばまづかきやりし人ぞ恋しき	五八 黒髪のみだれもしらずうちふせばまづかきやりし人ぞ恋しき
28	後 八〇二　（題しらず） なみだ河おなじ身よりはながるれど こひをばけたぬ物にぞ有りける	正 九三　（恋） なみだがはおなじみよりはながるれ どこひをばけたぬ物にぞ有りける	五九 涙川同じみよりはながるれど恋をばけたぬ物にぞ有りける
29	新 一八二三　題しらず たらちねのいさめし物をつれづれと ながむるをだにとふ人もなし	正 二八六　（観レ身岸額離レ根草　論レ命 江頭不レ繫舟） たらちめのいさめしものをつれづれ と詠《なが》むるをだにとふ人もなし 正 三七一　（観レ身岸額離レ根草　論レ命 江頭不レ繫舟） たらちめのいさめし物をつれづれと 詠むるをだにとふ人もなき	

30		正 四三三 こころにもあらずあやしき事いできて、れいすむ所もさりてなげくを、おやもいみじうなげくと聞きていひやる、かみのもじはよのふるごとなり いにしへや物思ふ人をもどきけんむくい斗《ばかり》の心ちこそすれ	一九五 親のこころよからず思ひけるころ、「いはほの中にも」といふ歌を、句のかみごとにすゑて、歌よみて母のがりつかはし侍りしに いにしへやもの思ふことをもどきけむむくいばかりの心ちこそすれ
31		正 四四四 （こころにもあらずあやしき事いできて、れいすむ所もさりてなげくを、おやもいみじうなげくと聞きていひやる、かみのもじはよのふるごとなり） 春雨の降るにつけてぞ世間《よのなか》のうきもあはれと思ひしらるる	一九六 （親のこころよからず思ひけるころ、「いはほの中にも」といふ歌を、句のかみごとにすゑて、歌よみて母のがりつかはし侍りしに） 春雨のふるにつけてぞ世の中のうきは哀れとおもひしらるる
32		正 二九三 （観レ身岸額離レ根草　論レ命江頭不レ繋舟） をしとおもふをりやありけむありふればいとかくばかりうかりける身を 正 三七六 （観レ身岸額離レ根草　論レ命江頭不レ繋舟） をしと思ふをりや有りけんよにふれ	一九七 （親のこころよからず思ひけるころ、「いはほの中にも」といふ歌を、句のかみごとにすゑて、歌よみて母のがりつかはし侍りしに） をしと思ふをりや有りけんありふればいとかくばかりうかりける身を

33	34	35	36
		（続後撰）	（続拾）
ばいとかく斗うかりける身を 続 四九二 （我不レ愛二身命一と云ふ心を、かみにすゑて） いかばかりふかきうみとか成りぬらんちりのつみだに山と積れば	正 三三六 世間《よのなか》にあらまほしき事 夕ぐれはさながら月になしはててやみてふことのなからましかば	正 三三七 （世間にあらまほしき事） おしなべて花はさくらになしはててちるてふことのなからましかば	正 三四〇 （世間にあらまほしき事）
一九六 （親のこころよからず思ひけるころ、「いはほの中にも」といふ歌を、句のかみごとにすゑて、歌よみて母のがりつかはし侍りしに） いかばかりふかきうみとかなりぬらむちりの水だに山とつもれば	一八八 つれづれなりしをり、よしなしごとにおぼえしことどもかきつけしに、世の中にあらまほしき事 夕ぐれはさながら月になしはててやみてふことのなからましかば	一八九 （つれづれなりしをり、よしなしごとにおぼえしことどもかきつけしに、世の中にあらまほしき事） おしなべて春はさくらになしはてて散るてふことのなからましかば	一九〇 （つれづれなりしをり、よし

		みな人をおなじ心になしはてておもふおもはぬなからましかば	なしごとにおぼえしことどもかきつけしに、世の中にあらまほしき事）みな人を同じ心になしはてて思ふおもはぬなからましかば
37		正　三四一　人にさだめさせまほしき事　いづれをかよになかれとはおもふべき忘るる人とわすらるる身と	一九一　人にさだめさせまほしき事　いづれをか世になかれとは思ふべきわするる人とわすらるる身と
38		正　三四三　（人にさだめさせまほしき事）　なき人をなくてこひんとありながらあひみざらむといづれまされり	一九二　（人にさだめさせまほしき事）　なき人となして恋ひんと有りながらあひみざらむといづれまされり
39		正　三四五　あやしき事　世間にあやしき物はしかすがにおもはぬ人のたえぬなりけり	一九三　あやしきこと　世の中にあやしきことはしかすがに思はぬ人を思ふなりけり
40		正　三四六　（あやしき事）　よのなかにあやしき物はいとふ身のあらじと思ふにをしき也けり	一九四　（あやしきこと）　世の中にあやしきことはいとふ身のあらじと思ふをしきなりけり
41	詞　二三三　たのめたるをとこをいまやいまやとまちけるに、まへ	続　三三〇　雹　竹のはにあられ降るなりさらさらに	六〇　たのめたるをとこを、いまやいまやと待ちけるに、前

	なる竹の葉にあられのふりかかりけるをききてよめる たけの葉にあられふるなりさらさらにひとりはぬべき心ちこそせね	独りはぬべき心地こそせね	なる竹のはに、あられのふりかかるをききて 竹の葉にあられふる夜はさらさらに独りはぬべき心ちこそせね
42	（玉） （新後拾）	正 二一 こころかはりたるをとこの、「まくらしばし、おもひかはるな」となんいふに いさやまたかはりもしらずいまこそは人の心をみてもならはめ 正 六九 人かたらひたる男のもとより、「わするな」とのみいひおこすれば いさやまたかはるもしらずいまこそは人の心を見てもならはめ	六一 久かたらひたるをとこのかたより、「わするな」とのみいひおこすれば いさやまたかはるもしらず今こそは人の心をみてもならはめ
43	後 九一 来んといひてただにあかしてけるをとこのもとにつかはしける やすらひにまきの戸こそはささざらめいかにあけつる冬のよならむ	正 六五 たのめてみえぬ人に、つとめて やすらひにまきの戸をこそささざらめいかであけつる冬の夜ならん	七五 たのめてこぬ人を、つとめて やすらひに真木の戸をこそささざらめいかにあけつる冬の夜ならん
44	後 七三 雨のいたくふる日、なみだの雨の袖に、などいひたる人に	正 六三 雨のいたうふるひ、「涙の雨の」などいひたるに みし人にわすられてふる袖にこそ身	七六 雨のいたう降るに、「涙の雨も袖に」などいひたる人に

	みし人に忘られてふる袖にこそ身をしる雨はいつもをやまね	をしる雨のいつもをやまぬ 続 四　雨のふる日、「なみだのあめのそでに」などいひたる人に みし人にわすられてふる袖にこそ身をしる雨はいつもをやまね	みし人にわすられてふる袖にこそ身をしる雨はいつもをやまね
45	後 一〇〇八　世中《ノ》つねなく侍りけるころよめる ものをのみ思ひしほどにはかなくて浅ぢが末は世はなりにけり	正 六三九　(世のいとさわがしきころ) 物をのみおもひし程にはかなくてあさぢがすゑのよと成りにけり	二五一　世のさわがしきころ ものをのみ思ひしほどにはかなくてあさぢが末に世はなりにけり
46	後 一〇〇九　(世中《ノ》つねなく侍りけるころよめる) しのぶべき人もなき身はある折にあはれあはれといひやおかまし	正 一五三　世間《よのなか》はかなき事を聞きて しのぶべき人もなき身はある時にあはれあはれといひやおかまし	二五〇　述懐の歌よみしに 忍ぶべき人もなき身はあるをりに哀れ哀れといひやおかまし
47	後 七四五　ひさしうとはぬ人の、おとづれて又おとせずなり侍りにければよめる 中々にうかりしままにやみにせば忘るる程になりもしなまし	正 六四八　久しうとはぬ人、からうじておとして、またもとはねば 中々にうかりしままにやみにせばわするる程になりもしなまし	七七　久しくとはぬ人の、からうじておとづれて、また音もせぬに 中々にうかりしままにやみにせばわするる程になりもしなまし
48	後 六七九　ときどき物いふ男のくれ行くばかりなどいひ侍りけれ	正 六六一　時々くる人のもとより、「くれゆくばかり」といひ	七六　時々来る人の、くれゆくほどにとはれたるに

49

ばよめる　相模
ながめつつことありがほにくらしてもかならず夢に見えばこそあらめ

たれば
詠《なが》めつつことありがほにくらしてもかならず夢のみえばこそあらめ

ながめつつことありがほにくらしてもかならず夢にみえばこそあらめ

正 一八四　世の中さわがしきころ、かたらふ人の久しうおとせぬに
世間はいかに成りゆく物とてか心のどかにおとづれもせぬ

続 三三　よの中いとさわがしきころ、とはぬ人に
世の中はいかに成りゆくものとてか心のどかにおとづれもせぬ

続 四三六　よの中いとさわがしきころ、おとせぬ人に
世の中はいかに成りゆくものとてか心のどかにおとづれもせぬ

八〇　世の中いたくさわがしきころ、とはぬ人に
世の中はいかになりゆく物とてや心のどかにおとづれもせぬ

50

(新千)

正 六五四　ものへいく人に
ある程はうきをみつつもなぐさめつかけはなれなばいかにしのばん

七九　ものへゆく人に
あるほどはうきをみつつもなぐさみつかけはなれなばいかに忍ばん

51

後 五三九　やまでらにこもりて侍りけるに、人をとかくするが見えければよめる

正 一六一　また人のさうそうするをみて
たちのぼるけぶりにつけて思ふ哉い

二三〇　山寺に籠りゐたるに、人をさうそうしたるをみて
立ちのぼる烟につけて思ふ哉いつま

	立ちのぼる煙につけて思ふかないつ 又われを人のかくみむ	つまたわれを人のかくみん 続　二三五　山寺に籠りたるを、とかく するひのみえければ たちのぼる煙につけておもふかない つまた我を人のかくせん	たわれを人のかくみん
52		続　六〇三　（とかかれぬ）さるは「そで よりほかの」とおぼえし物 を、とほき所にまうでにし 人も、「けふはかへりたま ひぬらん」といふをきくに も、かくのみおぼゆるにぞ これにつけかれによそへてまつ程は 誰をたれともわかれざりけり	八一　思ふ人ふたりながら遠き所 にあるを待つとて これにつけかれによそへて待つ程に たれを誰ともわかれざりけり
53	後　八一七　（だいしらず） さまざまに思ふ心はある物をおしひ たすらにぬるる袖かな		八六　なげくことしげきころ さまざまに思ふ心は有るものをおし ひたすらにぬるるそで哉
54			一〇三　ものへいにし人の久しく音 もせぬを、物などはする に、「このほど」といひけ るも過ぎければ 忘れなむものぞと思ひしそのかみの 心のうらぞまさしかりける

58	57	56	55
（続古）	後 六九一 だいしらず 津の国のこやとも人をいふべきにひまこそなけれ芦のやへぶき		詞 三三五 しのびたるをとこの、なりけるきぬを、かしがましとておしのけければよめる おとせぬはくるしきものを身にちかくなるとていとふ人もありけり
正 七〇〇 ものおもひつづくるに、かなしければ 何事も心にしめてしのぶるにいかで	正 六九〇 わりなくうらむる人に つの国のこやとも人をいふべきにひまこそなけれあしのやへぶき	正 六七八 いとかくつらきをもしらでなむ、「たのむ」といふ人に 心をばならはし物ぞあるよりはいざつらからん思ひしるやと	正 二六二 ある人のものいひにきて、ひとへのなりければ、ぬぎおきて出でにけるつとめて おとせぬはくるしき物をみにちかくなるとていとふ人も有りけり 正 六七七 しのびたる人の、「いたうなるきぬをきて、かしがまし」とてぬぎおきたる、やるとて おとせぬはくるしき物を身にちかくなるとていとふ人も有りけり
七三 忍びて人にもの申し侍りけるころ 何ごとも心にこめて忍ぶるをいかで	八六 わりなくうらむる人に 津の国のこやとも人をいふべきにひまこそなけれ芦のやへぶき	八七 つらきをもみしらで、「たのむ」といひたる人に こころをばならましものぞあるよりもいざつらからむ思ひしるやと	一〇五 しのびたるをとこの、いたくなるきぬを、「かしがまし」とてのけければ おとせぬは苦しきものを身にちかくなるとていとふ人も有りけり

		涙のまづしりにけん	涙のまづしりぬらん
59	(続千)	正 七〇六 かりのこを人のおこせたる に いくつづついくつかさねてたのまま しかりのこのよの人のこころを	一二四 かりの子を人のおこせたる に いくつづついくつかさねてたのまま しかりのこの世の人の心は
60	後 九一〇 をとこのよふけてまうでき て侍りけるに、ねたりとき きてかへりにければ、つと めて、かくなんありし、と をとこのいひおこせて侍り ける返事に ふしにけりさしも思はで笛竹の音を ぞせまし夜更けたりとも	正 七三三 人の夜ふけてきたりけるを ききつけで、「ねたりける」 などつとめていひたるに ふしにけりさしておもはで笛竹のお とをぞせまし夜更けたり共	一〇七 人の夜ふけてきたりけるを 聞きつけで、「ねたるがす ること」などいひたるに ふしにけりさしも思はば笛竹の音を ぞせまし夜ふけたりとも
61		正 二四一 ある人の「こむ」といひた るに をしもこばみちのまぞなきやどはみ なあさぢがはらになりはてにけり	一〇九 久しう音づれぬ人の、「び むなかるまじうはまゐら む」と申したれば もしもこば道のまぞなきやどはみな あさぢが原となりはてにけり
62	後 七六三 ここちれいならず侍りける ころ、人のもとにつかはし ける	正 七四四 ここちあしきころ、人に あらざらんこのよの外の思ひいでに 今一たびのあふこともがな	一〇八 こころあしきころ、人に あらざらむこのよの外の思ひ出に今 一たびのあふこともがな

あらざらん此のよのほかの思ひ出に
いま一度のあふこともがな

63

後　九三五　ものへまかるとて、人のも
とにいひおき侍りける
いづかたへゆくとばかりはつげてま
しとふべき人のある身也せば

正　七四六　ものへいくとて、人に
いづかたへゆくとばかりはいひてま
しとふべき人のありとおもはば

一一〇　ものへゆくとて、人に
いづかたへゆくとばかりはつげてま
しとふべき人のあるみと思はば

64

後　二九九　八月晦日はぎの枝につけて
人のもとにつかはしける
かぎりあらん中ははかなく成りぬと
も露けき萩のうへをだにとへ

正　七五六　八月つごもり、人のもとに、
はぎにつけて
かぎりあらむ中ははかなく成りぬと
も露けきはぎのうへをだにとへ

四三　八月晦日に、はぎのえだに
つけて、人のもとにつかは
しける
かぎりあらむ中ははかなくなりぬと
も露けき萩の上をだにとへ

65

正　七六四　なま心うしとおもふ人、お
ほかたにきたるに
うきをしる心なりせば世の中にあり
けりとのみみてやみなまし

一一三　心うしと思ふ人の、大かた
にきたるに
うきをしる心なりせば世の中にあり
けりとだにみでやみなまし

66

拾　一三四二　性空上人のもとによみてつ
かはしける　　雅致女式部
暗きより暗き道にぞ入りぬべき遙か
に照らせ山のはの月

正　一一五〇　はりまのひじりのおもとに、
けちえんのためにきこえし
くらきよりくらき道にぞ入りぬべき
はるかにてらせ山のはの月

正　八三四　はりまのひじりのもとに
くらきよりくらきみちにぞいりぬべ

二五七　はりまのひじりにやる
くらきよりくらき道にぞ入りぬべき
はるかにてらせ山のはの月

		きはるかにてらせ山のはの月	
67	新 一六二一　あまにならんとおもひたちけるを、人のとどめ侍りければ かくばかりうきをしのびてながらへばこれよりまさる物もこそおもへ	続 四三　「あまになりなむ」といふを、「しばし猶念ぜよ」といふ人に かくばかり憂きを忍びてながらへばこれに増りてものもこそ思へ	二七〇　「あまになりなむ」といふを、「なほいましばし思ひのどめよ」といふ人に かくばかりうきを忍びてながらへばこれよりまさる物をこそ思へ
68	後 一三三　法師のあふぎをおとして侍りけるをかへすとて はかなくも忘られにけるあふぎかなおちたりけりと人もこそみれ	正 一七九　ほふしめきて、あふぎおとしていきたるに、やるとて はかなくもわすられにけるあふぎ哉おちたりけりと人もこそ見れ 続 二八九　いとあつきころ、あふぎどもはらせて、外なるはらからどものがりやるとて はかなくもわすられにけるあふぎかなおちたりけりと人もこそみれ	二六〇　法師のたふときがまうできて、扇をおとしたるをつかはすとて はかなくもわすられにけるあふぎかなおちたりけりと人もこそみれ
69		続 四七二　わりなき事をいひてうらむる人に うしとみて思ひ捨てし身にしあれば我が心にもまかせやはする	三　わりなきことにてうらむる人に うしとみて思ひすてにし身にしあればわが心にもまかせやはする
70		続 四七四　つねにたえまがちなるをとこ、おとづれぬにやるとて、	二一　つねにたえまがちなる人に このたびをかぎりとみるにおつれど

	71	72	73
		（続後撰）	
人のよませし このたびはかぎりとみるに音づれば つきせぬ物は涙なりけり	続 五五四　事なる事なきをとこの、「あねにねん」と云ひたるに ねられねばとこなかにのみおきゐつつあとも枕もさだめやはする	正 二一六　「なくならんよまでもおもはん」などいふ人の、わづらふころ、音せぬに しのばれん物ともみえぬわが身哉ある程をだにたれとひける 続 二七〇　かたらふ人、「なくならむ事は忘れじ」といふを、こちなやむころ、ひさしうとはぬに しのばれんものとはみえぬ我が身かなある人をだに誰かとひける	正 二四八　むらさきのおり物のひたたれをおきたりけるを、やるとて、よりのぶに
もつきせぬ物は涙也けり	一二五　「あとにねばや」と申したる人に ねられねばとこ中にのみおきゐつつ跡《あと》も枕もさだめやはする	一三三　かたらふ人の、「なくなりなむ世までわすれじ」といふが、ここちわづらふときくを、久しくとはぬに 忍ばれんものとはみえぬわがみ哉あるほどをだに誰かとひける	一三五　忍びたる人のとのゐものに、むらさきのひたたれをとりにやるとて

		（前頁より続く）色に出でて人にかたるな紫のねずりの衣きてねたりきと 続 二八〇　忍びたる人のとのゐするに、紫のひたたれをやるとて 色にいでて人にかたるなむらさきのねずりの衣きてねたりきと	色に出でて人にかたるなむらさきのねずりの衣きてねたりきと
74	新 一〇三　返事せぬ女のもとにつかはさんとて、人のよませ侍りければ、二月許《ばかり》によみ侍りける あとをだに草のはつかに見てしがなむすぶばかりのほどならずとも	続 九　二月許《ばかり》に、返事せぬ女に、をとこのやるとてよませし あとをだに草のはつかにみてしがなむすぶばかりの程ならずとも	一二六　二月ばかりに、女の返事せぬに、男のよませし あとをだに草のはつかにみてしがなむすぶばかりのほどならずとも
75		続 三六〇　人の、あふぎに神のもりかきて、「いのりつるしるくさ」などいひたるに いのりける心のほどをみてぐらのさしては今ぞおもひみだるる	一三六　ゐなかへゆく人の、扇などおこせて、神の社かきたる所に、「いのりつるしるしも」と有るところに 祈りつる心のほどをみてぐらのさしてはいまは思ひしりぬる
76	（続詞　巻一三恋下）	正 一九八　しものしろきつとめて、人のもとより けさはしもおもはん人はとひくまじつまなきねやのうへはいかがと	一四一　男にわすられなげきけるころ、霜のふるあしたに、人のもとに けさはしも思はむ人はとひてましつ

77	78	79	80
正 二二八 おほあめのあした、「よひはいかが」と、みやよりある御返事 よもすがら何事をかはおもひつる窓うつ雨のおとをききつつ	正 二三二 いしやまにこもりたるを、久しうおとも し給はで、そちの宮 関こえてけふぞとふやと人はしる思ひたえせぬ心づかひと	正 二三三 返し あふみぢは忘れぬめりとみし物を関うちこえてとふ人やたれ 正 八七九 いし山にこもりたるに、たづねてのたまはせたる、御かへり あふみぢはわすれぬめりとみし物を関うち越えてとふ人やたれ	正 八九二 人のかへりごとに
れなきねやのうへはいかにと 一三三 雨おどろおどろしうふるつとめて、「こよひはいかに」とみやよりある御かへりごとに 夜もすがらなに事をかは思ひつるまどうつ雨の音を聞きつつ	一三四 石山にこもりたるに、久しく音信《おとづれ》たまはで、そのみやより せきこえてけふぞとふとは人はしる思ひたえせぬ心づかひを	一三五 御かへりごと あふみぢは忘れにけりとみし物をせきぢうち越えとふ人やたれ	一三六 人こひしに

		あさのまに今はひぬらん夢ばかりぬるとみえつる手枕の袖	今朝のまに今はひぬらむ夢ばかりぬるとみえつる手枕の露
81	新　七七五　小式部内侍、つゆおきたるはぎおりたるからぎぬをきて侍りけるを、身まかりてのち、上東門院よりたづねさせたまひけるに、たてまつるとて おくと見しつゆもありけりはかなくてきえにし人を何にたとへん	正　四七五　宮より、「露おきたるからぎぬまゐらせよ、経のへうしにせむ」とめしたるに、むすびつけたる おくとみし露もありけりはかなくてきえにし人をなににたとへむ	三三五　小式部内侍、露置きたる萩おりたるからぎぬをきて侍りけるを、身まかりてのち、上東門院よりたづねさせ給ひけるに、たてまつるとて おくとみて露も有りけりはかなくもきえにし人をなににたとへん
82	新　七七六　御返し　上東門院 おもひきやはかなくおきし袖のうへのつゆをかたみにかけん物とは		三三六　御かへりごと 思ひきやはかなくおきし袖の上のつゆをかたみにかけん物とは
83	新　七八三　弾正尹為尊親王におくれてなげき侍りけるころ ねざめする身をふきとほす風のおとをむかしは袖のよそにききけん （続詞　巻一三恋下）	続　一四五　（夜なかの寝覚め） ね覚めする身を吹きとほす風の音をむかしはみみのよそにききけん	二一六　もの思ひ侍りしころ ねざめする身をふきとほす風の音を昔は袖のよそにききけむ
84	新　八一六　小式部内侍身まかりてのち、つねにもちて侍りけるてばこを誦経にせさすとてよみ	正　四八〇　つねにもたりしてばこ、おたぎに誦経にせさすとて、かきつくる	三三四　小式部内侍身まかりて後、常に持ちて侍りける手箱を誦経にせさすとて

	85	86	87	88
侍りける こひわぶとききにだにきけかねのお とにうちわすらるる時のまぞなき	新 二七八 やよひのころ、よもすがら ものがたりしてかへり侍り ける人の、けさいとどもの おもはしきよし申しつかは したりけるに けさはしもなげきもすらんいたづら に春のよひとよ夢をだに見で	新 一三四 たのめて侍りける女の、後 に返事をだにせず侍りけれ ば、かのをとこにかはりて いまこんといふことの葉もかれゆく によなよなつゆのなににおくらん	新 一四〇一 (題しらず) いかにしていかにこのよにありへば かしばしものをおもはざるべき	新 一四五八 敦道のみこのともに、前大
こひわぶとききにだにきけかねのお とにうちわすらるる時の間ぞなき	続 五七五 三月許《ばかり》、よ一夜物などいひ かはしたる人のもとより、 いと事ありがほに、「けさ はいとどものなむおもはし き」と云ひたるに けさはしも歎きもすらんいたづらに 春のよ一夜夢をだにみで		続 二二五 かたらふ人の、ものいたう おもふ比 いかにしていかにこのよにありへば かしばしも物をおもはざるべき	正 一〇〇 とあるふみをつけたる花の、
恋ひわぶときくだにきけばかねのお と打ち忘らるる時のまぞなき	一四二 弥生のころ、夜もすがら物 がたりしてかへり侍りし人 の、今朝はいとどもの思は しきよし申しつかはしたり しに けさはしも歎きもすらむいたづらに 春の夜ひとよ夢をだにみで	一四三 たのめて侍りける女の、後 には返事をだにせず侍りけ れば、かのをとこにかはり て 今こむといふことのはもかれゆくに よなよな露のなにに置くらん	一四四 もの思ひ侍りしをり いかにしていかにこのよにありへば かしばしも物を思はざるべき	二〇五 敦道親王のともに、前大納

	納言公任白河の家にまかりて、又の日、みこのつかはしけるつかひにつけて申し侍りける をる人のそれなるからにあぢきなく見しわが宿の花のかぞする	いとおもしろきを、まろがくちすさびにうちいひし をる人のそれなるからにあぢきなくみし山里の花のかぞする	言公任の白川の家にまかりて、又の日、あつみちのみこ、つかはしけるつかひにつけよとて をる人のそれなるからにあぢきなくみしわがやどの花のかぞする
89	新　一四九三　月あかく侍りける夜、人のほたるをつつみてつかはしたりければ、雨のふりけるに、申しつかはしける おもひあらばこよひのそらはとひてまし見えしや月のひかりなりけん	続　一六〇　月のあかき夜、ほたるをおこせたる人のもとに、又の日、あめのいみじうふるに おもひあらば今宵の空をとびてましみえしは月のひかり成りけり	一四五　月あから侍りし夜、人のほたるをつつみてつかはしたりしに、雨ふりしにつかはしたりし 思ひあらばこよひの空はとひてましみえしや月の光なりけむ
90	新　一五三七　（題しらず） すみなれし人かげもせぬわが宿に在《あり》暁《あけ》の月のいくよともなく	正　二九五　（観レ身岸額離レ根草　論レ命江頭不レ繋舟） すみなれし人かげもせぬわが宿に有明の月のいくよともなく 正　三七八　（観レ身岸額離レ根草　論レ命江頭不レ繋舟） すみなれし人かげもせぬわがやどに有明の月は出でよともなし	三二〇　つれづれなりしころ、独りながめて すみなれし人かげもせぬわが宿に有明の月のいく夜ともなく
91	新　一六三八　少将井の尼大原よりいでたりときてつかはしける		二一九　少将の井の尼、おほはらより出でたりと聞きて、つか

番号	新	正	
	世をそむくかたはいづくもありぬべしおほはら山はすみよかりきや（続詞 巻一八雑下）		はしける 世をそむくかたはいづくに有りぬべしおほはら山はすみうかりきや
92	新 一七三六 題しらず いのちさへあらば見つべき身のはてをしのばん人のなきぞかなしき	正 二九〇 （観レ身岸額離レ根草　論レ命江頭不レ繋舟） 命だにあらばみるべき身のはてをしのばん人もなきぞ悲しき	二一八 身のはかなくおぼえ侍りしころ 命さへあらばみつべき身のはてをしのばむ人のなきぞかなしき
93	新 一七七四 題しらず しほのまによものうらうらたづぬれどいまはわが身のいふかひもなし	正 二七五 （観レ身岸額離レ根草　論レ命江頭不レ繋舟） しほのまによものうらうらもとむれどいまはわが身のいふかひもなし	二一七 （もの思ひ侍りしころ） しほのまによものうらうらたづぬれば今はわがみのいふかひもなし
94	新 一八二〇 和泉式部、みちさだにわすられてのち、ほどなく敦道親王かよふとききてつかはしける　赤染衛門 うつろはでしばししのだのもりをみよかへりもぞするくずのうら風 （続詞 巻一三恋下）	正 三四四 みちさださりてのち、帥の宮に参りぬと聞きて　赤染衛門 うつろはでしばししのだの森をみよかへりもぞする葛のうら風	一五〇 みちさだに忘られて後、程なく敦道の親王にかよふとききてつかはしたりし　赤染衛門 うつろはでしばししのだのもりをみよかへりもぞするくずのうら風
95	新 一八二一 返し 秋風はすごくふけどもくずの葉のうらみがほには見えじとぞおもふ	正 三四五 返し 秋風はすごく吹くとも葛のはのうらみがほにはみえじとぞ思ふ	一五一 かへりごと 秋風はすごく吹くともくずのはのうらみがほにはみえじとぞおもふ

96	後　五〇九　（続詞　巻一三恋下） 和泉に下り侍りけるに、よるみやこどりのほのかに鳴きければ読み侍りける こととはばありのまにまにみやこ鳥みやこのことをわれにきかせよ	正　六七三 かりやして、はまづらにふしてきけば、都鳥なく 事とはばありのまにまに宮こ鳥都の事をわれにきかせよ	二二九 いづみへくだり侍りけるに、都鳥のほのかになきければ こととはばありのまにまに都鳥みやこのことをわれにきかせよ
97	後　五六八 小式部内侍なくなりて後、むまごどもの侍りけるをみてよみ侍りける とどめおきてたれをあはれとおもふらんこはまさるらんこはまさりけり	正　四七六 （宮より、「露おきたるからぎぬまゐらせよ、経のへうしにせむ」とめしたるに、むすびつけたる） とどめおきてたれをあはれと思ひけんこはまさるらんこはまさりけり	二二八 小式部内侍なくなりてのち、むまごどもの侍るをみて とどめおきてたれを哀れと思ふらむこはまさりけりこはまさるらん
98	後　五七三 敦道親王におくれてよみ侍りける 今はただそよそのこととおもひいでてわするる計のうき事もがな	続　五三 （なほあまにやなりなまし、と思ひたつにも） 今はただそよそのことと思ひ出でて忘るるばかりのうきふしもなし	二二二 敦道親王におくれて 今はただそよそのことと思ひ出でてわするるばかりのうきこともがな
99	後　五七四 同じ比あまにならんと思ひてよみ侍りける すてはてんとおもふさへこそかなしけれ君になれにしわがみとおもへば	続　五一 なほあまにやなりなまし、と思ひたつにも すてはてんとおもふさへこそ悲しけれ君に馴れにし我が身と思へば	二二三 おなじころあまにならむと思ひて すてはてむと思ふさへこそかなしけれ君になれにしわが身と思へば

100	後 五七五 十二月晦の夜よみ侍りける なき人のくるよときけど君もなしわ がすむやどや玉なきのさと	続 四一 しはすの晦の夜 なき人のくるよときけど君もなしわ がすむ里やたまなきのさと	二四九 しはすのつごもりの夜よめ る なき人のくる夜ときけど君もなしわ がすむ宿や玉なきの里
101	後 六二一 をとこの、はじめて人のも とにつかはしけるに、かは りてよめる おぼめくなたれともなくてよひよひ に夢にみえけん我ぞその人	続 二一三 をとこの、人のもとにやる に、かはりて おぼめくな誰ともなくてよひよひに 夢にみえけん我ぞその人	六七 男のはじめて人の許につか はしけるに、かはりてよめ る おぼめくなたれともなくてよひよひ に夢にみえけんわれぞ其の人
102	後 六三五 （返し） したきゆる雪まの草のめづらしく我 が思ふ人に逢ひみてし哉	正 一七六 （冬） 下もゆる雪間のくさのめづらしく我 がおもふ人にあひみてしがな	一三九 （人こひしに） 下ぎゆる雪まの草のめづらしくわが 思ふ人にあひみてしがな
103	後 六八一 人のたのめてこず侍りけれ ば、つとめてつかはしける おきながらあかしつる哉友ねせぬか もの上毛の霜ならなくに	続 二三八 冬比、人の「こむ」といひ て、みえずなりにしつとめ て おきながらあかしつるかなともねせ ぬかものうはげのしもならなくに	一四六 人のたのめてこず侍りけれ ば、つとめてつかはす おきながら明しつるかなともねせぬ かもの上毛の霜ならなくに
104	後 七二一 夜ごとにこむといひてよが れしけるをとこのもとにつ かはしける こよひさへあらばかくこそ思ほえめ	正 二〇七 ことひこよひとたのめて、 人のこぬに、つとめて 今宵さへあらばかくこそおもほえめ けふくれぬまの命共哉	一四七 「夜ごとにこん」とて、よ がれし侍りけるをとこに こよひさへあらばかくこそ思ほえめ けふくれぬまの命ともがな

	けふくれぬまの命とも哉	正 六六三 夜ごとに人の「こむ」といひてこねば、つとめて 今よひさへあらばかくこそおもほえめけふくれぬまの命共哉	
105	後 七五七 をとこにわすられて、さうぞくつつみておくり侍りけるに、かはのおびにむすびつけ侍りける なきながすなみだにたえでくちぬればはなだの帯の心ちこそすれ	続 二〇八 装束どもつつみておく、革のおびにかきつく なきながす涙にたへでたえぬればはなだのおびの心地こそすれ	一四八 をとこに忘られて、さうぞくなどつつみておくり侍りしに、かはの帯にむすびつけて なきながす涙にたへでたえぬればはなだの帯の心ちこそすれ
106	後 八三二 つゆばかりあひみそめたるをとこのもとにつかはしける しら露も夢も此よもまぼろしもたとへていはば久しかりけり		一四九 露ばかりあひそめたるをとこのもとへ しら露もゆめもこのよもまぼろしもたとへていへば久しかりけり
107	後 八〇〇 題しらず たぐひなくうき身なりけりおもひしる人だにあらばとひこそはせめ	正 六九二 人に たぐひなくうきみなりけり思ひしる人よにあらばとひもしてまし	一五三 （五月五日、人のもとに） たぐひなきうき身なりけり思ひしる人だにあらばとひこそはせめ
108	後 七九〇 （題不知） 世間にこひてふ色はなけれどもふかく身にしむ物にぞありける	正 九七七 （恋） 世の中にこひといふ色はなけれどもふかく身にしむ物にぞ有りける	一六〇 （よひの程まうできたりける男の、とくかへりければ）

	109	110	111	112	113
	後 八二〇 題不知 人の身もこひにはかへつ夏虫のあらはにもゆと見えぬ計《ばかり》ぞ	詞 二四八 題不知 ゆふぐれにもの思ふことはまさるやとわれならざらむ人にとはばや	千 八三九 題しらず いかにしてよるのこころをなぐさめんひるはながめにさてもくらしつ	千 八四〇 (題しらず) これもみなさぞなむかしのちぎりぞとおもふものかなあさましきかな (続詞 巻一二恋中)	千 八四四 題しらず ほどふれば人はわすれてやみぬらんちぎりしことをなほたのむかな
	正 三四 (夏) 人のみもこひにはかへつ夏虫のあらはにもゆとみえぬ斗《ばかり》ぞ	正 七一九 つれづれと夕ぐれにながめて 夕暮に物おもふ事はまさるかと我ならざらむ人にとはばや		続 二七三 おもひかけずはかりて、ものいひたる人に これもみなさぞなむかしの契りぞとおもふ物からあさましき哉	正 三〇〇 (観レ身岸額離レ根草　論レ命江頭不レ繋舟) ほどふれば人はわすれてやみにけむ
世の中にこひてふ色はなけれどもふかく身にしむ物にぞ有りける	一五六 (五月五日、人のもとに) 人の身も恋にはかへつ夏虫のあらはにもゆとみえぬばかりぞ	一六一 (よひの程まうできたりける男の、とくかへりければ) 夕ぐれにもの思ふことはまさるかとわれならざらむ人にとはばや	一五四 (五月五日、人のもとに) いかにしてよるの心をなぐさめむひるはながめにさてもくらしつ	一五七 (五月五日、人のもとに) これもみなさぞなむかしの契りぞと思ふ物からあさましきかな	一五五 (五月五日、人のもとに) ほどふれば人はわすれてやみぬらんちぎりしことを猶頼むかな

	114	115	116
	千 九〇四 (題しらず) ともかくもいはばなべてになりぬべしねになきてこそみすべかりけれ	千 九八三 (題しらず) ひとりのみあはれなるかとわれならぬ人にこよひの月をみせばや (風)	後 七九九 五月五日ひとのもとにつかはしける ひたすらに軒のあやめのつくづくとおもへばねのみかかる袖かな
契りし事を猶たのむ哉 正 三八三 (観レ身岸額離レ根草　論レ命江頭不レ繋舟) 程ふれば人は忘れてやみぬらん契りし事をなほたのむかな	正 一六三 なげく事ありときて、人の「いかなる事ぞ」ととひたるに ともかくもいはばなべてになりぬべしねになきてこそみせまほしけれ 続 二三 ある人のもとに ともかくもいはばなべてに成りぬべしねにこそなきてみせまほしけれ	続 四二九 三月許《ばかり》のよのあはれなるをみて 物おもふに哀れなるかと我ならぬ人に今よひの月をみせばや	続 四六四 五月五日、人に けふはなほのきのあやめもつくづくとおもへばねのみかかる袖かな
	一六三 (よひの程まうできたりける男の、とくかへりければ) ともかくもいはばなべてになりぬべしねになきてこそみすべかりけれ	一八七 思ふ事侍りけるころ、月を見て 物思ふに哀れなるかとわれならぬ人にこよひの月をとはばや	一五三 五月五日、人のもとに ひたすらに軒のあやめのつくづくと思へばねのみかかる袖かな

117	118	119	120
後 九二一 よひのほどまうできたりけるをとこのとくかへりにければ やすらはでたつにたてうき真木のとをさしも思はぬ人もありけり	後 九二二 小式部内侍のもとに二条の前太政大臣はじめてまかりぬとききてつかはしける 堀川右大臣 人しらでねたさもねたし紫のねずりの衣うはぎにをきん	後 九二三 かへし ぬれぎぬと人にはいはん紫のねずりの衣うはぎなりとも	後 九二〇 男の、へだつることもなくかたらはん、などいひちぎりて、いかがおぼえけん、ひとりまにはかくれあそびもしつべくなん、といひて侍りければ いづこにかきてもかくれんへだてたる心のくまのあらばこそあらめ
正 七七〇 ただ宵のまに人のきて、とくかへりぬるつとめて やすらはでたつにたちうきまきのとをさしもおもはぬ人も有りけん			続 三三〇 或男「つねにはあらず、さらに隔てたる事なくかたらはん」などいひ契りて後、いかがおぼえけん、「ひとまにはかくれあそびしつべき心地なんする」といひたるに いづこにかたちもかくれんへだてた
一五八 よひの程まうできたりける男の、とくかへりければ やすらはでたつにたてうきまきのとをさしも思はぬ人も有りけり	一六五 小式部内侍がもとに、二条の前内大臣はじめてまかりぬとききて、つかはしたりし 堀川右大臣 人しらでねたさもねたしむらさきのねずりの衣うはぎにをせん	一六六 かへし ぬれぎぬと人にはいはむむらさきのねずりの衣うはぎなりとも	一六四 をとこ「へだつることなくかたらはむ」といひちぎりて、いかがおぼえけん、「ひとまにはかくれあそびもしつべく」などいひ侍りしかば いづくにかきてもかくれむへだてたる心のくまのあらばこそあらめ

		る心のくまのあらばこそあらめ	
121	後 九六八 門おそくあくとて、かへりける人のもとにつかはしける ながしとてあけずやはあらん秋のよもまてかしまきのとばかりをだに	正 七六六 九月ばかりに、人「おそくあく」とてかへりぬるに 秋の夜もあけでやはやむきときなばまてかしまきのとばかりをだに	一〇七 門おそくあくとてかへりける人のもとに ながしとてあけずやはあらむ秋のよはまてかしまきのとばかりをだに
122	後 一〇〇〇 丹後国にて、保昌、あすかりせん、といひ侍りけるよ、しかのなくをききてよめる ことわりやいかでか鹿のなかざらむこよひばかりの命と思へば		三一 丹後国にて、やすまさ「あすかりせん」といひける夜、鹿のなくをききて ことわりやいかでか鹿のなかざらむこよひばかりの命と思へば
123	後 一〇九六 かたらひたるをとこの、女のもとにつかはさむとて歌こひ侍りければ、まづ我《ガ》思ふことをよみ侍りける かたらへばなぐさむこともある物を忘れやしなむ恋のまぎれに	正 一七三 ただにかたらふをとこのもとより、「女のがりやらんうた」ととひたる、やるとて かたらへばなぐさむ事も有る物を忘れやしなんこひのまぎれに 続 五七〇 ただかたらひたるをとこのもとより、女にやらむとて、「歌ひとつ」といひたるに、やらむとて かたらへばなぐさむこともある物を	一〇八 かたらひけるをとこの、女のもとにつかはさむとて、歌こひ侍りしかば、先づわがことをよみ侍りし かたらへばなぐさむこともあるものを忘れやしなん恋のまぎれに

	124	125	126
	後　一二四三 石山にまゐり侍りける道に、 山しなといふ所にてやすみ 侍りけるに、家あるじの心 あるさまに見え侍りければ、 又かへるさにもなどいひ侍 りけるを、よにさしもとい ひ侍りければ かへるさをまち心みよかくながらよ もただにては山しなの里	後　一二六四 をとこにわすられて侍りけ るころ、きふねにまゐりて、 みたらしがはにほたるのと び侍りけるを見てよめる もの思へばさはのほたるをわがみよ りあくがれいづる玉かとぞみる	後　一二六五 御かへし おく山にたぎりておつる滝つせの玉 ちるばかり物ぞ思ひそ この歌、きふねの明神の御 かへしなり、をとこのこゑ にて和泉式部がみみにきこ
忘れやしなむこひのまぎれに	続　二〇一 山しなといふ所にて、くる しければやすむ、そのいへ あるじの心あるさまにみゆ れば、「いまかへさにきこ えん」などいひて かへるさをまちこころみよかくなが らよも尋ねではやましなの里		
	二五九 石山にまゐりけるに、道に 山科といふ所にてやすみ侍 りしに、家あるじの心有る さまにみえ侍りければ、 「今かへるさにも」などい ひしを、「よもさしも」と いひ侍りしかば かへるさをまちこころみよかくなが らよもただにては山科の里	二〇八 をとこに忘られて侍りける ころ、きぶねにまゐりて、 みたらし川に螢の飛び侍り けるをみてよめる もの思へば沢のほたるもわが身より あくがれ出づる魂かとぞみる	二〇九 御かへし おく山にたぎりて落つる滝つせのた まちる斗《ばかり》ものな思ひそ

127	えけるとなんいひつたへける 金 三奏本　道貞朝臣陸奥へくだるとき もろともにたたましものをみちのくのころものせきをよそにきくかな 詞 一七三　みちさだわすれてのち、みちのくにのかみにてくだりけるにつかはしける もろともにたたましものをみちのくの衣のせきをよそにきくかな	正 八三八　みちのくにのかみにてたつをききて もろ友にたたまし物をみちのくの衣の関をよそにきく哉	三六　みちさだわすれて後、みちのくにの守にて下り侍りしに、つかはしたりし もろともにたたまし物をみちのくの衣のせきをよそにきく哉
128	詞 二三九　藤原保昌朝臣にぐして丹後のくにへまかりけるに、しのびてものいひけるをとこのもとへいひつかはしける われのみやおもひおこせむあぢきなくひとはゆくへもしらぬものゆゑ	正 七四七　又人に われのみやおもひおこせむあぢきなく人はゆくへもしらぬものゆゑ	三五　やすまさにぐして、丹後国へまかりしに、忍びて物申すをとこのもとへ われのみや思ひおこせんあぢきなく人はゆくへもしらぬ物ゆゑ
129	詞 二四九　月のあかかりけるよ、まうできたりけるをとこの、たちながらかへりにければ、あしたにいひつかはしける なみださへいでにしかたをながめつつ心にもあらぬ月をみしかな	正 七五五　たちながら、人のものなどいひて、かへりぬるつとめて 涙さへ出でにしかたを詠《なが》めつつこころにもあらぬ月をみし哉	

130	131	132	133
詞 二六八 おなじところなるをとこの かきたえにければよめる いくかへりつらしと人をみくまのの うらめしながらこひしかるらむ	詞 三〇九 たがひつつむことあるをと この、たやすくあはずとう らみければよめる おのが身のおのがこころにかなはぬ をおもはばものはおもひしりなん	詞 三一〇 しのびけるをとこの、いか がおもひけむ、五月五日の あしたに、あけてのちかへ りて、けふあらはれぬるな むうれしき、といひたりけ る返事によめる あやめ草かりにもくらむものゆゑに ねやのつまどや人のみつらん	金 三奏本 保昌にわすられてのち、兼
	正 六七九 われも人もつつむ事ある中 に、をとこ、「かくこころ にもかなはぬ事」といひけ るに、かならずつねにうら みらるるが、むつかしけれ ば おのが身のおのが心にかなはぬをお もはば物を思ひしりなん		正 五七四 人のかへりごとに
一六九 同じ所なるをとこの、かき 絶えにしかば いくかへりつらしと人をみくまのの うらめしながら恋しかるらん	一七〇 たがひにつつむことあるを とこの、「たやすくあはず」 とうらみしかば おのが身のおのが心にかなはぬを思 はばものは思ひしりなん	一七一 忍びたるをとこの、いかが 思ひけん、五月五日のあし たに、あけて後かへりて、 「けふあらはれぬるなんう れしき」といひたる返事に あやめ草かりにもくらむものゆゑに ねやのつまどや人のみつらん	一七五 保昌にわすられて侍りしこ

	詞	正	
	房がとぶらひ侍りければ 人しれずものおもふことはならひに きはなにわかれぬ春しなければ	としをへて物おもふことはならひに きはなにわかれぬ春しなければ	ろ、兼房朝臣とひて侍りし かば 人しれずもの思ふことはならひにき 花に別れぬ春しなければ
	詞 三一 保昌にわすられて侍りける ころ、兼房朝臣のとひて侍 りければよめる 人しれずものおもふことはならひに き花にわかれぬはるしなければ		
134	詞 三一九 いひわたりけるをとこの、 八月ばかり、そでの露けさ などいひたり、返りごとに よめる あきはみなおもふことなきをぎのは もすゑたわむまでつゆはおくめり	正 八三一 「此のころ袖の露けき」な どいひたる人に 秋は猶おもふことなき荻のはもするゑ たわむまで露はおきけり	一七二 物いひわたりけるをとこの、 八月ばかりに「袖の露け さ」などいひたるに 秋はみな思ふことなき荻のはも末た わむまで露は置くめり
135	詞 三三 をとこをうらみてよめる あしかれとおもはぬやまのみねにだ におふなるものを人のなげきは		一七三 をとこをうらみて あしかれと思はぬ山の峯にだにおふ なる物を人のなげきは
136	詞 三六 いりあひのかねのこゑをき きてよめる ゆふぐれはものぞかなしきかねのお とをあすもきくべき身としらねば	正 三五五 (帥の宮ニテ題十給ハセタ ル　大井ガハノイカダ　ユ フグレノ鐘　山寺ノカスカ ナル　山田ノ紅葉　岸ニノ コルキク　クサムラノムシ	二四三 いりあひのかねをききて 夕ぐれはものぞかなしきかねの音を あすも聞くべき身としらねば

140	139	138	137
千 四九〇 はなれにけるをとこのとほ きほどにゆくを、いかがお もふといひて侍りければ、 つかはしける	千 五〇二 うみのつらにふねながらあ かして、よみ侍りける みづのうへにうきねをしてぞおもひ しるかかればをしもなくにぞありけ る	千 三三 題しらず つれづれとふればなみだのあめなる をはるのものとや人はみるらん	（玉） （続詞 巻一二恋中 ヲグラ山ノ鹿　清滝河ノ月） 夕暮は物ぞ悲しきかねのおとをあす も聞くべき身としらねば
正 一八三 さりたるをとこの、とほき くにへゆくを、「いかがき く」といふ人に わかれてもおなじ宮こにありしかば	続 二四〇 海づらに夜とまりて、船な がらあかして みづのうへにうきねをしてぞ思ひや るかかればをしもなくにぞ有りける	続 二三 春雨のふる日 つれづれとふれば涙の雨なるを春の ものとや人のみるらん	続 一四 人とものがたりしてゐたる ほどに、また人のきたるを、 たれもたれもかへりたるつ とめて なかぞらにひとり有明の月をみての こるくまなく身をぞしりぬる
二二四 はなれにたるをとこの、遠 き所へゆくを、「いかが思 ふ」といひしに 別れても同じ都に有りしかばいとこ	二一四 海のうへに舟ながらあかし て 水のうへにうきねをしてぞ思ひしる かかればをしもなくにぞ有りける	二〇三 もの思ひ侍りしころ つれづれとふるはなみだの雨なるを 春のものとや人のみるらむ	一七四 人と物がたりして侍りしほ どに、又人のきたりしかば、 誰もかへりにし朝に、いひ つかはしける なかぞらに独り有明の月をみて残る くまなく身をぞしりぬる

	わかれてもおなじみやこにありしかばいとこのたびのここちやはせし （続詞 巻一四別）	いとこのたびの心ちやはする 正 八四〇 さりにけるをとこの、とほきところへゆくを、「いかがおもふ」といひたれば わかれてもおなじ宮こにありしかば いとこのたびの心ちやはせし	のたびの心ちやはせし
141	千 五四七 弾正尹為尊のみこにおくれ侍りてよめる をしきかなかたみにきたるふぢごろもただこのごろにくちはてぬべし	続 五六 そでのいたうぬれたるをみて をしきかなかたみにきたるふぢごろもただこの比にくち果てぬべし	三一 なにのみことかやにおくれて をしきかなかたみにきたる藤衣ただこのころにくちはてぬべし
142	千 八四三 太宰帥敦道のみこなかたえ侍りけるころ、あきつかたおもひいでてものして侍りけるに、よみ侍りける まつとてもか計《ばかり》こそはあらましかおもひもかけぬ秋のゆふぐれ	正 八六九 ゆふぐれにきこえさする またましもかばかりこそはあらましかおもひもかけぬけふの夕ぐれ	一五六 太宰帥敦道のみこ中絶えけるころ、秋つかた、思ひ出でてものして侍りしに まつとてもかばかりこそはあらましか思ひもかけぬ秋の夕ぐれ
143	千 八九五 （題しらず） うらむべきこころ計はあるものをなきになしてもとはぬきみかな （続詞 巻一三恋下）	正 四一八 久しうおともせぬ人に うらむべき心斗《ばかり》は有る物をなきになしてもとはぬ君かな	一七 かき絶えておとせぬ人に うらむべき心ばかりはあるものをなきになしてもとはぬ君かな
144	千 九六八 弾正尹為尊のみこかくれ侍	正 三一六 そちのみや、たちばなの枝	二〇 弾正尹為尊のみこかくれ侍

145

りてのち、太宰帥敦道のみこ、花たちばなをつかはして、いかが見るといひて侍りければ、つかはしける

かをるかによそふるよりはほととぎすきかばやおなじこゑやしたると

千 一〇五七

なげくこと侍りけるころによめる

花さかぬたにのそこにもすまなくにふかくものをおもふ春かな

146

金 五九二

和泉式部石山にまゐりて、大津にとまりて夜ふけてききければ、人のけはひあまたしてののしりけるをたづねければ、あやしのやまがつのよねしらげはべるなど申しけるをききて

さぎのゐるまつばらいかにさわぐらんしらげばうたてさととよみけり

を給はりたりし

かをるかをよそふるよりは郭公きかばやおなじこゑやしたると

正 四三

(こころにもあらずあやしき事いできて、れいすむ所もさりてなげくを、おやもいみじうなげくと聞きていひやる、かみのもじはよのふるごとなり)

はなさかぬたにのそこにもすまなくにふかくも物を思はるる哉

りて後、太宰帥敦道親王たち花をつかはして、「いかがみる」といひて侍りしかば、つかはしたりし

かをるかによそふるよりは時鳥きかばや同じ声やしたると

二〇三

なげかしき事侍りけるに

花さかぬ谷のそこにもすまなくにふかくも物を思ふはるかな

一九

石山にまゐりて侍りけるに、大津にとまりて、夜ふけて聞きければ、人のけはひあまたしてののしりけるを、尋ねければ、「あやしのしづのめが、米といふものをしらげ侍る」と申すをききて

さぎのゐる松ばらいかにさわぐらむ

			しらげばうたてさととよみけり
147	金 六八〇　小式部内侍うせてのち、上東門院よりとしごろたまはりけるきぬを、なきあとにもつかはしたりけるに、小式部内侍とかきつけられたるをみてよめる もろともにこけのしたにはくちずしてうづまれぬ名をきくぞかなしき	正 五三六　内侍なくなりてつぎのとし七月われいけるふみに、なのかかれたるを もろともにこけの下にはくちずしてうづまれぬなをみるぞ悲しき	二三七　小式部内侍うせてのち、上東門院よりとしごろたまはりけるきぬを、なき跡にもつかはしたりしに、「小式部内侍」とかきつけられたるをみて もろともに苔の下にはくちずしてうづもれぬ名をみるぞかなしき
148	金 六八八　地獄絵に、つるぎのえだに人のつらぬかれたるをみてよめる あさましやつるぎのえだのたわむまでいかなるつみのなれるなるらん		二七一　ぢごくの絵に、つるぎのえだに人のつらぬかれたるをみて あさましやつるぎの枝のたわむまでこはなにのみのなるにか有るらん
149	金 七〇二　和泉式部が賀茂にまゐりたりけるに、わらうづにあしをくはれて、かみをまきたりけるを見て、　神主忠頼 ちはやぶるかみをばあしにまくものか 和泉式部 これをぞしものやしろとはいふ		二七二　賀茂にまゐりたりしに、わらうづに足をくはれて紙をまきたりしを、なにちかやらむ ちはやぶるかみをばあしにまくものか と申したりしを これをぞしものやしろとはいふ

150

二七三

又おなじやしろにて

千はやぶるかみのいがきもこえぬべし

と申したりしを

みてぐらともにいかでなるらん

初句索引

一、この索引は、『和泉式部日記』『宸翰本和泉式部集』に収録されている歌および連歌の付合を、初句によって検索する便宜のために作成した。
一、すべて歴史的仮名づかいによる平仮名で記し、五十音順に配列した。
一、初句が同じ歌の場合は、まず初句を掲げ、次に一字分下げて—を付し、第二句を掲げた。第二句も同じ場合は第三句まで掲げた。
一、『和泉式部日記』については本書の頁数を、『和泉式部集』については本書の歌頭に記した歌番号を、それぞれ漢数字（『和泉式部集』は平体数字）で示した。
一、歌句の下に＊印を付したものは、『和泉式部日記』『和泉式部集』に共通する歌である。

〔和泉式部日記〕

あ

い

う

み

みちしばの　五四
みるやきみ　五七

も

ものいはで　五七
もみぢばの　六三
もみぢばは　六二

や

やまながら　四〇
やまべにも　六三
やまをいでて　四二

ゆ

ゆきふれば　七八

〔和泉式部集〕

あ

あきかぜは　九五
あきくれば　三

ゆふぐれは　七一
ゆめばかり　五〇

よ

よしやよし　三五
よそにても
—おなじこころに　四六
—きみばかりこそ　四七
よとともに
—ぬるとはそでを　一六
—ものおもふひとは　二〇
よのつねの　一七
よひごとに　二七
よもすがら　＊　二四

わ

わがうへは　六〇

あきはてて　一九
あきはみな　一二四
あきふくは　一四
あきまでの　三

わがごとく　二九
わがやどに　七三
われさらば　七七
われならぬ
—ひともありあけの　四七
—ひともさぞみん　四六
われひとり　七一
われもさぞ　二四
われゆゑに　三四

を

をぎかぜは　三七
をしまるる　四八
をりすぎて　二〇

あさましや　一四八
あしかれと　一二五
あとをだに　七四
あふみぢは　＊　七九

このたびを　七〇
こひわぶと　八四
こよひさへ　一〇四
これにつけ　五三
これもみな　一二三
これをぞしもの　一四九

さ

さぎのゐる　一四六
さくらいろに　九
さびしさに　一三
さまざまに　五三
さもあらばあれ　二六

し

したきゆる　一〇三
しのばれん　七三
しのぶべき　四六
しほのまに　九三
しらつゆも　一〇六

す

すてはてんと　九九
すみなれし　九〇

せ

せきこえて　＊　七八

た

たぐひなき　一〇七
たけのはに　四一
たちのぼる　五一
たのめたる　一三
たらちねの　二九

ち

ちはやぶる
—かみのいがきも　一五〇
—かみをばあしに　一四九

つ

つのくにの　五七
つれづれと
—ながめくらせば　一二四
—ふるはなみだの　一三八

と

とどめおきて　九七
ともかくも　一一四
とやまふく　二〇

な

ながしとて　一三一
なかぞらに　一三七
なかなかに　四七
ながめつつ　四八
ながめには　八
なきながす　一〇五
なきひとと　三八
なきひとの　一〇〇
なくむしの　一七
なつのよは　七
なにごとも　五八
なみだがは　二八
なみださへ　二九

ぬ

ぬれぎぬと　一一九

わ

を

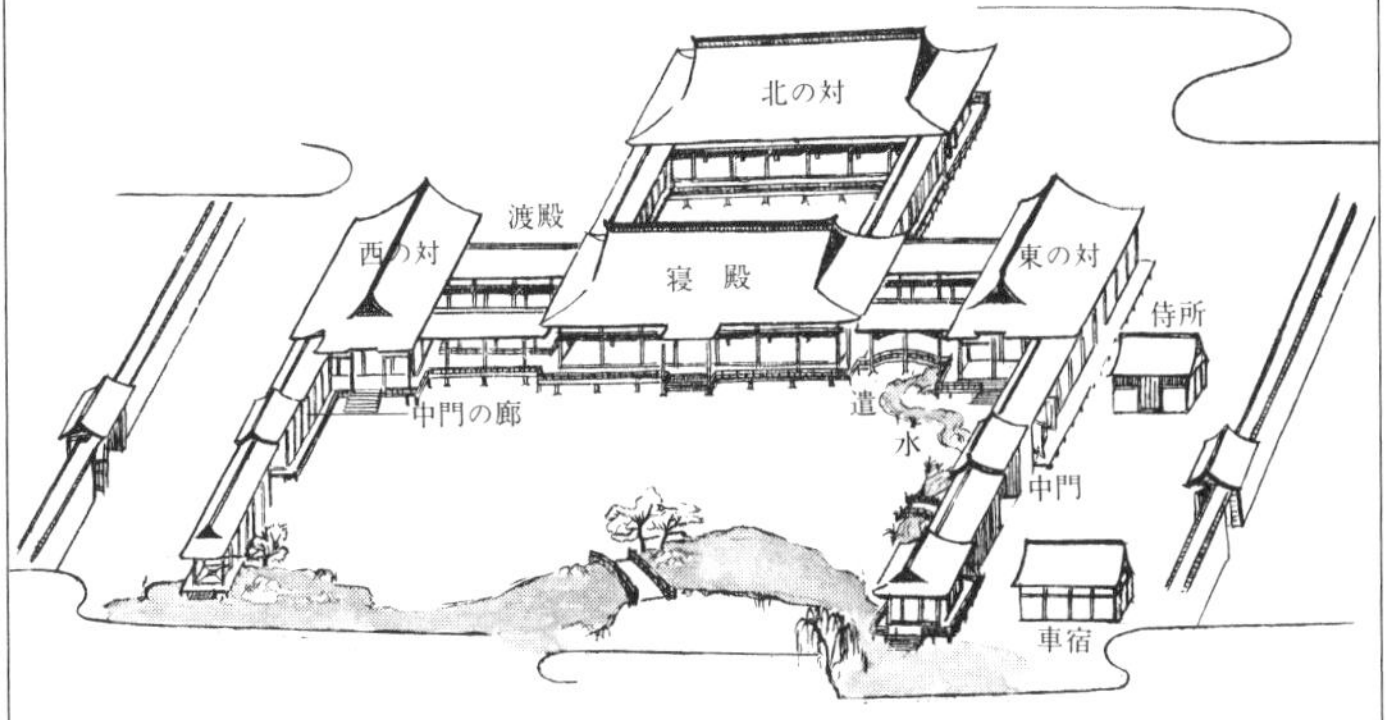

寝殿造り（俯瞰図）

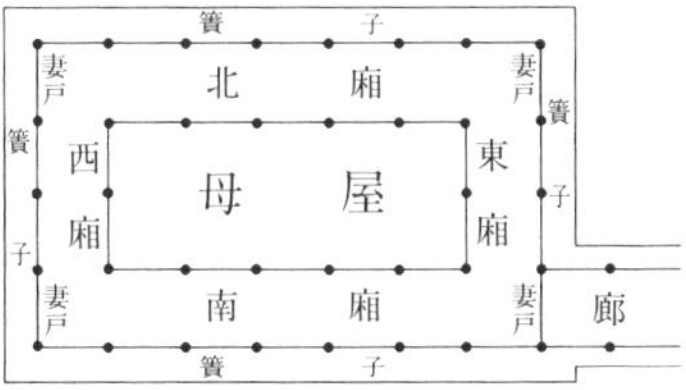

左図は、寝殿内部の構造を示す。母屋《もや》の外廻りに一間幅の廂《ひさし》の間《ま》が作られ、適当に仕切って居間などに用いる。その四隅に妻戸がある。簀子《すのこ》は柱の外にめぐらした板敷の縁で、高欄が設けられ、廂の間との境に格子をたてる。

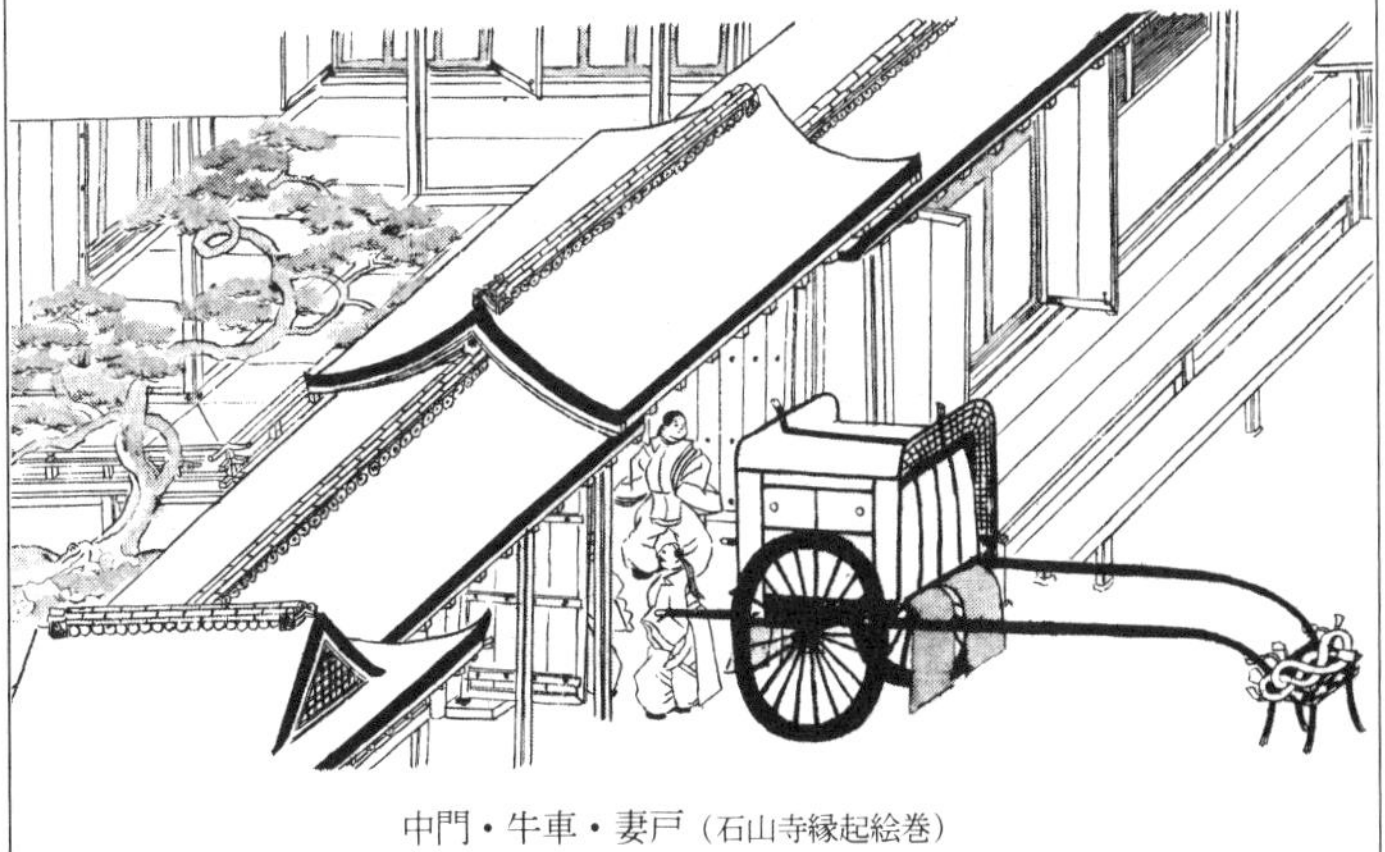

中門・牛車・妻戸（石山寺縁起絵巻）

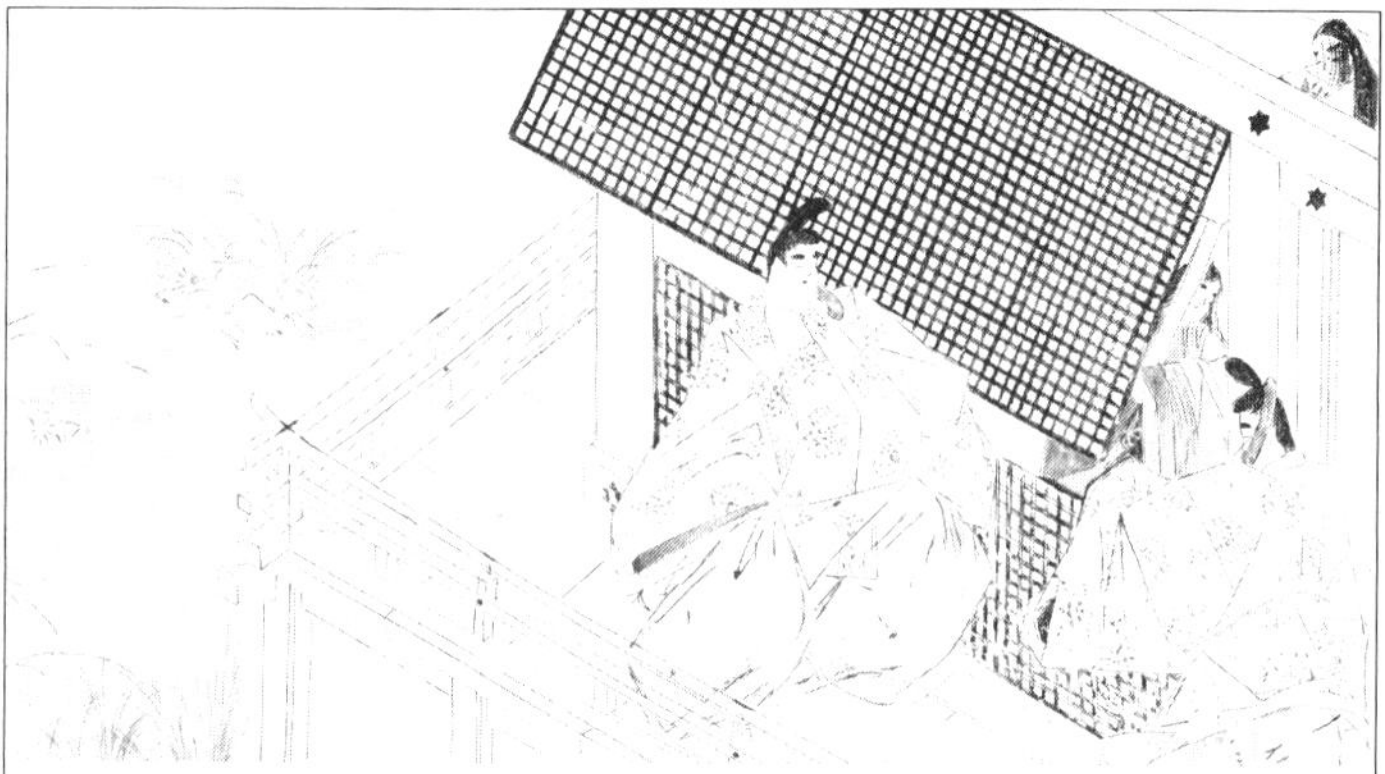

高欄・簀子・格子（紫式部日記絵巻）

廂の間と円座（一遍上人絵伝）

築土と車宿
（春日権現験記絵）

透　垣
（源氏物語絵巻）

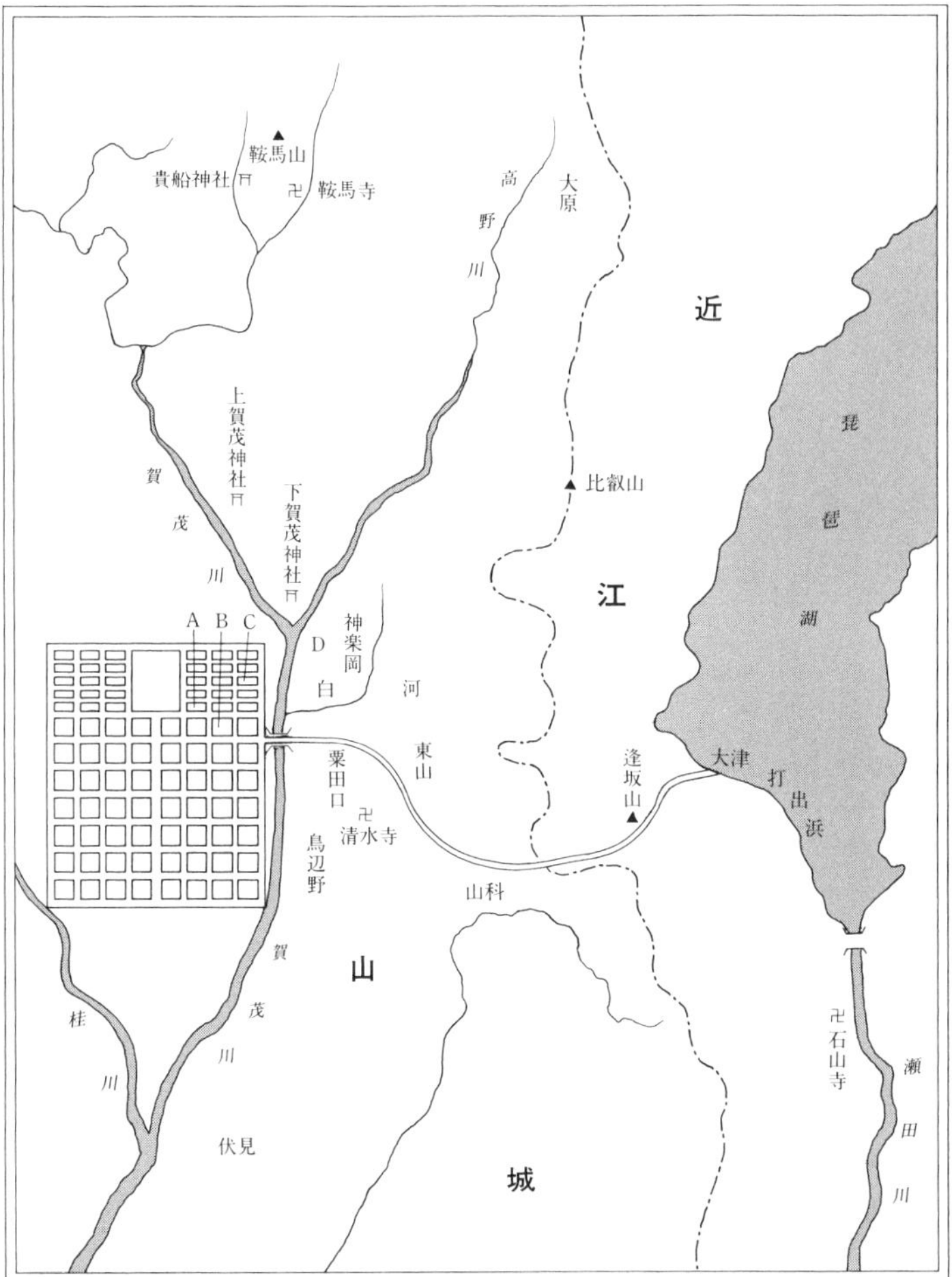

A 冷 泉 院
B 東三条院
C 小一条院
D 藤原公任の白河院

京都近郊地図

新潮日本古典集成〈新装版〉

和泉《いづみ》式《しき》部《ぶ》日記《にっき》 和泉《いづみ》式《しき》部《ぶ》集《しゅう》

平成二十九年十二月二十五日 発行

校注者 野《の》村《むら》精《せい》一《いち》

発行者 佐藤隆信

発行所 株式会社 新潮社

〒一六二―八七一一 東京都新宿区矢来町七一
電話 〇三―三二六六―五四一一(編集部)
〇三―三二六六―五一一一(読者係)
http://www.shinchosha.co.jp

印刷所 大日本印刷株式会社

製本所 加藤製本株式会社

装画 佐多芳郎/装幀 新潮社装幀室

組版 株式会社DNPメディア・アート

ISBN978-4-10-620816-4 C0395

■ 新潮日本古典集成

- 古事記　西宮一民
- 萬葉集　一〜五　青木生子・井手至・伊藤博・清水克彦・橋本四郎
- 日本霊異記　小泉道
- 竹取物語　野口元大
- 伊勢物語　渡辺実
- 古今和歌集　奥村恆哉
- 土佐日記　貫之集　木村正中
- 蜻蛉日記　犬養廉
- 落窪物語　稲賀敬二
- 枕草子　上・下　萩谷朴
- 和泉式部日記　和泉式部集　野村精一
- 紫式部日記　紫式部集　山本利達
- 源氏物語　一〜八　石田穣二・清水好子
- 和漢朗詠集　大曽根章介・堀内秀晃
- 更級日記　秋山虔
- 狭衣物語　上・下　鈴木一雄
- 堤中納言物語　塚原鉄雄
- 大鏡　石川徹
- 今昔物語集　本朝世俗部　一〜四　阪倉篤義・本田義憲・川端善明
- 梁塵秘抄　榎克朗
- 山家集　後藤重郎
- 無名草子　桑原博史
- 宇治拾遺物語　大島建彦
- 新古今和歌集　上・下　久保田淳
- 方丈記　発心集　三木紀人
- 平家物語　上・中・下　水原一
- 金槐和歌集　樋口芳麻呂
- 建礼門院右京大夫集　糸賀きみ江
- 古今著聞集　上・下　西尾光一・小林保治
- 歎異抄　三帖和讃　伊藤博之
- とはずがたり　福田秀一
- 徒然草　木藤才蔵
- 太平記　一〜五　山下宏明
- 謡曲集　上・中・下　伊藤正義
- 世阿弥芸術論集　田中裕
- 連歌集　島津忠夫
- 竹馬狂吟集　新撰犬筑波集　木村三四吾・井口壽
- 閑吟集　宗安小歌集　北川忠彦
- 御伽草子集　松本隆信
- 説経集　室木弥太郎
- 好色一代男　松田修
- 好色一代女　村田穆
- 日本永代蔵　村田穆
- 世間胸算用　金井寅之助・松原秀江
- 芭蕉句集　今栄蔵
- 芭蕉文集　富山奏
- 近松門左衛門集　信多純一
- 浄瑠璃集　土田衞
- 雨月物語　癇癖談　浅野三平
- 春雨物語　書初機嫌海　美山靖
- 與謝蕪村集　清水孝之
- 本居宣長集　日野龍夫
- 誹風柳多留　宮田正信
- 浮世床　四十八癖　本田康雄
- 東海道四谷怪談　郡司正勝
- 三人吉三廓初買　今尾哲也